Petros Markaris

Die Kinderfrau

*Ein Fall für
Kostas Charitos*

*Roman
Aus dem Neugriechischen von
Michaela Prinzinger*

Diogenes

Titel der 2008 bei
Samuel Gavrielides Editions, Athen,
erschienenen Originalausgabe:
›Παλιά, πολύ παλιά‹
Copyright © 2008 by Petros Markaris
und Samuel Gavrielides Editions
Dieser Band wurde für die deutsche Fassung
in Zusammenarbeit mit dem Autor
nochmals durchgesehen
Umschlagfoto: Copyright © Bryan Peterson/
Corbis/Specter (Ausschnitt)

*Im Gedenken an die wahre Maria Chambena,
die uns großgezogen hat*

Alle Rechte vorbehalten
All rights reserved
Copyright © 2009
Diogenes Verlag AG Zürich
200/09/44/1
ISBN 978 3 257 06696 8

*Sie haben mich oft bedrängt von meiner Jugend auf,
aber sie haben mich nicht überwältigt.
Die Pflüger haben auf meinem Rücken geackert
und ihre Furchen langgezogen.*

Psalm 129

I

Die Heilige Jungfrau schaut streng, fast tadelnd auf mich herab. So kommt es mir jedenfalls vor, doch es kann gut sein, dass es sich um reine Einbildung oder um einen griechisch-orthodoxen, auf Minderwertigkeitskomplexen beruhenden Dünkel handelt. Hat die Muttergottes nichts Besseres zu tun, als sich ausgerechnet mit mir zu beschäftigen? Sie blickt auf ihre Schäfchen, die sich im riesigen Narthex drängeln. Ganz zufällig bin auch ich darunter, zusammen mit meiner Ehefrau, inmitten einer Horde von Athener Touristen.

»Die Darstellung der Heiligen Jungfrau mit dem Jesuskind datiert aus dem Jahr 867 und ist somit das älteste erhaltene Mosaik.« Die Stimme der Fremdenführerin bringt mich wieder in die Gegenwart zurück. »Es wurde gegen Ende des Bilderstreits geschaffen.«

»Dank sei dir, Großmächtiger, dass du mich für würdig erachtest«, flüstert Adriani neben mir und bekreuzigt sich, während sie hinzufügt: »Heilige Jungfrau, Muttergottes, erhöre mein Gebet.« Ich weiß, wofür sie betet, ziehe es jedoch vor, das Thema nicht anzusprechen.

»Die Kuppel der Hagia Sophia ist fünfundfünfzig Meter und sechzig Zentimeter hoch«, höre ich wieder die Stimme der Fremdenführerin. »Was den Durchmesser betrifft, so ist die Nord-Süd-Achse der Kuppel etwas kürzer als die Ost-

West-Achse. Dort, wo Sie die arabischen Schriftzeichen sehen, befand sich einst das Mosaik des Pantokrators, die Darstellung Christi als Weltenherrscher. Die arabischen Schriftzeichen wurden im achtzehnten Jahrhundert hinzugefügt und stammen aus der ersten Sure des Korans.«

In der Hauptkuppel, wohin die Fremdenführerin unser Augenmerk lenkt, breiten sich die Mosaiken von der Mitte nach unten aus und enden bei den kleinen Fensteröffnungen, durch die das Sonnenlicht hereinfällt.

»Wenn man das Gekritzel entfernt, kommt also darunter das Jesuskind zum Vorschein? Schon krass«, meint Stelaras, und sein vorlautes Gelächter schallt durch den Raum, während ihm seine Mutter ein »Ruhe jetzt!« ins Ohr zischt.

»Es ist ungewiss, ob darunter der Pantokrator zum Vorschein käme«, erläutert die Fremdenführerin. »Die meisten Archäologen und Restauratoren sind der Meinung, dass der Großteil des Mosaiks zerstört wurde.«

»Irgendwann kommt der Tag, und Konstantinopel wird wieder unser sein, aber was bleibt dann davon für uns noch übrig?«, kommentiert Despotopoulos betrübt.

Ich tue so, als betrachte ich, von der Pracht überwältigt, hingebungsvoll den Innenraum, und entferne mich von der Reisegruppe, denn Despotopoulos, Brigadegeneral der Panzertruppe a. D., ist ein großer Verehrer der heiligen Allianz zwischen den Streit- und den Sicherheitskräften. Daher richtet er bei jedem Ausbruch von Vaterlandsliebe dieselbe Frage an mich: »Und was meinen Sie, Herr Kommissar?« Und ich halte mich eisern zurück. Sonst würde mir vielleicht noch die Bemerkung herausrutschen, dass es, nachdem die Albaner Athen erobert haben, an der Zeit ist,

Konstantinopel heimzuholen – das wäre ein Bevölkerungsaustausch der etwas anderen Art.

Ich ziehe mich aus dem Narthex zum Kaisertor zurück, um das Kirchenschiff in seiner ganzen Größe zu sehen. Es ist seltsam, doch die Hagia Sophia scheint so gebaut zu sein, dass man stets nach oben in den Himmel blickt und nie nach unten in die Hölle. Vergeblich versucht man, den Blick auf das Irdische und Niedrige zu richten, immer gleitet er in die Höhe, zu den Säulen, den Emporen, die den Frauen vorbehalten waren, hoch zu den Kuppeln und den Fensteröffnungen, die das Hauptschiff an ausgeklügelten Stellen, in einem Spiel von Licht und Schatten, erhellen. Das trägt sicherlich zu dem Ehrfurcht einflößenden Eindruck bei, den der Sakralbau hervorruft. Die schönsten Ornamente sind dementsprechend hoch oben angebracht, und man muss den Kopf demütig in den Nacken legen, um sie zu bewundern. Ich halte nach einem Besucher Ausschau, dessen Blick nach unten oder zur Seite gerichtet ist, doch ich kann keinen finden.

Ich mache einen Rundgang durch die Kirche, um ihre Ausmaße auf mich wirken zu lassen und die Lichteffekte zu ergründen. Ein wildes Sprachengewirr umtost mich: Englisch, Französisch, Deutsch, Griechisch, Italienisch, Türkisch. Ich schließe die Augen, geblendet vom Blitzlicht japanischer Touristen, die einander fröhlich ablichten, während neben mir einige Mönche in dunkelbraunen Kutten mit Kapuzen und mit riesigen Kreuzen um den Hals den Ausführungen eines Priesters in einer slawischen Sprache lauschen.

Adriani bedeutet mir von weitem, mich wieder der

Gruppe anzuschließen. Ich gehorche ohne große Begeisterung, da mir mein einsamer Spaziergang viel besser gefällt als das auswendig gelernte Geleier der Fremdenführerin, das die Tatsachen eher vernebelt als erhellt.

»Komm, wir gehen auf die Frauenempore«, erklärt mir Adriani und hängt sich feierlich bei mir ein, als schritten wir zur österlichen Auferstehungsfeier.

»Der Nordwestflügel, der zur Frauenempore und zum Versammlungssaal der heiligen Synode führt, wurde im sechsten Jahrhundert errichtet«, fährt die Fremdenführerin fort.

Wir laufen eine gewundene, gepflasterte Rampe hoch, die wie ein überdachtes Altstadtgässchen wirkt. An jeder Kurve befindet sich ein kleines, viereckiges Fenster, das die Rampe gerade so viel erleuchtet, dass man nicht auf die Nase fällt.

»Lass jetzt das Handy in Ruhe, Schatz, du brichst dir noch alle Knochen!«, maßregelt die Stefanakou ihren Sohn.

»Ich will nur testen, ob es in diesem Bunker überhaupt Empfang hat.«

»Jetzt reicht's, spiel nicht damit rum, Stelaras, wir wollen weitergehen!«, greift sein Vater ein.

Stelaras ist der fünfzehnjährige verzogene Sohnemann des Ehepaars Stefanakos, in einem Alter also, in dem selbst Marlon Brando wenig anziehend wirkte. Seine Mutter ruft ihn naheliegenderweise ›Stelios‹, doch sein Vater zieht aus unerfindlichen Gründen dem niedlichen ›Stelakos‹ das grobe ›Stelaras‹ vor.

»Ist der byzantinische Kaiser hier hochgeritten?«, fragt die Pachatouridou die Fremdenführerin.

»Nein, hier ist die Kaiserin auf die Frauenempore hochgeschritten, um an der heiligen Messe teilzunehmen«, verbessert die Fremdenführerin, die an der Spitze der Gruppe geht. »Der Kaiser ist unten geblieben, im Narthex.«

»Sind Sie da sicher?«

Die Fremdenführerin bleibt stehen und lächelt sie an: »In der Literatur ist das Zeremoniell gut dokumentiert. Nirgendwo wird erwähnt, dass sich der Kaiser zu Pferd auf die Frauenempore begeben hätte.«

Die Pachatouridou beugt sich zu Adriani und flüstert ihr ins Ohr. »Wo hat man die denn aufgetrieben? Die hat ja keine Ahnung. Konstantinos Paleologos, der letzte byzantinische Kaiser, ist hier hochgeritten, daran gibt's nichts zu rütteln.«

Sobald wir das enge, schlecht erleuchtete Gässchen verlassen, empfängt uns eine breite Lichtschneise, die durch die großen Fenster der Frauenempore hereindringt. Rechts liegen die Fenster, links die Säulen und in der Mitte ein geräumiger Gang mit einem Marmorfußboden.

»Von hier aus hat die Kaiserin die heilige Messe verfolgt.« Die Fremdenführerin deutet nach links zu der Stelle, wo einst der Thron der Kaiserin stand.

Zum ersten Mal blicke ich in die entgegengesetzte Richtung, nämlich von oben nach unten, und ich frage mich, ob die Hagia Sophia jemals bis auf den letzten Platz gefüllt war. Wie viele Gläubige wären nötig gewesen, um jeden Sonn- und Feiertag ein anständiges Publikum für die Messe zu garantieren? Vielleicht sollte sie ja aber auch nur dem Hofstaat und der kirchlichen Hierarchie als offizieller Zeremonienraum dienen. Mein Verdacht erhärtet sich, als wir den Saal betreten, in dem die heilige Synode tagte. Wenn sie hier zusammentrat, dann war das Gotteshaus logischerweise eine Art Regierungssitz und nicht so sehr für die Kirchengemeinde gedacht. All das reime ich mir freilich selbst zusammen, denn meine Beziehung zur Kirche besteht nur gerade im alljährlichen Besuch der Auferstehungsmesse zu Ostern. Früher schleppte mich meine Mutter noch ans Kirchweihfest zu Ehren eines Dorf- oder Stadtheiligen, und während meiner Ausbildung an der Polizeischule gehörte es dazu, am Sonntag die Messe zu besuchen.

Vor dem Mosaik, das die Gottesmutter mit dem Jesuskind im Arm zwischen Johannes Komnenos und Kaiserin Eirene zeigt, drängelt sich eine Gruppe Japaner, die wieder zwanghaft fotografiert. Eine kleine Japanerin baut sich genau vor der Gottesmutter auf, um zwischen Komnenos und Eirene abgelichtet zu werden, und dabei strahlt sie vor Begeisterung über ihre Eingebung. Wie sie so dasteht, sage ich mir, sieht es auf dem Foto bestimmt so aus, als würden zwei Köpfe, ihrer und der des Jesuskindes, aus ihrem Körper wachsen. Doch das scheint den Fotografen der Truppe überhaupt nicht zu stören, der den anderen bedeutet, von diesem Motiv ebenso Gebrauch zu machen.

»Die setzen sich an die Stelle der Heiligen Jungfrau? Jesus Maria!« Adriani ist empört und bekreuzigt sich.

»Liebe Frau Charitou«, wirft die Despotopoulou besänftigend ein, »darf man denn erwarten, dass sich Götzendiener respektvoll benehmen?«

»Buddhisten«, verbessert die Pachatouridou.

»Auch Buddhisten sind Götzendiener. Sie verehren ja die Buddhastatue.«

Ich schicke mich gerade zum Weitergehen an, als mich Despotopoulos zurückhält. Auf mysteriöse Art und Weise taucht er immer in meiner Nähe auf. »All das ist zwar eindrucksvoll, aber Byzanz ist ein Fremdkörper und hat keinen Bezug zu Griechenland.«

»Wie kommen Sie denn darauf?«, frage ich überrascht.

»Griechenland ist die Wiege der abendländischen Kultur. Das hier ist der Orient. Wenn man vom orthodoxen Glauben absieht, steht Byzanz den Türken näher als uns Griechen.«

»Wieso wollen Sie Konstantinopel dann zurückhaben?«

»Weil strategisch gesehen der naturgemäße Expansionsraum Griechenlands im Osten liegt. Nach Westen gibt es keinen Lebensraum für uns. Das hat schon Alexander der Große begriffen«, stellt der Feldherr a. D. klar.

Adriani hält mich am Unterarm zurück und lässt die restliche Mannschaft weiterziehen. »Nette Leute«, meint sie, nachdem die anderen außer Hörweite sind. »Aber manchmal unerträglich.«

»Beschwer dich nicht, ich habe dir vorgeschlagen, alleine herzukommen, aber du wolltest ja nicht.«

»Mit dem Mirafiori!« Sie schreit fast, so zornig ist sie. »Die Fahrt Athen-Istanbul mit dem Mirafiori zu machen! Es gibt auf der Welt nur einen einzigen Polizisten, der keinerlei Gespür für Gefahrensituationen hat, und das ist ausgerechnet mein Mann!«

Sie lässt mich stehen und kehrt zur Reisegruppe zurück. Und ich denke mir, eine Reise, die eher einer Flucht als einer Vergnügungsfahrt gleicht, steht unter keinem guten Stern.

2

Wer den Spruch »Die Sünden der Eltern baden die Kinder aus« in die Welt gesetzt hat, muss mit Sicherheit kinderlos gewesen sein. Denn wenn ich mich umschaue, sehe ich weit und breit kein Elternpaar, das seinen Abkömmlingen das Leben schwermacht. Die meisten kleiden ihre Kinder in Samt und Seide, und wenn sie sich trendige Markenprodukte nicht leisten können, dann muss eben ein überzeugendes Imitat her, das wie ein Original aussieht, damit der Sprössling keine seelischen Schäden davonträgt. Sie bringen ihre Kinder zum Englischkurs, zum Französischunterricht, zur Deutschstunde und zur Nachhilfe, und sobald sie die Panhellenischen Prüfungen für das Universitätsstudium bestanden haben, kaufen sie ihnen auch ein Auto, mit dem schlagenden Argument: »Das arme Kind muss auf dem Weg zur Uni zwei Mal umsteigen!« Auch wenn dies alles unter falscher Erziehung und folglich unter »elterlichen Sünden« firmiert, eines ist sicher: Die Kinder leiden nicht darunter.

All das führe ich an, weil ich zu Recht stolz darauf bin, dass ich solchen Sünden nicht verfallen bin. Katerina hat nicht mehr Nachhilfeunterricht bekommen als unbedingt nötig. Ihr Englisch hat sie auf dem Lyzeum gelernt, und über ein anderes Fortbewegungsmittel als den öffentlichen Verkehr verfügt sie auch heute nicht.

Doch was ist mit den Eltern, die unter den Entscheidungen der Sprösslinge zu leiden haben? Darüber sagt der unbekannte Kritiker der Elternseite nicht das Geringste. Kann ja sein, dass Katerina ihre Doktorarbeit ohne große Ansprüche an uns und mit spartanischer Lebensweise geschafft hat, andererseits jedoch sind ihre Entscheidungen stets wie ein Blitz aus heiterem Himmel über uns hereingebrochen. Sie liebt uns, sie sorgt sich um uns, sie kümmert sich um uns, doch immer war sie die alleinige Urheberin aller Entscheidungen und wir nur die Adressaten ihrer Beschlüsse. In der zweiten Klasse des Lyzeums verkündete sie uns, sie wolle Jura studieren. Als sie den Abschluss machte und ich mich bei Freunden und Bekannten in der Staatsanwaltschaft nach einer seriösen Anwaltskanzlei umhörte, wo sie ihr Referendariat machen könnte, teilte sie uns mit, sie wolle promovieren. In den darauffolgenden Jahren war ein Posten in der Richterschaft ihr erklärtes Ziel, doch als sie die Doktorarbeit beendete, gab sie umgehend bekannt, sie plane, bei ihrem Professor zu bleiben und eine akademische Laufbahn einzuschlagen. Schließlich beschloss sie, Staatsanwältin zu werden. Doch als sie ihr Referendariat in einer bekannten Anwaltskanzlei absolvierte, entdeckte sie plötzlich die schönen Seiten dieses Berufs und entschied sich nun endgültig dafür.

Wer mich kennt, der weiß, dass mein großer Traum in Bezug auf meine Tochter immer der war, sie eines Tages als Staatsanwältin zu bewundern. Vielleicht war dieser Wunsch eine väterliche Spinnerei. Doch selbst wenn man diese Spinnerei als »elterliche Sünde« bewerten wollte, so habe ich sie Katerina nie aufgezwungen. Ganz im Gegenteil, als sie ihre endgültige Entscheidung kundtat, dachte ich, vielleicht sei es realistischer, eine Laufbahn als Rechtsanwältin anzustreben, als in muffigen Gerichtssälen zu versauern. Mein Traum, ihr bei der Verurteilung von Straftätern zuzusehen, die ich ihr zuführte, war ohnehin unerfüllbar, da ich nicht der Abteilung für Wirtschaftskriminalität angehöre. Und als Richterin hätte sie sich ihr halbes Leben mit ungedeckten Schecks und unbezahlten Kreditkartenrechnungen herumschlagen müssen.

Hinzu kam Adrianis Freude, als sie erfuhr, dass ihre Tochter schließlich doch noch Rechtsanwältin würde. Als Polizistengattin hat sie für das Arbeitgeberduo Ministerium für öffentliche Ordnung und Justizministerium nicht viel übrig. Nachdem Katerina sich zum Jurastudium entschlossen hatte, um ihr berufliches Leben mit Dieben, Betrügern und anderen Delinquenten zu verbringen, lag es Adrianis Meinung nach auf der Hand, auf Seiten der Verbrecher zu stehen, nicht auf Seiten des Staates, denn es sei einträglicher, Straftäter freizubekommen, als sie einzusperren. Diesen Gedankengang kann ich nach wie vor nicht nachvollziehen.

Das ganze Hin und Her, die umgeworfenen Entschlüsse, Meinungswechsel und Rückzugsgefechte fanden ein glückliches Ende, als Katerina uns verkündete, Fanis und sie hätten beschlossen zu heiraten. Adriani hüpfte vor Freude.

»Endlich! Mir fällt ein Stein vom Herzen. Warum sollte ein so schönes Paar ohne kirchlichen Segen bleiben?«

»Kirchlicher Segen, nun ja«, entgegnete Katerina lachend.

»Wie, nun ja?«, wunderte sich Adriani. »Eine Trauung findet nun mal in der Kirche, mit Brautschleier, Priester und Trauzeugen statt.«

»Bei uns geht's auch ohne all das. Wir werden auf dem Standesamt heiraten.«

Adriani erstarrte förmlich unter dieser kalten Dusche. Sie brauchte gut fünf Minuten, um wieder zu ihrer Betriebstemperatur zu finden. Dann begann sie, Katerina alle Nachteile einer standesamtlichen Trauung aufzulisten. Zuerst wandte sie sich den materiellen Argumenten zu.

»Aber ins Standesamt kann man nur eine beschränkte Anzahl von Gästen einladen, und dann entgehen euch die ganzen Hochzeitsgeschenke. Wie wollt ihr euren Haushalt ohne Hochzeitsgeschenke einrichten?«

»Wir bleiben ohnehin noch in Fanis' Zweizimmerwohnung. Ich bin noch im Referendariat, also leben wir nur von einem Gehalt. Einen Wohnungswechsel können wir uns derzeit nicht leisten. Und unsere zwei Zimmer bieten nicht mal genug Platz für uns beide, wie sollten wir da Hochzeitsgeschenke unterbringen?«

Danach mobilisierte Adriani das Argument, kirchliche Eheschließungen endeten nicht so häufig vor dem Scheidungsrichter.

»Wo heiraten denn mehr Paare? In der Kirche oder auf dem Standesamt?«, fragte Katerina.

»Na, in der Kirche natürlich.«

»Ergo gehen auch die meisten Scheidungen auf kirchliche Trauungen zurück.«

Adriani sah, dass sie auch damit nicht landen konnte, und brachte nun die Gefühlsebene ins Spiel. Sie fragte Katerina, ob sie je daran gedacht hätte, dass sie mit dieser Entscheidung den Eltern die Freude vorenthalte, sie als Braut zu sehen.

»Auf dem Standesamt werde ich doch auch eine Braut sein. Ob man jetzt kirchlich oder standesamtlich heiratet: Braut bleibt Braut.«

»Eine Braut ohne weißes Hochzeitskleid?«, sagte Adriani wie zu sich selbst, als könne sie ihren eigenen Worten nicht trauen.

»Mama, genau das halte ich nicht aus!«

»Was hältst du daran nicht aus? Erklär mir das bitte mal!«

»Hochzeitskleid, Brautschleier, Brautsträußchen, Mandelkonfekt! Wir wollen aufs Standesamt, um die Beziehung offiziell abzusegnen, und zwar ohne vorheucheln zu müssen, dass wir angeblich unser gemeinsames Leben beginnen, wo wir doch schon zwei Jahre zusammenleben!«

»Denkst du gar nicht daran, dass dein Vater Polizeibeamter ist? Wie soll er seinen Kollegen erklären, dass seine Tochter die standesamtliche einer kirchlichen Trauung vorzieht? Mir scheint, du nimmst keinerlei Rücksicht auf deinen Vater.«

Katerina tat genau das, was sie immer tut, wenn Adriani sich als allerletztes Argument auf meine Profession beruft: Sie fragte mich direkt.

»Hast du damit ein Problem, Papa?«

Da fühlte ich zum ersten Mal, wie heftig ich mir immer schon gewünscht hatte, sie einst als Braut in die Kirche zu führen. Möglicherweise hatte Katerina, vernünftig besehen, recht. Vielleicht ist die Tradition mittlerweile überholt, dass die Mädchen zu Hause bleiben, bis sie ihr Vater dem künftigen Ehegatten, ihrem neuen Herrn und Gebieter, übergibt. Vielleicht war ich bei zu vielen Hochzeiten dabei gewesen, wo einer meiner Kollegen seine Tochter zumeist einem jüngeren Kollegen entgegenführte, so dass ich automatisch davon ausging, in meinem Fall würde das genau so ablaufen. Jedenfalls spürte ich, wie sich mein Herz zusammenkrampfte, als ich sah, wie nach dem Traum, meine Tochter als Staatsanwältin zu erleben, sich nun auch mein zweiter Traum zerschlug. Es war einer jener wenigen Momente, wo ich Wut auf Katerina in mir hochsteigen fühlte.

»Katerina, sag mal: Wie oft warst du bei mir im Büro?«

Sie blickte mich überrascht an. »Keine Ahnung, oft.«

»Und ist dir dabei nicht aufgefallen, was über meinem Schreibtisch hängt?«

»Ein Christusbild.«

»Und wie oft bist du in Gerichtssälen gewesen?«

»Okay, ich hab's kapiert. Auch dort hängt hinter dem Richter ein Christusbild.«

»Und bestehst du trotzdem darauf, standesamtlich und nicht kirchlich zu heiraten, wenn doch Tag für Tag hinter deinem Vater ein Christusbild hängt und du Tag für Tag in deinem beruflichen Umfeld darauf stößt?«

Wenn sie mich um meine Meinung fragt, ist sie normalerweise von vornherein sicher, dass sich meine Meinung mit ihrer deckt oder dass ich mit Ausflüchten antworten werde, die Adriani auf die Palme bringen, aber nicht sie. Diesmal hatte meine Antwort sie verwirrt, und sie schien nach einem Ausweg zu suchen.

»Papa, ich verstehe deine Einwände, aber das lässt sich doch regeln«, meinte sie schließlich.

»Und wie soll das gehen?«

»Wir können doch sagen, die Hochzeit findet in Konstantinopel statt, weil es unser Traum war, im alten Zentrum des Griechentums zu heiraten. Das werden deine Kollegen besonders wertschätzen.«

Ich weiß nicht, worüber ich trauriger war: über die abschätzige Meinung, die sie über meine Kollegen hatte – als würden auch sie à la Despotopoulos über die Heimholung Konstantinopels delirieren –, oder über ihre halsstarrige und uneinsichtige Haltung. Letzteres machte mir jedoch wesentlich mehr Sorgen, in beruflicher wie in privater Hinsicht. Beruflich, da Katerina nun das Metier des Rechtsanwalts gewählt hatte, wo übertriebene Prinzipientreue und moralische Halsstarrigkeit eine Sackgasse bilden, die unweigerlich zum Misserfolg führt. Eine solche Haltung ist einem Staatsanwalt angemessen, doch diesen ihr so naturgemäßen Beruf wollte Katerina ja nicht ausüben. In all meinen Dienstjahren bei der Polizei habe ich hochnäsige und eingebildete, schleimige und dreist herumtricksende Rechtsanwälte erlebt, aber ein unbeugsamer Prinzipienreiter ist mir noch nie untergekommen.

Andererseits befürchtete ich, diese Starrköpfigkeit könnte mein Erbteil sein. In meinem ganzen beruflichen Leben habe ich immer meinen Kopf durchgesetzt, sei es auf direktem oder auf indirektem Wege, ohne Rücksicht auf Verluste und auf meine Gesundheit. Das kam mich schließlich teuer zu stehen, und vor Schlimmerem bewahrte mich nur die Tatsache, dass ich Gikas vor der Nase hatte, der sich immer wieder schützend vor mich stellte, nicht weil er mich besonders mochte, sondern weil er mich für die Drecksarbeit brauchte, damit er umso strahlender im Rampenlicht stehen konnte.

Als ich nun dieselbe Starrköpfigkeit bei meiner Tochter diagnostizierte, dachte ich daran zurück, wie schwer ich es durch diese Eigenschaft gehabt hatte, und mir brach der kalte Schweiß aus, wie meine selige Mutter zu sagen pflegte, begleitet von einer irrealen Attacke von Schuldbewusstsein, da Katerina dieses Manko offenbar von mir hatte.

»Was sagen eigentlich Fanis' Eltern zu alledem?«, fragte Adriani.

Katerina zuckte mit den Schultern. »Ich weiß nicht. Er wollte selber mit ihnen reden. Aber welches Problem sollten sie denn damit haben? Ist doch egal, wo wir heiraten: Fanis trägt sowieso denselben Anzug.«

Zu ihrer Starrköpfigkeit kam leider auch noch die falsche Einschätzung der Lage hinzu. Denn Fanis' Eltern waren mordsmäßig wütend, dass die Hochzeit nicht in der Kirche stattfinden sollte, und selbstverständlich gaben sie Katerina die Schuld daran. Ich weiß nicht, ob Fanis die standesamtliche Heirat als Katerinas Wunsch dargestellt hatte, doch selbst im gegenteiligen Fall waren Prodromos und Sevasti der Meinung, Katerina hätte auf einer kirchlichen Zeremonie im Brautkleid bestehen müssen.

So geriet die standesamtliche Trauung zu einem Trauerspiel – wir waren verbittert und todunglücklich, Fanis' Eltern machten lange Gesichter, und Katerina hatte immer noch nicht realisiert, wohin ihre Beharrlichkeit geführt hatte, und wusste nicht, was sie machen sollte. Am Ende der Zeremonie berührten Prodromos und Sevasti Katerinas Wange gerade mal so lang, dass die Illusion eines Kusses entstand. Genauso unterkühlt verhielten sie sich uns gegenüber. Nur mit Mühe und fast widerwillig brachten sie die

Glückwünsche über die Lippen. Offenbar sahen sie auch uns in der Verantwortung, da wir unserer Tochter nicht beigebracht hatten, bestimmte Grundsätze und Traditionen zu respektieren. Vielleicht wunderten sie sich sogar darüber, wie ich als Polizeibeamter meine Tochter so prinzipien- und disziplinlos erziehen konnte. Katerina war zum schwarzen Schaf gestempelt und wir zu schlechten Hirten.

Mir war das im Grunde herzlich egal, und auch die langen Gesichter der Schwiegereltern kratzten mich nicht, doch Adriani war verletzt. Als hätte die Enttäuschung über die standesamtliche Trauung nicht gereicht, kam nun die beleidigte Haltung der Schwiegereltern hinzu und verdarb ihr völlig die Laune. Sie aß nicht, sprach nicht, rief Katerina nicht an, und wenn ihre Tochter anrief, ließ sie sich verleugnen. So durchlebten wir nach der Hochzeit eine Zeit tiefer Melancholie.

Da erinnerte ich mich daran, was Katerina über Istanbul gesagt hatte. Die Hochzeit hatte zwar nicht dort stattgefunden, doch Adriani und ich konnten ja zusammen eine Städtereise unternehmen, um etwas Distanz vom Krisenherd zu gewinnen. Als ich Adriani den Vorschlag machte, fürchtete ich, sie würde bockig reagieren und ablehnen, doch sie blickte mich nur an und flüsterte, als könne sie gar nicht daran glauben: »Meinst du, das täte uns gut?«

Es war nicht schwer, sie davon zu überzeugen. Nur die Anreise mit dem Mirafiori kam für sie nicht in Frage.

»Dann bleibe ich lieber hier«, erklärte sie kategorisch. »Mir reicht es, dass ich auf der Hochzeit meiner Tochter im Regen stehen musste. Noch einmal halte ich so etwas nicht aus. Und deine Rostlaube gibt unterwegs garantiert den Geist auf.«

Und so fanden wir uns in einem Reisebus wieder, um die Sehenswürdigkeiten Istanbuls zu bewundern: am ersten Tag das Chora-Kloster, am zweiten die Blaue Moschee und das byzantinische Aquädukt, und heute die Hagia Sophia.

Wir befinden uns gerade auf dem Rückweg von der Hagia Sophia, als ich die Ereignisse Revue passieren lasse. Ich blicke aus dem Busfenster, während die Fremdenführerin erläutert, dass die Brücke, die wir gerade überqueren, nach Atatürk benannt und – nach der Galata-Brücke – die zweite über das Goldene Horn sei, welche die Teile Istanbuls verbinde.

Adriani sitzt in den hinteren Reihen mit Frau Mouratoglou, der sympathischsten Person der ganzen Reisegruppe. Sie stammt aus Istanbul, doch ihre Familie war gleich nach den Ausschreitungen gegen die griechische Minderheit im September 1955 fortgezogen und lebt seit damals in Athen. Alle zwei Jahre unternimmt sie jedoch eine Reise nach Istanbul und kehrt als »Wallfahrerin« in »heimatliche Gefilde« zurück. »Andere unternehmen eine Wallfahrt nach Jerusalem, wieder andere nach Mekka, ich nach Konstantinopel«, meint sie lachend.

Adriani mag sie sehr und verbringt viel Zeit mit ihr, mit der Begründung: »Frau Mouratoglou hat Niveau. Das merkt man an der Kleidung, an ihrem Benehmen, einfach an allem.« Seit unserer Ankunft in Istanbul leidet Adriani an Stimmungsschwankungen, doch es gelingt ihr, vor allem während der Führungen, ihre Sorgen zu vergessen und sich von den Sehenswürdigkeiten bezaubern zu lassen. Doch sobald wir allein im Hotelzimmer sind, kehrt ihre Niedergeschlagenheit zurück. Zugleich überkommt sie die Angst, dadurch auch mir die Stimmung zu verderben. Daher liegt ihr daran, ständig draußen unterwegs zu sein und bei einem Stadtbummel Ablenkung zu finden.

Der Reisebus hat die Brücke überquert und fährt auf eine Anhöhe, an deren linker Seite sich Werftanlagen befinden. Ich blicke von oben auf das Goldene Horn mit all den Motorbooten und Lastkähnen herab und auf die Tausenden von Autos auf der Küstenstraße, die auch wir gestern auf dem Weg zum Ökumenischen Patriarchat entlanggefahren waren.

»Diese Küstenstraße hat es früher nicht gegeben«, erzählt die Mouratoglou Adriani. »Nach Fener, Haliç oder Balat ist man mit kleinen Dampfern gefahren, die elend lange brauchten, weil sie an jeder Anlegestelle haltmachten. Die Reise auf diesen winzigen Spielzeugdampfern war immer vergnüglich. Außerdem hatten es die Leute damals noch nicht so eilig wie heute.«

Ich blicke auf die Moscheen am gegenüberliegenden Ufer, die in Reih und Glied zu stehen scheinen, bis das Panorama hinter den Häusern eines breiten, aber gesichts- und charakterlosen Boulevards verschwindet, wo einsturzgefährdete Ruinen Seite an Seite mit geschmacklosen modernen Billigbauten stehen. Im Erdgeschoss sind kunterbunt durcheinander allerlei Läden untergebracht: ein Krämer, ein Geschäft für Autoersatzteile, ein Teppich- und Strohwarenladen, dann wieder ein Dessousgeschäft und dazwischen immer wieder Imbissstuben, die Toast und Fruchtsaft anbieten.

»Die Straße, auf der wir uns gerade befinden, ist der Tarlabaşı-Boulevard«, informiert uns die Fremdenführerin. »Tarlabaşı war einer der ethnisch gemischten Stadtteile Istanbuls. Hier lebten Griechen, Türken, Armenier und, in geringerer Zahl, Juden.«

»Ist das jetzt hier Beyoğlu?«, fragt der Feldherr a. D. die Fremdenführerin.

»Beyoğlu ist die türkische Bezeichnung, Herr General«, erklärt die Mouratoglou. »Die Konstantinopler Griechen nannten diese Gegend Pera. *La grande rue de Péra.* So wurde sie nicht nur von den hiesigen Griechen genannt, sondern auch von den Franzosen. Das sollten Sie im Gedächtnis bewahren, denn wenn Sie Konstantinopel zurückholen und die alten Namen wieder einführen wollen, müssen Sie sie schließlich kennen.«

Darauf tritt Schweigen ein, und keiner hat etwas hinzuzufügen. Ich sehe im Seitenspiegel das Gesicht der Fremdenführerin, die der griechischen Minderheit von Istanbul angehört. Sie hat das Mikrophon sinken lassen und blickt lächelnd auf die Straße hinaus.

Der Reisebus hat den Taksim-Platz erreicht und biegt in die Straße ein, in der unser Hotel liegt.

3

Die Mouratoglou hat uns in ein Restaurant geführt, das »Imbros« heißt und dessen Inhaber – wie zu erwarten war – von der gleichnamigen, ehemals von vielen Griechen bewohnten, seit 1923 türkischen Ägäisinsel stammt. Wir sitzen im Freien, an einer langgezogenen Straße, auf der es fast kein Durchkommen gibt, da in der Mitte die Tischchen der Mezzelokale und Imbisse von beiden Straßenseiten aufeinandertreffen. Auf dem Weg hierher haben wir eine Straße passiert, in deren Läden nur gebratene Muscheln angeboten wurden, ein Stück weiter trafen wir auf eine Reihe von Läden, die nur gefüllte Muscheln feilboten, und dann stieg uns der Duft von orientalischen Gewürzen, scharfer Wurst und geräucherten Meeräschen kitzelnd in die Nase, die vor den Lebensmittelgeschäften baumelten wie die Weintrauben an den Obstständen unserer Wochenmärkte. Ich weiß nicht, was mir nach meiner Rückkehr nach Athen am nachdrücklichsten in Erinnerung bleiben wird: die Hagia Sophia, der Bosporus oder die Düfte dieser Stadt.

»Na, so was, sind die Türken so unersättlich?«, fragt Adriani die Mouratoglou mit verwunderter Stimme.

»Die Türken sind keine großen Esser. Wir Konstantinopler Griechen verspeisen gut und gerne doppelt so viel«, ertönt hinter uns die Stimme des Wirts aus Imbros, den uns Frau Mouratoglou als »Herrn Sotiris« vorgestellt hat.

»Was Sie nicht sagen!«, wendet Adriani ein. »Auf unserem Weg hierher war doch jeder zweite Laden ein Restaurant.«

»Den Türken liegt weniger am Essen als am genießerischen Probieren, Madame«, erläutert der Mann aus Imbros. »Der Türke hat gern zehn Teller vor sich, um stundenlang davon zu kosten. Ich muss sagen, ich ziehe die Griechen als Kundschaft vor.«

»Wieso?«, frage ich.

»Weil sie gieriger und daher leichter zufriedenzustellen sind. Man stellt ihnen einen ordentlichen Braten auf den Tisch, vielleicht noch ein Moussaka, und nach einer Stunde haben sie alles verputzt und lassen den Wirt in Ruhe. Bei den Türken muss man stundenlang Teller und kleine Pfännchen hin- und hertragen.«

Nach diesen Worten begibt er sich weiter zum Nebentisch, um einen etwa fünfundsechzigjährigen Mann zu begrüßen, der alleine isst. Sie scheinen sich zu kennen, denn der Wirt aus Imbros setzt sich an seinen Tisch und verwickelt ihn in ein Gespräch. Die Mouratoglou wiegt nachdenklich den Kopf, während sie dem Wirt hinterherblickt.

»Wenn Sie wüssten, wie viele derartige Speiselokale es in Pera gegeben hat, Herr Kommissar«, meint sie zu mir. »Und nicht nur in Pera, sondern auch auf den Inseln, in Mega Revma, in Therapia. Übriggeblieben ist nur Sotiris, vielleicht noch ein Restaurant in Therapia und ein drittes auf der Insel Prinkipos.«

»Wieso, wurden sie verkauft?«, fragt Adriani.

»Einige ja, oder die Wirte sind verstorben, und ihre Kinder wollten die Lokale nicht weiterbetreiben, da sie lieber nach Griechenland ausgewandert sind…«

Zu meiner großen Erleichterung führt sie das Gespräch mit Adriani fort, die als treue Zuschauerin von TV-Schnulzen solch traurige Geschichten mag. Ich jedoch habe eine angeborene Abneigung dagegen, vergangener Größe und den guten alten Zeiten nachzuweinen. Ich lasse meinen Blick über die Tische schweifen. Alle sind besetzt, und die Gäste nippen an ihren Gläsern und unterhalten sich, doch es ist nur halb so laut wie in einer Athener Taverne, wo man sein eigenes Wort nicht versteht.

Hier sind die Gespräche an den Tischen von so gedämpfter Lautstärke, dass ich sogar mein Handy klingeln höre. Ich ziehe es aus der Jackentasche und muss feststellen, dass ich mich wieder einmal getäuscht habe. Das passiert mir nun schon mehrmals täglich. Immer wieder meine ich mein Handy zu hören, und ich hole es eilig hervor. Es könnte ja Katerina sein – doch jedes Mal werde ich enttäuscht. Seit wir sie am Vortag unserer Abreise über unsere Reise nach Istanbul in Kenntnis setzten, haben wir keinen Kontakt mehr – wir haben sie nicht angerufen, und sie uns auch nicht. Die Idee, es ihr kurzfristig mitzuteilen, stammte von Adriani. Katerina sollte merken, dass wir wegfahren, um die unangenehmen Erfahrungen rund um ihre Hochzeit zu vergessen. Wenn sich Adriani einmal in Verbitterung und Traurigkeit hineingesteigert hat, kann sie sich nur schwer wieder einkriegen. Katerina verstand den Unterton und wünschte uns eine gute Reise. Doch ihre Begleitung zum Flughafen bot sie uns nicht an.

Dieser Abschied trug noch mehr zur Unterkühlung unserer Beziehung bei und erfüllte mich mit Angst vor der künftigen Entwicklung der Dinge. Daher klingelt mir jetzt ständig mein Handy im Ohr. Auch Adriani ist meine neue Liebe zum Handy aufgefallen, und sie verfolgt sie aufmerksam, aber kommentarlos.

Ich weiche ihrem Blick aus und sehe dabei, wie ein Mittsechziger sich erhebt und auf unseren Tisch zukommt. Er bleibt vor der Mouratoglou stehen und mustert uns, während wir darauf warten, dass er sich vorstellt. Das tut er aber nicht, sondern stellt unvermittelt die Frage: »Entschuldigen Sie, kommen Sie aus Griechenland?«

Der einfachste Weg, ins Gespräch zu kommen, ist beim Offensichtlichen anzusetzen. Die Mouratoglou denkt anscheinend dasselbe, denn sie entgegnet leicht ironisch: »Ganz recht. Und Sie?«

Der Mann überhört die Mouratoglou geflissentlich und fährt auf sehr zuvorkommende Weise mit seinen eigenen Fragen fort. »Entschuldigen Sie, dass ich Sie beim Essen störe, aber könnten Sie mir sagen, ob Sie mit dem Flugzeug oder mit dem Reisebus gekommen sind?«

»Mit dem Flugzeug aus Athen«, bringt die Stefanakou Licht ins Dunkel.

»Und wo wohnen Sie, wenn ich fragen darf?«

»Im Hotel Eresin in Taksim«, gibt die Mouratoglou Auskunft.

»Somit kann sie nicht mit Ihnen gefahren sein und auch nicht im Hotel wohnen«, sagt der ältere Herr mehr zu sich selbst als zu uns.

»Entschuldigung, ich bin Polizeikommissar, warum fragen Sie?«, mische ich mich etwas abrupt ein, da gewöhnlich ich es bin, der die Fragen stellt und nicht umgekehrt.

»Ich wollte wissen, ob eine alte Dame mit Ihnen gereist

ist, der man ein bisschen ansieht, dass sie vom Land kommt. Aber sie kann unmöglich aus Athen mit dem Flugzeug angereist sein. Vermutlich ist sie von Thessaloniki mit dem Reisebus gekommen.«

Wir blicken uns an und versuchen uns zu besinnen. Mehr der Höflichkeit halber, denn wir sind uns eigentlich sicher, dass keine solche Person der Reisegruppe angehört. Die Mouratoglou antwortet schließlich für uns alle: »Es tut mir leid, aber ich kann mich nicht an eine solche Mitreisende erinnern. Zu mir würde zwar das Alter, nicht jedoch das Erscheinungsbild passen«, fügt sie als kleinen Scherz hinzu. Enttäuscht kehrt der Unbekannte an seinen Tisch zurück, nachdem er sich bedankt und nochmals für die Störung entschuldigt hat.

Als wir wieder nach »Pera« kommen – wie die Mouratoglou den Stadtteil nennt –, ist es fast Mitternacht, doch der Verkehr ist noch genauso lebhaft wie um acht, als wir aufgebrochen sind. Die Leute besuchen nach wie vor die Geschäfte, die immer noch aufhaben, und zwar nicht nur die Schnellrestaurants, sondern auch die Buchhandlungen, die Musik- und die Klamottenläden.

»Nein, was für ein gewaltiges Menschenmeer!«, ruft Adriani aus und fügt eine ihrer historischen Sentenzen hinzu, auf die sie in solchen Fällen gerne zurückgreift: »Der Zug der Zehntausend!«

So ein Menschengewühl wie auf der Pera-Straße kurz nach Mitternacht trifft man in Athen weder auf der Panepistimiou-Straße noch auf dem Omonia-Platz zur Stoßzeit an. Die Menschenmenge in der Fußgängerzone ist so dicht, dass die Sichtweite der Spaziergänger gerade mal auf den

Rücken des Vordermannes beschränkt bleibt. Aus den Seitenstraßen strömen pro Minute mindestens zehn Menschen in die Fußgängerzone und bilden den Nachschub für die Cafés und Bars.

»War das immer schon so?«, fragt Adriani die Mouratoglou, die mit einem Lächeln antwortet: »Als wir die Stadt verlassen haben, hatte Istanbul gerade mal eine Million Einwohner, Frau Charitou. Nun sind es offiziell vierzehn, inoffiziell sechzehn und unter der Hand siebzehn Millionen. Aber hier pulsierte immer schon das Herz der Stadt, damals wie heute.«

»Sind Sie oft hierhergekommen?«, fragt Adriani weiter.

»Wir haben in Feriköy gewohnt, auf der anderen Seite des Taksim-Platzes, in der Nähe von Kurtuluş. Doch zum Einkaufen sind wir immer nach Pera gekommen.« Sie blickt sich kurz um und meint dann mit einem Anflug von Bitterkeit: »Doch der alte Glanz ist leider Gottes dahin, denn mittlerweile hat, genau wie in Athen, jede Wohngegend ihre eigenen Einkaufsstraßen.«

Jeder zweite Laden links und rechts der Straße ist ein Speiselokal. Nicht dass wir in Athen da zurückstünden, aber hier findet man keine Fastfood-Ketten oder Souflakibuden, sondern es sind ausschließlich Selbstbedienungsrestaurants, wobei hinter den in den Vitrinen ausgestellten Speisen Bedienstete mit strahlend weißen Schürzen und Kochmützen auf Kundschaft warten.

Ich sehe, wie Adriani auf die Vitrine eines Speiselokals zugeht. Anfänglich denke ich, sie möchte sich einen kleinen Nachschlag holen, da ihr vorhin im Lokal der ohnehin schon schwache Appetit bei meinem ständigen Liebäugeln mit dem Handy zur Gänze vergangen war. Sie bleibt knapp vor der Vitrine stehen und inspiziert das Essen. Sie schwelgt im Anblick der in Öl geschmorten Speisen, in der Vielfalt der Hackfleischbällchen, der Pilaws und Fleischsorten, blickt zu den Gyrosspießen im Hintergrund und kann die Augen gar nicht mehr abwenden.

»Sie kochen wohl gerne, Frau Charitou?«, fragt die Mouratoglou.

»Woran haben Sie das gemerkt?«

»An Ihrem fachmännischen Blick.« Sie hält kurz inne und fügt dann zögernd hinzu: »In dem ein bisschen Neid aufscheint.«

Die Mouratoglou sagt es freundlich und ohne Hintergedanken, doch ich bereite mich schon darauf vor einzuschreiten, falls Adriani es in die falsche Kehle bekommt, damit wir uns nicht mit dem einzigen Menschen überwerfen, mit dem wir uns auf der Reise angefreundet haben. Doch ich habe Adriani wieder mal falsch eingeschätzt, denn sie erwidert lächelnd: »Alle guten Köchinnen sind neidisch, Frau Mouratoglou, und ich finde es schön, dass man das reiche Speiseangebot erst einmal ausgiebig begutachten kann.«

Wir gehen die Pera-Straße weiter hoch in Richtung Taksim-Platz, wobei wir uns immer wieder den Weg durch die dichte Menge bahnen müssen.

»Ihre Kollegen, Herr Kommissar«, flüstert mir die Mouratoglou zu und deutet auf die Straße zu meiner Linken.

Dort steht mindestens eine Einheit behelmter, mit Schutzschilden und Schlagstöcken ausgerüsteter Polizisten, welche die ganze Straße abgesperrt haben und beim kleinsten

Anlass bereit zum Eingreifen sind. Ich male mir aus, was wir, der Minister und die gesamte Regierung in Griechenland zu hören kriegten, wenn wir jeden Abend eine Einheit der Sondereinsatztruppe auf der Santarosa- oder der Chariolaou-Trikoupi-Straße stationierten. Wohl die ganze Bandbreite vom zärtlichen »Bullen« über das verächtliche »Faschisten« bis zum gejohlten »Polizeistaat«.

»Sind die jeden Abend hier, oder gibt es heute einen besonderen Anlass?«, frage ich die Mouratoglou.

»Ich bin zwar nicht jeden Abend hier, wie Sie wissen, aber ich sehe sie jedes Mal, wenn ich hier vorbeikomme.«

Auf dem Taksim-Platz verläuft sich das Gedränge, genauso wie auf dem Syntagma-Platz in Athen. Und wir überqueren den Platz und biegen links ein zu unserer Bleibe, dem Hotel Eresin.

Die Reihenfolge, wer wann ins Badezimmer geht, hat sich zwischen Adriani und mir schon im ersten Monat nach unserer Hochzeit eingependelt. Ich gehe zuerst, weil es bei mir schneller geht, und dann folgt Adriani und kann sich alle Zeit der Welt lassen. Wir sind so aufeinander eingespielt, dass sie errät, wann ich fertig bin und ihrerseits schon parat steht.

So auch heute Abend, nur dass sie vor dem Eintreten ins Badezimmer an der Tür innehält und mich anblickt. »Das Verhalten unseres Töchterchens liegt dir wieder auf dem Magen«, sagt sie.

»Stimmt. Dir etwa nicht?«

Sie scheint nachzudenken und antwortet nicht sofort. »Ihre trotzige Haltung geht mir an die Nieren«, meint sie dann.

»Trotzige Haltung?«

»Komm schon, jetzt stell dich nicht dümmer, als du bist. Diese Halsstarrigkeit, dass sie lieber unseren Seelenfrieden – samt dem von Fanis und seinen Eltern – aufs Spiel setzt, als einmal darauf zu verzichten, ihren Kopf durchzusetzen. Völlig abgesehen davon, dass sie auf mich überhaupt keine Rücksicht nimmt. Auf dich übrigens auch nicht, wo du doch ihr großer Liebling bist. Und jetzt setzt sie dieses verbohrte Verhalten fort, indem sie nicht einmal anruft. Eines sage ich dir. Wenn die Eltern so einen Dickkopf nicht aushalten, wie dann Fanis? Da darf man sich nicht wundern, wenn in ein paar Jahren die Scheidung ins Haus steht. Und man muss hoffen, dass sie dann noch kein Kind haben, weil so ist es ja Mode geworden: Zuerst setzt man ein Kind in die Welt, dann trennt man sich, und dann halst man es der Großmutter auf, die es aufziehen soll.«

»Rede doch das Unglück nicht herbei!«, rufe ich außer mir. »Sie hat doch gerade erst geheiratet!«

»So, wie sie geheiratet hat, zählt es sowieso nicht, aber um die Scheidung kommt man trotzdem nicht herum.« Wenn Adriani so richtig wütend ist, findet sie, sowie man den Mund aufmacht, stets ein schlagendes Gegenargument.

»Wir könnten ja anrufen und das Schweigen brechen.«

»Wie soll ich denn mit Katerina reden, wenn ich insgeheim Fanis' Eltern recht gebe und genauso enttäuscht bin von ihr wie sie?«

»Ich könnte ja mit ihr sprechen.« Doch sogleich bereue ich meinen Vorstoß, denn ich weiß, was nun folgt.

»Na klar, du und dein Töchterchen«, schreit sie. »Immer macht ihr alles untereinander klar, und ich bin außen vor. Und wenn ich manchmal wage, ein wenig Druck auf sie auszuüben, um ihr ein paar nützliche Dinge beizubringen, stellst du dich gleich schützend vor sie. Einmal war es die Schule, dann das Studium, dann wieder das Doktorat. Egal, ob sie nun Hausfrau, Rechtsanwältin oder Ministerin wird – hättest du mich nur gelassen, ihr ein paar grundlegende Dinge ans Herz zu legen, wäre es nicht so weit gekommen. Denn ich bin es, die jetzt alles ausbaden muss. Doch du hast es ja so gewollt.«

Wir haben ganz vergessen, wo wir uns befinden, und schreien uns an, als wären wir in unseren eigenen vier Wänden, als nebenan ein Hotelgast an die Wand hämmert, damit wir den Mund halten. Jäh verstummen wir und blicken uns erschrocken an. Adriani schlüpft eilig ins Bad, als wolle sie sich vor den unsichtbaren tadelnden Blicken verstecken. Und ich lege mich aufs Bett, drehe mich zur Seite und hefte den Blick auf das Fenster gegenüber. Schon allein diese Körperhaltung lässt eine weitere schlaflose Nacht erwarten.

4

In der Kirche enden die Vigilien immer mit der Frühmesse, während unsere Nachtwache in einem Schweigegelübde gipfelt. Am Morgen stehen wir wortlos auf, kleiden uns stumm an, dann geht Adriani hinunter zum Frühstück, immer noch schweigsam. Ich überlege, mir einen Kaffee aufs Zimmer zu bestellen, um sowohl ihrer finsteren Miene als auch der frühmorgendlichen Gier der übrigen Reiseteilnehmer zu entgehen, die mit turmhoch beladenen Tellern vom Büfett an ihren Tisch zurückkehren.

Doch dann überlege ich, dass ich mir dadurch einen Genuss entgehen lasse, den ich jahrelang vermisst habe. Beim Frühstück gibt es alles Mögliche, nur keine Croissants. Als ich das am ersten Tag feststellte, atmete ich erleichtert auf. So würde ich zumindest nicht an das Croissant erinnert, das ich jeden Morgen an meinem Schreibtisch esse. Dagegen gab es hier meine geliebten Sesamkringel, die mich an die guten alten Zeiten erinnerten, als wir in der Dienststelle noch ein zünftiges Gabelfrühstück zu uns nahmen, unsere Sesamkringel durchschnitten und mit einer hauchdünnen Scheibe Käse belegten. Seit dieser Entdeckung esse ich jeden Morgen genüsslich einen Käsekringel zum Frühstück. Und darauf will ich auch heute nicht verzichten. Ich lasse mich doch nicht von Adriani ins Zimmer verbannen, nur weil ich eine Schwäche für meine Tochter habe.

Doch ich nehme nicht am selben Tisch wie sie Platz. Nicht weil ich übermäßig nachtragend bin, sondern weil es weniger auffällt, dass wir Streit haben, wenn wir beide mit anderen Leuten zusammen sind. Das ist eine stille Übereinkunft zwischen uns beiden, die automatisch in Kraft getreten ist, ohne dass wir ausdrücklich darüber reden mussten. Wenn wir zerstritten sind und uns gleichzeitig in Gesellschaft bewegen, dann versuchen wir, einander möglichst unauffällig aus dem Weg zu gehen und so zu tun, als sei nichts vorgefallen.

So lande ich am Tisch der Familie Stefanakos, wo der Sohn, verschanzt hinter seinem überladenen Teller, gerade ausführlich das Für und Wider aller auf dem Markt erhältlichen Handys analysiert und der Vater mir stolz von seinen Studentenjahren unter der Juntazeit und seinen damaligen Zusammenstößen mit den ›Polypen‹ berichtet. Die Alternative wäre der Tisch der Familie Petropoulos gewesen. Doch die beiden – er ehemaliger Zweigstellenleiter der Sozialversicherungsanstalt und sie pensionierte Amtsleiterin beim Finanzamt – können aufgrund ihrer beruflichen Deformation den sauertöpfischen Gesichtsausdruck auch im Rentenalter nicht ablegen.

Im Reisebus wähle ich gerne einen Platz in den letzten Sitzreihen, was mir zuweilen gelingt, und versuche mich beim Anblick des Bosporus zu entspannen. Parallel zu unserem Bus fährt ein riesiger Tanker, daneben ein Linienschiff. Die beiden wirken wie Pat & Patachon, da das Linienschiff gerade mal hoch genug ist, um den Namenszug der Reederei an der Schiffswand des Tankers zu verdecken. Zu meiner Linken sehe ich zwei strahlend weiß getünchte

Holzhäuser, das eine mit Veranden und kleinen Balkonen und das andere mit mehreren Erkern versehen. Dazwischen wurde ein Zweifamilienhaus gezwängt, das genauso gut in Athen stehen könnte. Am gegenüberliegenden, asiatischen Ufer drängeln sich die Bauten aneinander wie die Fahrgäste eines öffentlichen Busses in der Stoßzeit, und die Häuser scheinen einander tatsächlich auf die Zehen zu treten, um sich Platz zu verschaffen. An der Küstenstraße sticht ein riesiges, kasernenartiges Gebäude hervor, das ganz alleine dasteht und die Umgebung dermaßen beherrscht, dass es keiner gewagt hat, angrenzend zu bauen. Gerade als wir die erste Bosporusbrücke überqueren, ertönt die Stimme des Feldherrn a. D. an meinem Ohr.

»Die Meerenge der Dardanellen ist wie der Engpass der Thermopylen«, erklärt er. »Wer die Dardanellen bewacht, hat sein Glück gemacht. Denken Sie an den Spartanerkönig Leonidas, der die Schlacht an den Thermopylen schlug. Er war ein Vorreiter dieser Strategie.«

Ich entgegne nichts, da ich meinen Blick weiterhin auf den Bosporus hefte, in der Hoffnung, auch Despotopoulos möge sich dem zauberhaften Anblick hingeben. Doch leider behält das militärische Räsonieren die Oberhand.

»Hier liegt der ganze strategische Wert der Türkei, wenn Sie meine Meinung hören wollen. Weder im Norden an der Grenze zum russischen Bären noch im Süden an der Grenze zum Islam, sondern bei den Dardanellen. Wären sie noch in unserem Besitz, dann würden die Amerikaner jetzt vor uns katzbuckeln.«

»Gestatten Sie mir eine Frage, Herr General. Haben Sie auch Augen für etwas anderes als die geostrategischen

Punkte, von denen aus wir unsere Streitkräfte aufmarschieren lassen könnten?«

Schweigend lässt er seinen Blick auf mir ruhen. »Ich tue das, damit ich nicht ganz einroste«, erläutert er mir in aller Ruhe. »Seit meiner Entlassung aus dem Militärdienst beschränkt sich mein strategisches Denkvermögen auf das Birimba-Spiel.« Er wirft einen Blick auf seine Frau, die gerade das Handy am Ohr hat. »Sehen Sie meine Frau da vorne? Wissen Sie, wie oft sie seit heute Morgen schon telefoniert hat?«

»Nein, woher denn auch?«

»Zehnmal mindestens. Und wissen Sie, warum? Um zu hören, ob ihr Schoßhündchen unter Einsamkeit leidet, weil sie es allein zurückgelassen hat.«

Er hält kurz inne, doch als er keine Antwort erhält, seufzt er nur: »Das Problem mit Ourania ist, dass sie immer davon geträumt hat, einen wie Lord Mountbatten zu heiraten. Und dann ist sie bei einem Etappenschwein wie mir gelandet. Können Sie sich das Zusammenleben zwischen einem Etappenschwein und einer Möchtegern-Lady vorstellen, Kommissar? Bei ihrem Schoßhündchen findet sie zumindest ein wenig von Mountbattens Flair.«

Ich weiß zwar nicht, was ich ihm darauf antworten soll, doch er ist mir auf jeden Fall um einiges sympathischer geworden. Adriani hat sich wenigstens keiner Selbsttäuschung hingegeben, von Anfang an wusste sie, woran sie mit mir war: »Kostas Charitos, griechischer Bulle«. Und sie hat sich nicht nur mit der Wahrheit abgefunden, sondern sie ist sogar stolz darauf.

Als wir in einem Café mit Blick auf den Bosporus haltmachen, von dem es heißt, dort bekomme man den besten Tee der Stadt, gehe ich auf Adriani zu und flüstere ihr ins Ohr: »Ist unser Familienleben noch zu retten?« Ich sage es halb im Scherz, befürchte aber gleichzeitig, die Frage könnte sich wirklich stellen.

Sie blickt mich überrascht an, dann steuert sie auf einen leeren Tisch zu, damit wir uns unterhalten können. »Wie kommst du denn auf den Gedanken?«, fragt sie mich. »Du hast manchmal Ideen...«

»Was soll ich sonst sagen? Wir reden nicht mehr mit Katerina, sie hält sich ihrerseits von uns fern, und jetzt gehen wir beide uns auch noch aus dem Weg... Sieht doch nach Auflösung der Familienbande aus, oder?«

Sie antwortet nicht sofort, sondern seufzt tief, was auch als Zustimmung gedeutet werden könnte. »Vielleicht haben auch wir falsch reagiert. Möglicherweise hätten wir lieber beide Augen zudrücken sollen, als uns stur zu stellen.«

»Wir haben uns ein bisschen ungeschickt verhalten. Wir wissen eben immer noch nicht, wie wir am besten mit Katerinas Widerstand umgehen.«

»Die Hauptschuld liegt bei mir. Ich bin ihr gegenüber zu weit gegangen.« Sie scheint dem Gedanken noch kurz nachzuhängen, dann kommt sie zum Schluss: »Aber es war doch vor allem wegen ihrer Schwiegereltern. Ich wollte nicht, dass sie ihr ewig vorhalten könnten, sie hätte auf eigene Faust eine Trauung ohne Pfarrer durchgesetzt. Weder ihr noch uns. Sie sind schon in Ordnung, nur eben aus der Provinz. Da kann man sagen, was man will, sie haben eben andere Vorstellungen.«

Meinem Einwurf, mit unseren Geburtsorten Siatista und

Konitsa seien wir auch nicht gerade Hauptstädter, kommt sie zuvor: »Wir sind weggezogen, sie sind dageblieben. Das ist schon ein großer Unterschied. Darüber hinaus habe ich an deine Lage gedacht. Wie solltest du das deinen Kollegen und Gikas bloß erklären...« Nach einer kurzen Pause fragt sie geradeheraus: »Meinst du, ich sollte über meinen Schatten springen und Katerina anrufen?«

»Lass lieber. Soll sie mal die Initiative ergreifen. Vielleicht tut es uns allen gut, ein wenig Abstand zu gewinnen. Dann sehen wir auch klarer, wo wir Fehler gemacht haben.«

Gerade wollen wir uns vom Tisch erheben, als die Mouratoglou auf uns zutritt. »Wissen Sie, wie die Türken früher ihren Tee getrunken haben?«, fragt sie uns.

»Nein.«

»Nehmen Sie ein Stück Würfelzucker und legen Sie es sich unter die Zunge, Herr Kommissar.«

Meine generelle Abneigung gegen Experimente ist eine Berufskrankheit, weil man uns alle naselang einen neuen Minister vorsetzt, der uns als Versuchskaninchen benutzt. Doch ich möchte die Mouratoglou nicht vor den Kopf stoßen und tue, was sie verlangt.

»Und jetzt trinken Sie einen Schluck von Ihrem Tee.« Ich spüre, wie sich eine leichte, angenehme Süße in meinem Mund verbreitet. »Auf ähnliche Weise hat man früher auch den Raki getrunken. Nicht wie heute mit Eiswürfeln, als wäre es Whisky, sondern man nahm zuerst einen Schluck puren Raki und dann einen Schluck Wasser. Damals haben Istanbuler Griechen und Türken gleichermaßen mit dem Originalgeschmack begonnen, um ihn gleich darauf zu verhunzen.«

Am frühen Nachmittag kehren wir ins Hotel zurück, und ich möchte mich vor dem abendlichen Flanieren ein Stündchen aufs Ohr legen, doch der junge Mann an der Rezeption macht mir einen Strich durch die Rechnung.

»Sie haben Besuch.«

Ich wende mich mit der Vorahnung um, einem Kollegen gegenüberzustehen, doch zu meiner großen Überraschung erkenne ich den Typen, den wir gestern Abend im Restaurant getroffen haben.

»Guten Abend, Herr Kommissar. Erinnern Sie sich an mich?«

»Aber natürlich! Der Herr aus der Taverne von gestern Abend!«

Nachdem wir nun den Ursprung unserer Bekanntschaft eruiert haben, verstummt er und blickt mich verlegen an.

»Es gibt da ein sehr großes Problem, und ich brauche Ihre Hilfe«, presst er hervor.

»Inwiefern soll Ihnen ein griechischer Polizeibeamter helfen, der sich als Tourist und Privatmann in Istanbul aufhält?«

»Können wir uns hinsetzen, damit ich Ihnen die Sache in Ruhe erklären kann?«

Ich bedeute Adriani, die mich am Fahrstuhl erwartet, alleine hochzufahren, und folge dem Unbekannten mit den guten Manieren an die Bar.

»Zunächst einmal möchte ich mich vorstellen, Herr Kommissar. Mein Name ist Markos Vassiliadis, und ich bin Schriftsteller. Das hier ist meine Heimatstadt, hier habe ich meine Kinderjahre verbracht, hier bin ich zur Schule gegangen. Als wir klein waren, hatten wir eine Kinderfrau, die mich und meine Schwester aufgezogen hat. Ihr Name ist

Maria Chambou oder auch Chambena, wie man früher in Istanbul sagte. Gestern Abend habe ich Sie gefragt, ob sie unter Ihren Mitreisenden war.«

»Ja, ich erinnere mich.«

»Maria lebt mit ihrem jüngeren Bruder in einem nordgriechischen Dorf, etwas außerhalb von Drama. Ursprünglich ist sie eine Pontusgriechin aus dem Schwarzmeergebiet. Kürzlich hat sie davon gesprochen, ein letztes Mal nach Istanbul kommen zu wollen.« Er hält kurz inne, um zu prüfen, ob ich eventuell Fragen habe. Doch da dem nicht so ist, fährt er fort: »Maria ist schon sehr alt, sie muss an die neunzig sein. Sie ist zwar noch gut beisammen, aber trotzdem ist eine solche Reise für eine Frau ihres Alters eine Strapaze. Ich habe versucht, es ihr auszureden, aber sie war nicht davon abzubringen.«

»Und so hat sie die Fahrt angetreten?«

»Genau, sie ist mit dem Reisebus von Thessaloniki losgefahren. Dann verliert sich ihre Spur. Wir wissen nicht, ob sie sich in Istanbul befindet, wir wissen auch nicht, wo sie wohnt, wir wissen rein gar nichts. Ich befürchte, dass ihr etwas zugestoßen ist.«

»Wann genau ist sie von Thessaloniki abgefahren?«

Vassiliadis reagiert verlegen. »Ich kann es nicht mit Bestimmtheit sagen. Zuletzt haben wir vor einer Woche miteinander telefoniert. Ich nehme an, dass sie unmittelbar danach abgereist ist.«

»Wollte sie sich mit Ihnen in Verbindung setzen?«

»Ja, und das beunruhigt mich am meisten. Ich habe ihr meine Handynummer gegeben und ihr nahegelegt, mich anzurufen. Doch sie hat sich überhaupt nicht gemeldet.«

»Haben Sie mit ihrem Bruder gesprochen?«

Hilflos breitet Vassiliadis die Hände aus. »Ich habe es immer wieder versucht, aber keiner geht ans Telefon.«

In der nachfolgenden Pause blicken wir uns stumm an. Offenbar erwartet Vassiliadis von mir einen Lösungsvorschlag oder irgendeine Initiative, doch ich beabsichtige nichts dergleichen. Wenn ich schon gezwungenermaßen in die Ferien gefahren bin, soll ich sie dann auch noch freiwillig unterbrechen, um ehrenamtlich tätig zu werden? Das wäre wohl zu viel verlangt.

»Ich war schon bei der Polizei, aber dort zeigte man gar kein Interesse«, hebt Vassiliadis wieder an. »Man sagte mir, es sei noch zu früh für eine Vermisstenanzeige, da müsse erst eine bestimmte Zeitspanne verstreichen. Eine Rolle spielt natürlich auch, dass ich kein Verwandter von Maria bin. Das hat sie misstrauisch gemacht.«

Langsam kriecht in mir ein Verdacht hoch, ich vermute, ich weiß jetzt, was er von mir will, und das passt mir überhaupt nicht. »Und was soll ich in der Sache tun, Herr Vassiliadis?«

»Mit mir zur Polizei gehen. Wenn man dort hört, dass Sie ein Kollege aus Griechenland sind, der sich für das Verbleiben einer Griechin interessiert, dann packen wir sie bei ihrer Berufsehre, und sie müssen etwas unternehmen.«

»Ihnen ist aber klar, dass ich nicht in offizieller Mission auftreten kann.«

»Darauf will ich ja hinaus: dass Sie um eine Gefälligkeit unter der Hand bitten.«

Ich kann mir nicht vorstellen, dass meine Vermittlung in dieser Sache von Nutzen ist. Was soll ich den türkischen Polizeibeamten denn sagen? Sie haben Vassiliadis korrekt geantwortet. Von uns hätte er auch nichts anderes zu hören bekommen. Worum sollte ich sie also darüber hinaus bitten? Dass sie sich ins Getümmel einer Fünfzehn-Millionen-Metropole stürzen sollten, um eine neunzigjährige Frau namens Maria zu finden? Ich gelange zur Schlussfolgerung, dass wir die Sache anders anpacken müssen.

»Lassen Sie mich erst mal mit der Polizeidirektion in Drama sprechen, damit man jemanden bei ihrem Bruder vorbeischickt. Dann sehen wir weiter. Wissen Sie, wie er heißt?«

»Jorgos oder Jannis Adamoglou, glaube ich. Adamoglou jedenfalls, in Bezug auf den Nachnamen bin ich mir sicher.«

»Und das Dorf?«

»Liegt am Stadtrand von Drama. Ich weiß nicht, ob es ein eigenes Dorf ist oder ein Stadtteil.«

Mit Stefanos Polyzos, dem Leiter der Polizeidirektion Drama, war ich kurzzeitig bei der Sitte, und wir kamen gut miteinander aus. So rufe ich ihn auf seinem Handy an und stelle ihm die Sachlage dar.

»Könnt ihr einen eurer Leute hinschicken und mit dem Bruder sprechen?«, frage ich abschließend. »Vielleicht hat er etwas von seiner Schwester gehört.«

Nach einer kurzen Pause vernehme ich Polyzos' Stimme: »Nicht nötig, wir waren schon dort.«

»Haben sich noch andere über das Verschwinden der Chambou gewundert?«, frage ich beunruhigt.

»Den Nachbarn war ein penetranter unangenehmer Geruch aufgefallen. Wir sind ins Haus eingedrungen und haben Jannis Adamoglou vorgefunden – er war tot, und zwar schon seit sechs Tagen.«

»Woran ist er gestorben?«

»Der Obduktionsbefund spricht von einer Vergiftung durch ein Pflanzenschutzmittel, Parathion beziehungsweise E 605. Ob es nun Selbstmord war oder ob er vergiftet wurde, untersuchen wir noch.«

»Und seine Schwester?«

»Spurlos verschwunden.«

»Besteht die Möglichkeit, dass auch sie vergiftet wurde?«

»Ziemlich unwahrscheinlich. Hätte sie zusammen mit ihrem Bruder gegessen, hätten wir sie auch im Haus finden müssen. Hätte sie das Gift erst später und an einem anderen Ort zu sich genommen, wäre sie vermutlich in ein Krankenhaus eingeliefert worden. Jedenfalls suchen wir sie.«

Der Schriftsteller Markos Vassiliadis starrt mich wie vom Donner gerührt an.

5

*H*ow do you know?«, fragt mich der türkische Polizeibeamte.

Er ist Mitte dreißig, athletisch gebaut und trägt eine spöttische Miene zur Schau, die mir auf die Nerven geht, da ich dahinter die Arroganz der Regionalmacht Türkei dem armen kleinen Griechenland gegenüber erkenne. Sich-Aufspielen oder Sich-auf-den-Schlips-getreten-Fühlen – das sind die typischen Reaktionsweisen der uniformierten Kräfte: der Bullen und der Etappenschweine. Doch das arme kleine Griechenland ist nunmehr als EU-Mitglied im Vorteil und die Türkei der arme Vetter aus dem Orient, der erfolglos Einlass in die Europäische Union begehrt.

Der Name des Polizeibeamten lautet Murat Soundso. Murat ist einfach, das habe ich mir gemerkt, doch den Nachnamen kann ich nicht behalten. Außerdem sprechen wir nicht direkt miteinander, wenn man von den englischen Brocken absieht, die er mir vorhin zugeworfen hat, sondern mittels eines Dolmetschers, nämlich Markos Vassiliadis. Ohne ihn hätten wir uns in dem rudimentären Englisch unterhalten müssen, das wir offensichtlich beide ganz prima beherrschen, doch Türken wie Griechen geben sich gern dem Müßiggang hin, daher ziehen wir beide den Weg des geringsten Widerstands vor und lassen Vassiliadis alles übersetzen.

»Woher wissen Sie, dass diese Maria Chambou in die Türkei eingereist ist?«, übersetzt Vassiliadis Murats Frage.

»Wir haben in allen Reisebüros in Thessaloniki nachgefragt. Daher wissen wir, in welchem und auch wann sie ihre Reise gebucht hat. Und da sie nachweislich den Bus von Thessaloniki nach Istanbul genommen hat, wird sie kaum in Sofia angekommen sein. Außerdem muss man nur ihre persönlichen Daten bei den Grenzkontrollbehörden abfragen, um ihr Einreisedatum zu verifizieren.«

Der Polizeibeamte spricht zwar mit Vassiliadis, wirft mir jedoch zwischendurch ein paar scheele Blicke zu.

»Der Kriminalobermeister meint, es gebe, so wie er die Sache einschätzt, noch keinen hinreichenden Tatverdacht in Bezug auf ein Gewaltverbrechen.«

»Dann sagen Sie ihm, dass der Gerichtsmediziner bei der Obduktion des Bruders Spuren eines bestimmten Pflanzenschutzmittels gefunden hat. In neun von zehn Fällen, bei denen Frauen auf dem Dorf ihre Männer, ihre Schwiegereltern oder ihre Brüder umbringen, ist dieses Mittel ihre Waffe. Vor ein paar Jahren hat eine Frau das Gift in die traditionelle Pitta des heiligen Fanourios gemischt und so eine ganze Familie ausgerottet.«

»Entschuldigung, aber das kann ich nicht übersetzen, Herr Kommissar.«

»Was denn?«

»Die Pitta des heiligen Fanourios, ich weiß nicht, wie man das auf Türkisch sagt.«

»Dann sagen Sie einfach Pitta, damit es verständlich rüberkommt. Das ist nicht so wichtig.«

Der Polizeibeamte hört sich an, was Vassiliadis ihm übersetzt, dann wendet er sich direkt an mich: »*I want an international arrest warrant*«, sagt er auf Englisch, wohl mehr, um mich loszuwerden, als aus Überzeugung.

»Bisher dachte ich, solche sturen Bullen gibt's nur bei unserer Truppe«, sage ich zu Vassiliadis. Dann wende ich mich an Murat. »Den internationalen Haftbefehl kriegen Sie, wenn Sie wollen«, radebreche ich auf Englisch und erhebe mich. Ich schüttle Murat förmlich die Hand, und wir treten hinaus...

Vassiliadis geht ein paar Schritte, dann lehnt er sich an die Wand draußen vor der Polizeidirektion und schließt die Augen. »Einfach unfassbar«, flüstert er.

»Was denn?«

»Dass wir hier von Maria sprechen, als wäre sie eine gemeine Mörderin.«

»Alle Indizien deuten in diese Richtung.«

»Glauben Sie im Ernst, Herr Kommissar, dass sie diese Frau mit der Fanouropitta imitiert und ihren Bruder vergiftet hat?«

»Nicht auszuschließen, dass sie damals in der Zeitung davon gelesen und sich später wieder daran erinnert hat.«

»Das ist ausgeschlossen, denn Maria kann weder lesen noch schreiben. Sie hat keinerlei Schulbildung.«

»Vielleicht hat sie es aus dem Fernsehen. Gibt es bei ihr zu Hause kein Fernsehgerät?«

Darauf folgt ein kurzes Schweigen, dann meint Vassiliadis verlegen: »Keine Ahnung, bei ihr zu Hause bin ich nie gewesen. Ich wohne ja in Athen.« Den Nachsatz fügt er zur Rechtfertigung hinzu, die jedoch einer näheren Prüfung nicht standhält.

»Wie soll ich das verstehen, Herr Vassiliadis? Jetzt, da Maria in Istanbul ist, sorgen Sie sich um ihr Schicksal, aber als sie in Drama lebte, haben Sie sie kein einziges Mal besucht?«

»Einmal war ich schon dort, aber –«

»Was aber?«

»Ich bin mit ihrem Bruder nicht klargekommen. Ein ungehobelter und unhöflicher Mensch, der mit allen Nachbarn über Kreuz war und gegen die Hälfte von ihnen vor Gericht gezogen ist.«

Nun beginnt mir aus seinen halbherzigen Aussagen etwas zu dämmern. »Also hat er sich auch mit seiner Schwester nicht gut verstanden?«

Er lässt die Antwort in der Schwebe. »Ich glaube, es wäre richtiger, Ihnen Marias Geschichte von Anfang an zu erzählen«, meint er. »Kommen Sie, wir suchen uns einen Ort, wo wir uns hinsetzen können, denn dazu muss ich etwas ausholen.«

Er hat es so eilig, mir die Geschichte zu erzählen, dass er mich gleich in die erste Konditorei führt, die auf unserem Weg liegt. Als ich an der Vitrine vorübergehe, bietet sich meinem Blick eine unendliche Vielfalt von Süßspeisen dar. Ich versuche standhaft zu bleiben und mich auf meinen Kaffee zu beschränken, doch ich merke, wie meine Vorsätze dahinschmelzen.

»Was möchten Sie gerne?«, fragt mich Vassiliadis.

»Wenn wir schon hier sind, dann etwas Süßes, oder?«, entgegne ich und versuche so, ihm die Verantwortung für meine Zügellosigkeit aufzubürden.

Während sich Vassiliadis auf ein Glas Ayran beschränkt,

bestelle ich Ekmek, und zwar nicht so wie in Griechenland, mit nur einer Schicht und Eis, sondern wie es hier üblich ist, mit zwei Schichten Süßbrot und Kaymak. Diskret wartet er ab, bis ich mein Dessert zu Ende gegessen habe, denn ich bin fest entschlossen, es bis zum letzten Bissen zu genießen. Ich klappe die beiden Scheiben auseinander, streiche den dicken Rahm auf die untere Schicht, pappe die andere Schicht obendrauf und mache ein süßes Sandwich daraus.

Vassiliadis, der die Prozedur verfolgt hat, lacht auf: »Beeindruckend, was für ein orientalischer Genussmensch in Ihnen steckt, Herr Kommissar.«

Ich selbst bin genauso verwundert, denn neben meiner Schwäche für Souflaki entdecke ich nunmehr auch meine Schwäche für die Süßspeisen des Orients. Dann bedeute ich Vassiliadis, er könne anfangen, worauf er tief Luft holt.

»Maria muss 1915 geboren sein, so glaubt sie wenigstens. Ihre Familie war aus dem Schwarzmeergebiet geflohen und ließ sich 1922 in Istanbul nieder. Sie waren zu dritt: Maria, ihre Mutter und ihr Onkel, der Bruder ihres Vaters. Der Vater war in Eskişehir auf Seiten der griechischen Armee gefallen. Sie waren in der Hoffnung nach Istanbul gekommen, hier als Angehörige der griechischen Minderheit angesehen zu werden und eine Bleibe zu finden. Marias Mutter und ihr Schwager heirateten, und aus der Ehe ging Jannis, Marias Halbbruder, hervor. Eines schönen Tages packte Marias Onkel seine Familie zusammen, das heißt seine Frau und seinen Sohn, und zog fort nach Griechenland.«

»Und was war mit Maria?«

»Die haben sie bei irgendwelchen Tanten gelassen, Cousinen ihres Vaters, die mit ihrer Familie im Stadtviertel Fener lebten. Sie hatten ihr zwar versprochen, sie bald nach dem erfolgten Umzug nachzuholen, doch das haben sie nie wahrgemacht. Die Tanten haben sie widerwillig aufgenommen, und als sie merkten, dass ihre Familie nicht beabsichtigte, Maria nach Griechenland zu holen, haben sie beschlossen, das Mädchen von ihrem zwölften Lebensjahr an arbeiten zu schicken, um sie los zu sein. Maria sagte immer, das sei ihre Rettung gewesen, denn ihre Tanten hätten sie wesentlich schlimmer behandelt als ihre Arbeitgeber. Zuletzt kam sie in unsere Familie, wo sie viele Jahre blieb. Wie ich Ihnen schon erzählte, hat sie mich und vor allem meine Schwester aufgezogen.«

»Und wie ist sie nach Drama gelangt?«, frage ich ihn, während ich einen Tee bestelle, um meine Hinwendung zum Orient zu krönen.

Ein tiefer Seufzer löst sich aus seiner Brust, und es fällt ihm offenbar schwer fortzufahren: »Meine Eltern waren unter den Letzten, die Istanbul verlassen haben. Vor ihrer Abfahrt haben sie ihr einen Platz im Altersheim von Baloukli besorgt.« Er hält inne und sucht nach Worten: »Meine Eltern sollten anfangs bei mir wohnen. Doch die Athener Appartements sind nicht so geräumig wie die Wohnungen in Istanbul. Sie hatten Angst, Maria müsste vielleicht auf einem Notlager im Wohnzimmer übernachten, und dachten, sie wäre im Altersheim besser aufgehoben. Ein Jahr danach hat ihr Bruder sie angerufen und ihr vorgeschlagen, zu ihm zu ziehen.«

»Hatte sie denn noch Kontakt zu ihm?«

»Überhaupt nicht. Nicht zu ihrem Bruder und auch nicht zu ihrer Mutter. Die Familie hatte Maria ganz abgeschrieben.«

»Und woher kam das plötzliche Interesse des Bruders?«

»Da kann ich nur spekulieren. Aus Marias Erzählungen weiß ich, dass ihr Bruder ein alter Junggeselle war und bei seiner Mutter lebte. Als sie starb, blieb der Bruder allein zurück und suchte jemanden, der sich um ihn kümmerte. Der Gedanke lag nah, Maria zu sich zu holen, da sie sonst niemanden auf der Welt hatte.«

»Da hat er die Rechnung ohne das Insektenvertilgungsmittel gemacht.«

Er hebt verzweifelt die Hände, ohne weitere Worte. Wäre ich kein Polizeibeamter, würde ich sagen, recht ist dem alten Hagestolz geschehen, er hat es nicht anders verdient. Doch es gibt eine Frage, die man nicht durch Spekulationen beantworten kann. Warum ist Maria Chambou nach Istanbul zurückgekehrt? Sie hätte doch in dem Dorf bei Drama bleiben können, sie hätte eine Lügengeschichte über den Tod des Bruders erzählen können, und keiner hätte sie behelligt. Mit neunzig wird man diesbezüglich sowieso nicht mehr behelligt. Doch das hat sie nicht getan. Sie hat sich einen Pass besorgt, eine Busfahrkarte gebucht, ist nach Istanbul gereist und hat dann erfolgreich ihre Spuren verwischt. All das verursacht mir eine ungute Vorahnung, doch ich weiß nicht, worauf sich mein Gefühl bezieht.

Gleich nach meiner Ankunft im Hotel rufe ich Gikas an und berichte ihm von den Vorfällen.

»Nun, mit Hilfe des griechischen Konsulats werden Sie den Haftbefehl schon morgen in Händen halten«, sagt er,

»dazu ein zweites Schreiben an die türkische Polizei, mit dem Ersuchen, Sie als Vertreter der griechischen Polizeibehörden anzuerkennen.«

Ich brauche etwa eine Minute, um seine Worte zu verdauen, doch immer noch hege ich die schwache Hoffnung, ich könnte mich verhört haben. »Was wollen Sie damit sagen?«, frage ich.

»Dass Sie dort bleiben, Kostas, bis die Sache aufgeklärt ist.«

»Aber Herr Kriminaldirektor –«

»Hören Sie, ich habe keinerlei Vertrauen zu den Türkenbrüdern, und ich weiß nicht, was die hinter unserem Rücken ausbrüten. Stellen Sie sich vor: eine neunzigjährige Mörderin, die obendrein noch Pontusgriechin ist. Aus der kann man alles Mögliche machen, von einer Spionin bis zu einem Opfer der griechischen Politik. Wenn morgen irgendetwas schiefläuft, schreit die Medienmeute gleich wieder, die Türken hätten uns in die Pfanne gehauen, und ich weiß nicht, wo ich zuerst in Deckung gehen soll. Also will ich, dass Sie bleiben und mich zeitgerecht informieren, sobald Sie etwas herauskriegen.«

Ich kann nicht sagen, dass ich mich in Istanbul unwohl fühle, wenn man die Voraussetzungen meiner Reise bedenkt, aber die Aussicht eines unbefristeten Aufenthalts begeistert mich absolut nicht. Ich möchte gerade jetzt, da unsere Nerven aus familiären Gründen blankliegen, nicht so weit weg von Athen sein. Anderseits kann ich Gikas' Befürchtungen nachvollziehen, obwohl ich sie nicht teile. Wie sollten die Türken aus der Geschichte einer Neunzigjährigen, die ihren Bruder in der Nähe von Drama umgebracht hat, Profit schlagen? Sollte ein türkischer Haftbefehl gegen sie vorliegen, hätte ich für Gikas' Ängste Verständnis, obwohl in diesem Fall das Konsulat zuständig wäre. Doch ich denke, wir sind ohnedies noch fünf Tage hier, also kann ich mich ab und zu, wenn mir Zeit bleibt, nach dem Fall erkundigen.

»Ich möchte, dass Sie mir die Abschriften der Aussagen zuschicken, die von der Polizeidirektion Drama zu Protokoll genommen wurden«, sage ich zu Gikas.

»Geben Sie mir eine Faxnummer durch, dann haben Sie morgen alles.«

Ich diktiere ihm die Faxnummer des Hotels, die im internen Telefonverzeichnis steht, bevor wir das Gespräch beenden.

Als ich auflege, wirft mir Adriani, die sich gerade auf den abendlichen Ausgang vorbereitet, einen misstrauischen Blick zu. Ich fühle mich gezwungen, ihr die Sachlage zu erklären und meine Aktivitäten zu rechtfertigen, worauf sie mir einen ihrer Sinnsprüche an den Kopf wirft.

»Mein lieber Kostas: Schlägt der Hase wilde Haken, darf er sich nicht wundern, wenn er abgeschossen wird, wie mein seliger Vater immer sagte.« Dabei war ihr Vater gar kein passionierter Jäger, sondern Beamter bei der Depositen- und Darlehenskasse.

»Du bist hier im Urlaub, und es besteht kein Grund, dich auf solche Dinge einzulassen. Ich jedenfalls habe nicht vor, mein Programm deinetwegen zu ändern.«

Mit diesem Kommentar lässt sie mich stehen, um in die Lobby hinunterzugehen.

6

Zuckerbrot und Peitsche, so ist das Leben. Die Peitsche habe ich gestern von Gikas zu spüren gekriegt, heute gibt's Zuckerbrot, ohnehin meine neue Leidenschaft. Das Linienschiff durchpflügt das ruhige Meer und bringt uns von den Prinzeninseln zurück nach Istanbul. Wenn ich Prinzeninseln sage, meine ich nicht alle vier auf einmal, sondern nur eine, nämlich Prinkipos. Die anderen haben wir von weitem gesehen, als wir auf dem Wasser daran vorüberzogen, oder vom »Schiffsanleger« aus, wie die Mouratoglou den Pier nennt.

Ein gemeinsamer Wunsch aller Reiseteilnehmer war es, nach Chalki zu fahren und die Theologische Schule zu besuchen, doch sie war geschlossen. So landeten wir auf Prinkipos und unternahmen mit den Pferdekutschen die »kleine Inselrundfahrt«, wie es die Mouratoglou angeregt hatte. Dabei stellte sich heraus, dass sie über die Geschichte eines jeden der aus Holz errichteten Landsitze Bescheid wusste und alle griechischen und etliche der armenischen und jüdischen Vorbesitzer kannte. Man hat eine Unmenge EU-Gelder verbraten, um in Griechenland ein elektronisches Liegenschaftskataster einzurichten, nur leider ohne Erfolg. Man sollte sich ein Beispiel an der Mouratoglou nehmen, die als Einzelperson das gesamte Grundbesitzverzeichnis der Konstantinopler Griechen im Kopf hat.

Mein Handy klingelt, als wir gerade die Insel Proti anlaufen, die Istanbul am nächsten gelegene der vier Prinzeninseln. Auf dem Display erkenne ich Katerinas Nummer, und Panik erfasst mich. Wie soll ich bloß reagieren? Vom gedehnten »Naaa?« über das trockene »Was gibt's?« bis zum zärtlichen »Wie geht's dir, mein Schatz?« stehen mir alle Optionen, wie es in unserem globalisierten Kauderwelsch heißt, offen. Mein Weg aus dem Dilemma führt über eine neutrale Formulierung, die sich für Frau und Tochter wie auch für einen Kollegen eignet, den ich schon lange nicht mehr gesehen habe.

»Was für eine nette Überraschung!«

Ich merke, wie Adriani mich verdutzt anblickt, und daher gehe ich zum Heck des Schiffs, um das Gespräch in aller Ruhe – ohne ihre bohrenden Blicke – zu führen.

»Wie steht's, Papa? Wie geht es euch?«

Ihre Stimme klingt flach und monoton, ohne ihre sonstige Lebhaftigkeit. Doch ihre Frage bietet mir die Möglichkeit, den Touristen in mir hervorzukehren, und ich packe die Gelegenheit beim Schopf. Ich fange an, über unsere Tage in Istanbul, über die Exkursionen, die Sehenswürdigkeiten, die Hagia Sophia, das Chora-Kloster, die Blaue Moschee und den Ausflug nach Prinkipos zu berichten. Irgendwann jedoch gehen mir die erzählerischen Postkartenmotive aus. Am anderen Ende der Leitung tritt eine kurze Stille ein, bis ich wiederum Katerinas Stimme vernehme.

»Ich hab großen Mist gebaut, was?«

Diese Frage ist so anders als alles, was ich erwartet habe, dass ich die Fassung verliere und mit der klassischen Gegenfrage kontere: »Was soll das heißen?«

»Komm schon, Papa, du weißt sehr gut, was ich damit sagen will. Ich hab großen Mist gebaut!«, wiederholt sie, als wollte sie den Sachverhalt noch einmal laut zu Gehör bringen. »Wäre mir ein Zacken aus der Krone gefallen, wenn ich in Brautkleid und Schleier geheiratet hätte? Absolut nicht! Nur Unfrieden habe ich gestiftet – zwischen mir und dir, zwischen mir und Mama und zwischen mir und meinen Schwiegereltern. Nun gut, ihr drückt beide Augen zu, weil ihr meine Eltern seid, doch meine Schwiegereltern bringen gerade noch einen säuerlichen Gruß über die Lippen. Und das Schlimmste ist, sie machen auch Fanis mitverantwortlich, weil sie meinen, er hätte seine männliche Autorität einsetzen und mich in die Kirche schleifen müssen. Und all das nur, weil ich geglaubt habe, ich könnte eine halbe Stunde Herumstehen und das Aufsetzen der Hochzeitskränze nicht aushalten. Ich weiß nicht, was mich manchmal überkommt, dass ich so unnachgiebig reagiere!«

Während ich ihrer bekümmerten Stimme lausche, überkommt mich anstelle meiner ursprünglichen Wut eine große Traurigkeit. »Was meint denn Fanis zu dem Ganzen?«, frage ich. Wenn's ernst wird, halte auch ich mich an die männliche Autorität.

»Fanis ist Arzt, Papa. Sowohl in seinem Berufs- als auch in seinem Privatleben. Er sucht immer nach dem geeigneten Heilmittel, ob es sich nun um ein Herzleiden oder um eine Familienangelegenheit handelt.«

»Und, hat er es gefunden?«

»Sein Vorschlag ist, wir sollten zusätzlich kirchlich heiraten.«

Das ist die Lösung, auf die keiner von uns gekommen

war. Zwei Hochzeitsfeiern: mit der einen ist Katerina zufrieden, mit der anderen alle Übrigen. Trotzdem versuche ich mich nicht zu früh zu freuen.

»Und was meinst du dazu?«, frage ich vorsichtig.

»Ich möchte, dass das Genörgel ein Ende hat. Ich habe schlaflose Nächte, meine Arbeit macht mir auch keine Freude mehr. Im Büro fragen sich alle, was mit mir los ist. Es geht schon das Gerücht einer ersten Ehekrise um. Daher sage ich: Bringen wir die zweite Trauung hinter uns, damit meine Schwiegereltern ihre Verwandten einladen können, meine Mutter ihre Familie und du deine Kollegen.«

»Und wann?«

»Deshalb rufe ich dich ja an. Wir sagen es dir zuallererst, für alle anderen soll es eine Überraschung sein. Verrate daher Mama nichts! Wenn ihr nach Athen zurückkommt, werdet ihr die Einladung vorfinden.«

Wir beenden das Gespräch mit telefonischen Küsschen, und danach betrachte ich das von den Motoren aufgewühlte Meer und die Insel Proti, die wir bereits hinter uns gelassen haben. Ich muss an den Fall denken, den mir Gikas aufgehalst hat. Wenn er sich in die Länge zieht, besteht die Gefahr, dass ich die Hochzeit meiner Tochter verpasse. Vielleicht sollte ich Katerina bitten abzuwarten, bis sich die Lage hier geklärt hat, doch ich weise den Gedanken sofort von mir. Schließlich kann ich Gikas anrufen und einen Kollegen anfordern, der mich ersetzt, wenn meine Tochter heiratet. Die andere Frage ist, ob ich, wenn auch gegen den Willen Katerinas, mit Adriani sprechen sollte. Ich weiß, dass ich Schuldgefühle bekomme, wenn ich sie leiden lasse, wo ich sie doch erlösen könnte.

In Gedanken versunken kehre ich an meinen Platz zurück. Adriani macht eine fragende Handbewegung, und ich erkläre ebenfalls wortlos, nichts sei los, und blicke woandershin, um die Diskussion in Gebärdensprache zu beenden. Mein Blick fällt auf einen Wellenbrecher, der auf einen Leuchtturm zuführt.

»Was ist das für ein Leuchtturm?«, frage ich die Mouratoglou.

»Das Laternchen«, antwortet sie lachend. »So heißt er bei uns. Ein Zeichen, dass wir uns Istanbul nähern. An diesem Punkt sagten wir uns früher, dass wir in zwanzig Minuten ankommen würden.«

Die Mouratoglou unterbricht sich, da die Petropoulou auf sie zusteuert. Die Petropoulou schubst Adriani mit einem »Erlauben Sie mal?« beiseite, um sich einen Platz an Mouratoglous Seite zu sichern, und Adriani ergreift die Gelegenheit, um in meine Nähe zu gelangen.

»Wer war dran?«, fragt sie. »Hat dir Gikas wieder etwas Neues aufgehalst?«

»Katerina hat angerufen.«

Ihr Mienenspiel verändert sich schlagartig. Sie reißt die Augen auf, und nur mit Mühe hält sie die Lautstärke ihrer Stimme im Zaum. »Und?«

Ich wende mich um und nagle sie mit meinem Blick fest. »Ich sage dir, was los ist, aber wenn du Katerina auch nur einen Ton sagst, rede ich nie wieder mit dir. Da kannst du noch so viele gefüllte Tomaten kochen.«

»Beim Wohle meiner Tochter, ich schwöre es dir. Komm, sag schon!«

Ich erstatte ihr rückhaltlos Bericht, so wie ich es sonst

selbst Gikas gegenüber nur in Ausnahmefällen tue. Als ich fertig bin, schlägt sie das Kreuzzeichen. Zwei Türkinnen mit Kopftüchern und langen Mänteln blicken sie befremdet an. Die eine schüttelt mit einem Lächeln den Kopf, wobei sie den Blick zum Himmel richtet.

»Reiß dich zusammen, wir sind hier nicht in Athen«, ermahne ich sie für alle Fälle.

»Gleich morgen früh zünde ich in der Dreifaltigkeitskirche am Taksim-Platz eine Kerze an.«

Unmittelbar nach diesen Worten bricht sie jäh in Tränen aus. Nun blicken nicht nur die beiden Kopftuchträgerinnen, sondern auch die anderen Reiseteilnehmer, darunter auch die Mouratoglou, verdutzt zu ihr hin. Zum Glück ist die Petropoulou schon wieder an ihren Platz zurückgekehrt.

»Ist was passiert?«, fragt sie besorgt.

»Nein, Frau Mouratoglou, das sind Freudentränen. Unsere Tochter wird heiraten.«

»Ja, aber haben Sie mir nicht erzählt, dass sie bereits verheiratet ist?«, wundert sich die Mouratoglou.

»Doch, aber jetzt wollen die beiden auch kirchlich heiraten.«

Die Mouratoglou lacht auf: »Haben Sie vielleicht, ohne es zu wissen, Vorfahren aus Istanbul?«, fragt sie uns.

»Wieso?«

»Denn wir hier in Istanbul heiraten immer zweimal. Hier ist die standesamtliche Trauung zwingend vorgeschrieben. So heiratet man bei uns zuerst einmal auf dem Standesamt und danach in der Kirche. Aber nur, wenn man auch kirchlich getraut wurde, kann man endgültig von sich sagen: ›Ja, ich bin verheiratet.‹ Die Hochzeit ist erst dann vollkommen, wenn beide Trauungen stattgefunden haben.«

»Wollten wir das Ganze nicht für uns behalten?«, merke ich streng an, um Adriani zurückzupfeifen.

»Erstens sind wir in Istanbul, und zweitens habe ich nur mit Frau Mouratoglou gesprochen. Also zählt es nicht«, versetzt sie schnippisch.

Im Hotel erwarten mich vier Faxsendungen. Auf dem einen sind die amtlichen Aussagen, die Maria Chambous Nachbarn der Polizeidirektion Drama gegenüber gemacht haben. Auf einem weiteren befindet sich der gerichtsmedizinische Obduktionsbefund. Das dritte Fax beinhaltet den Bericht der Spurensicherung und das vierte das behördliche Schreiben mit dem Ersuchen an das Istanbuler Polizeipräsidium, mich im Zuge der Ermittlungen als Verbindungsbeamten zu den türkischen Polizeibehörden anzuerkennen. Ein handschriftlicher Vermerk von Gikas auf dem Fax mit den Aussagen unterrichtet mich darüber, dass diese Schriftstücke in beglaubigter Übersetzung an das Istanbuler Polizeipräsidium geschickt wurden.

An der Bar bestelle ich einen Kaffee und nehme Platz, um die Unterlagen zu lesen. Der Obduktionsbefund ist so langatmig wie immer, daher überfliege ich ihn, bis ich zu der Stelle gelange, wo von der Auffindung des vergifteten Opfers, Jannis Adamoglou, in seinem Haus die Rede ist und davon, dass in seinem Magen und in seinem Blut Spuren von Pflanzenschutzmittel festgestellt wurden.

Die Spurensicherung glaubt, Adamoglou habe sich bis in die Küche geschleppt, um Wasser zu trinken, und sei vor dem Spülbecken zusammengebrochen. Der einzige weitere

Fund von Interesse ist, dass in der Küche zwei Backbleche vorgefunden wurden. Das eine enthielt Überreste einer Lauchpitta, das andere eine Käsepitta, von der nur zwei Stücke fehlten. Auf einem Teller in der Spüle wurden ebenfalls Reste der Käsepitta gefunden. Die Lauchpitta stellte sich als unbedenklich heraus, während die Käsepitta eine derartige Menge von E 605 enthielt, dass sie selbst einen Elefanten umgehauen hätte.

Das Bild, das aus den Aussagen der Nachbarn hervorgeht, deckt sich mit dem, was Vassiliadis dargelegt hat. Alle stimmen darin überein, dass Jannis Adamoglou ein aggressiver und eigensinniger Typ war, der sich mit jedermann anlegte und gegen halb Drama prozessierte.

»Wenn man versehentlich bei ihm geklingelt hatte, brachte er einen wegen Sachbeschädigung vor Gericht«, sagt einer der Nachbarn aus. Und eine Nachbarin beantwortet die Frage, ob Adamoglou Feinde gehabt habe, mit der Feststellung: »Der hatte nichts als Feinde.« Die mildeste, aber auch klarste Stellungnahme kommt vom Gemeindevorsteher: »Wir sind hier alle Pontusgriechen, und ein jeder hat mehr oder weniger sein Kreuz zu tragen. Daher unterstützen wir uns gegenseitig. Aber Adamoglou war ein engstirniger Querkopf.«

Je negativer die Nachbarn über Jannis Adamoglou sprechen, umso positiver äußern sie sich über seine Schwester Maria. Der allgemeine Eindruck aus den Befragungen ist: Sie war eine freundliche Frau, die sich mit allen Nachbarn gut verstand und sofort zur Stelle war, wenn ihre Hilfe gebraucht wurde. Ebenso stimmen alle darin überein, dass ihr Bruder sich ihr gegenüber abscheulich benommen habe, manche behaupten sogar, er habe sie geschlagen, doch Maria habe alles stumm und geduldig über sich ergehen lassen. »Nie hat sie den Mund aufgemacht und sich beschwert, immer war sie loyal«, sagt eine Nachbarin aus. »Alles hat sie ganz allein durchgestanden.«

»Irgendwann habe ich sie gefragt, warum sie sich dazu entschlossen habe, zu ihrem Bruder zu ziehen. Sie hätte doch bleiben können, wo sie war«, meint eine Nachbarin. Und Maria habe ihr ergeben geantwortet: »In meinem Leben, Frau Dimitra, bin ich immer vom Regen in die Traufe gekommen.«

Maria genoss den Ruf, hervorragende Blätterteigkuchen zuzubereiten. »Wenn sie ihrem Bruder den Laufpass gegeben und in einem Pitta-Laden angeheuert hätte, wäre sie ihre ganzen Sorgen los gewesen und hätte auch noch gut Geld verdient«, bemerkt eine Zeugin.

Abgesehen von den Aussagen, die nur bestätigen, was mir Vassiliadis berichtet hat, erfahre ich noch zwei interessante Dinge. Zum einen hatte die Chambou niemandem von ihrer bevorstehenden Fahrt nach Istanbul erzählt. Sie gab an, sie wolle Bekannte aus Istanbul besuchen, die nach Thessaloniki gekommen seien. Scheinbar war Vassiliadis der Einzige, dem sie die Wahrheit anvertraut hatte. Zum anderen hatte sie auffälligerweise nur die Hinfahrt gebucht.

So rufe ich Markos Vassiliadis an und bitte ihn, zu mir ins Hotel zu kommen. Nicht nur, um ihn auf dem Laufenden zu halten, sondern auch, um seine Meinung zu hören. Als er die Aussagen zu Ende gelesen hat, steht sein Kaffee immer noch unberührt da, während ich schon bei der dritten Tasse bin.

Er hebt den Kopf und blickt mich an. Zunächst findet er keine Worte, und wie die meisten Menschen nimmt er zum harmlosesten Punkt Zuflucht. »Stimmt, sie hat ungewöhnlich leckere Blätterteigkuchen gebacken«, meint er. »Und sie hat den Nachbarn gern etwas zugesteckt. Manchmal hat meine Mutter lachend gesagt: ›Maria, jetzt reicht's aber. Wir wollen auch noch was davon abbekommen.‹« Dann verstummt er, da er Zeit braucht, um die bittere Wahrheit zu verdauen. In einem letzten, verzweifelten Versuch meint er: »Steht denn eindeutig fest, dass Maria ihn umgebracht hat? Kann man wirklich ausschließen, dass es ein anderer war? Er hatte doch überall nur Feinde.«

»Ja schon, nur deutet alles darauf hin, dass es seine Schwester war.«

»Zwei Sachen machen mich allerdings stutzig. Zunächst einmal: Warum hat sie zwei Pittas zubereitet?«

»Da bin ich mir nicht sicher, ich kann nur spekulieren. Wenn sie wusste, dass ihr Bruder eine Schwäche für Lauchpitta hatte, konnte sie sicher sein, er würde die zuerst aufessen und erst danach die Käsepitta, die das Gift enthielt. Das gab ihr genug Zeit, um beim Tod des Bruders schon über alle Berge zu sein.«

»Aber wie konnte sie davon ausgehen, dass er sie überhaupt essen würde?«

Ich lache auf. »Kommen Sie, Herr Vassiliadis. Männer wie Jannis Adamoglou, die geizig sind und nicht kochen können, essen lieber den letzten Krümel bei sich zu Hause auf, bevor sie Geld ausgeben, um sich auswärts etwas zu kaufen.«

»Da haben Sie recht. Jetzt zur zweiten Frage, die sich mir stellt: Warum hat sie nur eine einfache Fahrkarte gelöst?«

»Weil sie nicht vorhatte, zurückzukehren.«

Seit ich von der nur einfach gelösten Fahrkarte gelesen habe, befürchte ich insgeheim, dass wir nun die Initiative den türkischen Polizeibehörden überlassen müssen und mir nur eine Komparsenrolle zukommt. Doch das muss ich Vassiliadis nicht auf die Nase binden.

»Die Sache mit der Lauchpitta hat Symbolcharakter«, murmelt Vassiliadis vor sich hin.

»Symbolcharakter?«

»Maria hat immer wieder davon erzählt, dass ihre Mutter vor ihrer Flucht aus dem Schwarzmeergebiet zwei Blätterteigkuchen als Wegzehrung für die Familie gebacken hat – eine Lauch- und eine Käsepitta.«

7

Gibt es eine Möglichkeit, mein Flugticket umzutauschen, damit ich früher nach Athen zurückreisen kann?«, fragt mich Adriani beim Frühstück.

»Aber wieso denn?«

Sie sieht mich durchdringend an – wie eine Mutter, die ihren etwas zurückgebliebenen Sohnemann zur Ordnung ruft. »Weil, lieber Kostas, bei uns eine Hochzeit ansteht. Wir müssen ein Brautkleid kaufen, ein weiteres Kleid für die Hochzeitsfeier und Schuhe dazu, und noch dies und das. Wie soll Katerina damit alleine zurechtkommen? Von solchen Dingen hat sie keine Ahnung.«

Ich versuche, ruhig Blut zu bewahren, da ich gerade meinen geliebten Sesamkringel mit Käse esse und mir nicht den Appetit verderben lassen möchte. »Wie soll das mit der vorgezogenen Rückreise gehen?«, frage ich ruhig. »Mal abgesehen davon, dass die Umbuchung ganz schön teuer wird. Wenn du früher zurückkommst, merkt Katerina doch gleich, dass ich alles ausgeplaudert habe.«

»Keine Sorge, dafür habe ich mir was ausgedacht. Ich werde ihr sagen, ich wäre früher abgereist, weil ich mir den Magen verdorben hätte. Und da du außerdem mit Ermittlungen betraut worden seist, hätte ich keine Lust mehr gehabt, allein in Istanbul herumzusitzen, und schon gar nicht mit verdorbenem Magen.«

Nach all den Jahren unseres Zusammenlebens kann ich noch immer nicht richtig einschätzen, ob sie mir gegenüber stets aufrichtig ist oder ob sie die feinen Lügengewebe, die sie mit solcher Meisterschaft spinnt, auch mir gegenüber einsetzt. Ich nehme an, diese Frage wird wohl für immer unbeantwortet bleiben, da bei Adriani Sein und Schein unmöglich auseinanderzuhalten sind.

Insgeheim verfluche ich mich, dass ich ihr die gute Neuigkeit offenbart habe, statt sie im Unklaren zu lassen. Das habe ich jetzt davon. Andererseits hätte es mir auch keine Ruhe gelassen, wenn sie nicht eingeweiht gewesen wäre. Also bemühe ich mich, ruhig und besonnen zu argumentieren.

»Ich habe von Umbuchungen zwar keine Ahnung, aber ich kann mir vorstellen, dass die Umänderung von einem Gruppenticket in einen normalen Flugschein ziemlich viel kostet, vermutlich so viel wie ein neues Ticket.«

»Man kann ja mal fragen.«

»Klar, aber ich sage dir noch einmal, dass ich es nicht richtig finde, wenn du zurückfährst«, fahre ich weiterhin geduldig fort. »Katerina wird diese Lüge nicht so leicht schlucken. Sie wird merken, dass ich mit dir gesprochen habe, und die Chancen stehen fünfzig zu fünfzig, dass sie entweder sauer oder fuchsteufelswild sein wird. Und da wir weder das eine noch das andere wollen, wo wir jetzt doch allen Grund haben, zufrieden zu sein, sage ich also: Bleib hier, damit wir wenigstens den Rest unseres Aufenthalts noch genießen können.«

Sie wirft mir ein spöttisches Lächeln zu. »Wie, bitte, soll ich den Aufenthalt genießen, wenn du dir wieder mal Arbeit aufgehalst hast und mich mit diesen Leuten, mit denen ich bis auf die Mouratoglou nichts anfangen kann, allein durch die Stadt ziehen lässt?«

»Du übertreibst, es werden keine großartigen Aktionen von mir erwartet, ich soll nur ab und zu einen Blick auf die Ermittlungen werfen.«

»Du bist ein unverbesserlicher Optimist«, meint sie ironisch. »Wir werden ja sehen, wer von uns beiden recht behält.«

Entweder hat sie seherische Fähigkeiten oder die Gabe, das Unglück herbeizureden, denn als ich den Frühstücksraum verlasse, springt Kriminalobermeister Murat aus einem Sessel hoch und eilt auf mich zu.

»Mir wurde gesagt, Sie seien beim Frühstück, und da wollte ich nicht stören«, erklärt er mir auf Englisch.

»*What is it?*«, frage ich ihn.

Seine Antwort kommt etwas gepresst: »Könnten Sie mit zum Polizeipräsidium kommen?«

»Haben Sie sie gefunden?«, frage ich und hoffe schon, dass ich meinen restlichen Urlaub nun unbeschwert genießen kann und darüber hinaus auch Adriani zum Schweigen bringe.

»Nein, aber dafür eine Leiche«, entgegnet Murat.

»Was denn für eine Leiche?«

»*An old woman.* Eine alte Frau, die allein in Bakırköy lebte.«

»Und was habe ich damit zu tun?« Ich weigere mich standhaft, mich ins Unvermeidliche zu fügen.

»Die alte Frau war Griechin, und die Gerichtsmedizin hat in ihrem Magen die Überreste einer Pitta und Spuren desselben Pflanzenschutzmittels festgestellt.«

Da begreife ich, dass man seinem Schicksal nicht entrinnen kann. »Einen Moment nur, damit ich meiner Frau Bescheid sagen kann.«

Adriani hat sich an den Tisch begeben, an dem die Mouratoglou zusammen mit der Despotopoulou und der Familie Stefanakos sitzt. Offenbar interpretiert sie meine betretene Miene richtig und nickt mir zu – zum Zeichen, dass sie begriffen hat, was los ist.

»Ich muss nur schnell mit aufs Polizeipräsidium. Es wird nicht lange dauern«, meine ich und hoffe, damit ihren Triumph im Zaum zu halten.

»Hab ich es richtig vorhergesehen?«, bemerkt sie spöttisch.

»Ich ruf dich an«, sage ich eilig, um ihr Genörgel zu unterbinden.

»Na dann, bis heute Abend!«, ruft sie mir hinterher.

Sobald mich Murat, der an der Rezeption gewartet hat, erblickt, wendet er sich eilig dem Ausgang zu. Vor dem Bürgersteig steht ein Streifenwagen.

»*Who found the old lady?*«, frage ich ihn.

»Eine Nachbarin... Das Opfer war seit drei Tagen nicht mehr aus dem Haus gegangen. Da hat sie sich Sorgen gemacht und die Polizei verständigt.«

»Fahren wir jetzt dorthin?«

»*First we go to the headquarters.* Zunächst einmal in die Zentrale, denn wir müssen noch ein paar Fragen klären.«

Da ich nicht weiß, worum es dabei geht, jedoch auch keine Lust habe nachzufragen, konzentriere ich meine Aufmerksamkeit auf die Straße.

Wir nehmen erneut die Strecke, die wir schon auf der

Rückfahrt von der Hagia Sophia gefahren waren, doch diesmal in entgegengesetzte Richtung.

»Fahren wir zur Hagia Sophia?«, frage ich Murat.

»Nein, die Hagia Sophia liegt am anderen Ende. Wir fahren nach Fatih.«

»Ich frage, weil wir über dieselbe Brücke fahren.«

Er lacht auf. »Die Hälfte des Verkehrs zwischen den beiden Teilen Istanbuls verläuft über diese Brücke.«

Tatsächlich biegen wir nach der Brücke nicht nach links zur Hagia Sophia ab, sondern fahren geradeaus. Was ich gestern schon beobachtet habe, stelle ich nun auch hier fest. Wir befinden uns auf einem Riesenboulevard mit kleinen Billigläden, die alles Erdenkliche feilbieten: Plastikwaren, Kleider, Eisen- und Haushaltswaren, Socken und Unterwäsche, Hygieneartikel – alles wahllos neben- und durcheinander. Ein trauriger Anblick. Hinzu kommen die engen Gässchen mit den hochaufragenden Wohnbauten, von denen man sich förmlich erschlagen fühlt.

»*What's the name of the street?*«, frage ich Murat.

»Atatürk-Boulevard.«

In Griechenland würde die Straße Eleftherios-Venizelos-Boulevard heißen, sage ich mir. Was das betrifft, passen Griechen und Türken perfekt zusammen. Beide kleben wir die Namensetiketten von Atatürk oder Venizelos auf alle erdenklichen Straßen, auf jeden Durchgang, Boulevard, Wanderweg oder Ziegenpfad.

Murat biegt nach rechts ein, und wir fahren auf eine noch breitere Prachtstraße. »*This is Adnan-Menderes-Boulevard*«, meint er. »An den erinnern sich Ihre Leute sehr gut. *Your people.*«

»Meine Landsleute?«

»Die Istanbuler Griechen. Er war Premierminister, als es zu den Septemberunruhen kam.«

»Dazu kam es nicht einfach so, die Leute wurden von ihm aufgewiegelt«, korrigiere ich ihn genervt, weil er die Dinge so schludrig darstellt. »Er hat die Krawalle im Jahr 1955 geschürt, und er hat auch die Bombe in Atatürks Geburtshaus in Thessaloniki legen lassen.«

»Nun, wie auch immer, wir haben ihn jedenfalls aufgehängt.«

»Und dann habt ihr einen riesigen Boulevard nach ihm benannt.«

»Damit wir auf ihm herumtrampeln können«, lacht er.

Das Gespräch wird unterbrochen, da wir in der Zentrale angekommen sind. Murat lässt den Wagen auf dem Parkplatz stehen, und mit dem Fahrstuhl fahren wir in die vierte Etage hoch. Als wir auf den Flur hinaustreten, habe ich den Eindruck, auf dem Flur vor meinem Büro zu stehen: die gleichen Gesichter, die gleiche Betriebsamkeit in den Abteilungen. Als ein Ausländer in Handschellen an mir vorübergeführt wird, liegt mir schon ein Grußwort auf Albanisch oder im pontischen Dialekt auf der Zunge. Plötzlich muss ich an Sissis denken, der alle naselang in verächtlichem Tonfall zu mir sagt: »Die Unterdrücker sehen alle gleich aus, und ihre Dienstgebäude haben alle denselben Grundriss.« Ich blicke mich um und muss mir auf die Lippen beißen, um ihm nicht laut recht zu geben.

Murat betritt einen Vorraum und flüstert einem Polizeibeamten in Zivil etwas zu. Während der aufsteht und mir die Hand entgegenstreckt, sagt er den türkischen Willkommensgruß, den jeder zweite Grieche auf Anhieb versteht: »*Hoş geldiniz.*«

Und ich antworte mit dem Gegengruß, den ebenfalls jeder zweite Grieche kennt: »*Hoş bulduk.*«

Da höre ich Murat zum ersten Mal aus vollem Herzen lachen, während er die nächste Tür öffnet und mich vorangehen lässt. In dem Büro, das eine Spur geräumiger ist als der Vorraum und damit ebenfalls griechischen Verhältnissen entspricht, sitzt ein fünfzigjähriger Mann, der von seinem Stuhl aufspringt und mir herzlich die Hand schüttelt, während er »*Welcome, welcome!*« ruft.

Murat stellt ihn mir als Brigadekommandeur Kerim Özbck, stellvertretenden Amtsleiter bei der Sicherheitspolizei, vor. Sein Englisch macht nicht viel her, aber es ist auf jeden Fall besser als meins.

»*Mr. Sağlam has explained the situation to you.*«

Auf diese Weise erfahre ich schließlich auch Murats Nachnamen. Zwar hat nicht er mir die Situation dargelegt, sondern ich ihm, aber immerhin weiß ich jetzt, wie er heißt.

»*Yes*«, entgegne ich dem stellvertretenden Amtsleiter kurz angebunden, um nicht schon bei unserer ersten Begegnung schlechte Stimmung zu verbreiten.

»Wie Sie wissen, befinden Sie sich als Verbindungsbeamter zwischen der griechischen und der türkischen Polizei hier, da es um einen in Griechenland verübten Mord geht und sich der Mörder inzwischen in der Türkei aufhält.«

»*I understand*«, erwidere ich laut, während ich lautlos auf Griechisch hinzufüge: »Ich bin ja nicht blöd.«

»*Good.* Somit können Sie an den Ermittlungen teilnehmen, dürfen jedoch keinesfalls eingreifen, außer Herr

Sağlam erklärt sich einverstanden oder bittet Sie darum. *Agreed?*«

»Okay«, entgegne ich.

»Okay«, wiederholt der Brigadekommandeur. Mein Gefühl sagt allerdings, dass es nicht leicht sein wird, an Händen und Füßen gefesselt eine Stecknadel im Heuhaufen zu suchen.

8

Wir fahren die Küstenstraße entlang, und zwar dieselbe wie bei unserer Ankunft in der Stadt, doch diesmal in die entgegengesetzte Richtung, nämlich zum Flughafen. Zu meiner Linken taucht das Marmara-Meer immer wieder kurz zwischen byzantinischen Stadtmauern, riesigen Einkaufszentren und Parks auf, an dessen Ufer sich Männer jeder Altersgruppe tummeln, einige ihre Angeln ausgeworfen haben sowie alte Weiblein zwischen spielenden Kindern auf Parkbänken sitzen. Immer wenn das Meer hervorblitzt, sind die leuchtend weißen Linienschiffe zu sehen, die am äußersten Ende des Hafens zwischen Lastkähnen, kleinen Fähren und Ausflugsbooten am Ufer vorüberziehen.

Zu meiner Rechten reihen sich Tavernen, die wie griechische Ausflugslokale aussehen: Konstruktionen aus Fensterglas, Resopalplatten und bunt gestrichenem Sperrholz. Die Tische sind, drinnen wie draußen, in wüster Unordnung aufgestellt. Der einzige Unterschied ist, dass die Türken nach wie vor Stofftischtücher verwenden, während wir zuerst zum strapazierfähigen Butterbrotpapier und nun schon lange zum dünnen Papier mit Waffelaufdruck übergegangen sind.

»Wie ich sehe, gibt es hier auch überall Tavernen, ganz wie in Griechenland«, sage ich zu Murat.

»Das hier ist Kumkapı. In der Nähe liegt der Fischmarkt,

daher kann man hier leckere Meeresfrüchte essen.« Unvermutet wendet er sich mit einer Frage an mich: »*Do you speak German?*«

»Nein, ich kann nur eine Fremdsprache: Englisch.« Und selbst das ist maßlos übertrieben.

»Schade, auf Deutsch hätten wir uns besser verständigen können.«

»Sie können Deutsch?«, frage ich und wundere mich schon darüber, dass die türkische Polizei so viel Wert auf berufliche Weiterbildung legt.

»Ich bin in Deutschland geboren, in Esslingen, in der Nähe von Stuttgart. Ich habe die türkische und die deutsche Staatsbürgerschaft. Zunächst war ich bei der deutschen Polizei, aber dann bin ich in die Türkei gekommen und habe eine Stelle in Istanbul angenommen.«

»Wieso sind Sie aus Deutschland weggegangen? Haben Sie hier eine bessere Arbeit gefunden?«

»Hier verdient man zwar weniger Geld, doch die Aufstiegsmöglichkeiten sind besser. Aber das war nicht der Grund für mein Weggehen.«

»Sondern?«

»Familiäre Gründe«, erwidert er vage und biegt nach rechts ein.

Wir lassen die vierspurige Küstenstraße hinter uns und tauchen in ein Gässchen ein, das keine halbe Fahrspur breit ist und selbst einem Motorrad Schwierigkeiten bereitet hätte.

»Sie sind ein geschickter Autofahrer«, sage ich bewundernd zu Murat, während er sich durch die engen Gässchen schlängelt.

Er lacht auf. »Das habe ich hier gelernt. Hätte ich damals in Deutschland durch so eine Gasse fahren müssen, wäre der Wagen in der Werkstatt gelandet.«

Mit einem Mal wird mir klar, worin der Unterschied zwischen Athen und Istanbul liegt. In Athen sind viele Sehenswürdigkeiten unsichtbar, hier sind die meisten sichtbar. Gut, wir haben die Akropolis, den Tempel des Olympischen Zeus, den Kerameikos und ein Stückchen außerhalb noch den Poseidontempel von Sounion. Alles andere ist verborgen, entweder tief in der Erde oder in den Kellergeschossen der Museen. In Istanbul hingegen ist alles dem öffentlichen Anblick preisgegeben, als hätten hier alle Leute zu allen Zeiten bei ihrer Abreise alles unverändert liegen- und stehenlassen und sich einfach aus dem Staub gemacht. Und zum Glück hat keiner je daran gedacht, Ordnung zu schaffen. Tritt man aus der Hagia Sophia hinaus, kommt man durch Wohngegenden voller schnell hochgezogener Billigbauten und armseliger Läden. Nicht weit entfernt steht das Chora-Kloster, und verlässt man das Kloster wieder, stößt man auf ganz in Schwarz gehüllte Frauen, die ihre Kinder an der Hand hinter sich herziehen. Hier herrscht ein ganz anderes Lebensgefühl, als wenn man mitten unter händchenhaltenden Pärchen die Pera-Straße hinunterspaziert. Die Blaue Moschee ist von enormen Hotels im Hollywood-Stil umrahmt, und wenn man den Topkapı-Palast betritt, fühlt man sich so klein wie Ali Pascha, der Herrscher von Ioannina, im Angesicht der Hohen Pforte. Dann steht man plötzlich an der Küste des Goldenen Horns und zwischen den halbverfallenen Häusern fällt der Blick auf den venezianischen Galata-Turm. Nimmt man schließlich die Fähre nach Prinkipos, um die alten Herrenhäuser zu bewundern, und kehrt dann nach Istanbul zurück, wird man in ein riesiges Einkaufszentrum geschleust, und kommt man dort wieder hinaus, findet man sich in großflächigen Siedlungen mit illegalen Hütten und kleinen Läden wieder. In Athen fördert man mit jedem Spatenstich etwas Antikes zutage. Hier läuft man Gefahr, halb Istanbul zum Einsturz zu bringen, sollte man den Spaten ansetzen.

Murat parkt den Streifenwagen vor drei Holzhäusern. Das erste ist das prächtigste, aber auch das einsturzgefährdetste. Das Erdgeschoss wurde mit Ziegelsteinen verstärkt, so dass das Holzhaus wie nachträglich aufgesetzt wirkt. Die anderen beiden sind kleiner und wurden renoviert, und nun wirken sie wie gleich angezogene Zwillinge.

Vor dem ersten Haus hat ein Polizist Stellung bezogen. Er schlägt vor Murat die Hacken zusammen, öffnet die Tür und folgt ihm ins Innere. Ich bilde das Schlusslicht, entsprechend meiner hierarchischen Position im Fall Maria Chambou.

Es sieht so aus, als bildeten die Ziegelsteine nur die äußere Hülle, denn das Innere des Hauses ist aus Holz. Murat bedeutet mir, dass wir in der ersten Etage mit den Ermittlungen ansetzen müssen. So steigen wir eine Holztreppe hoch zu einem geräumigen Wohnzimmer, das vollgepfropft ist mit Möbeln, die ihren Glanz längst eingebüßt haben, da sie mit derselben Sorgfalt konserviert werden wie das ganze Haus. Nur dass hier anstelle der äußerlichen Schutzhülle aus Ziegelsteinen ein löchriger Teppich über das Sofa und ein paar Decken über die holzgeschnitzten Sessel gebreitet wurden. Auf dem Tisch liegt eine alte, bestickte Decke, eine von der Sorte, die Adriani Ausrufe der Bewunderung entlockt.

Murats Blick schweift gleichgültig durchs Zimmer, dann öffnet er die Tür nach nebenan, die ins Schlafzimmer führt. Dort steht ein altes Bett mit schmiedeeisernen Verzierungen an Kopf- und Fußteil direkt an der Wand neben dem Fenster. Darauf liegt ein gehäkelter Überwurf, dem die Hälfte der Fransen fehlt. Neben dem Bett steht ein hölzernes Nachttischchen aus der Vorkriegszeit mit einer ebenso altmodischen Nachttischlampe.

»Nachdem die Polizeibeamten die Tür aufgebrochen hatten, fanden sie die Tote auf dem Bett. Sie hatte ein Hauskleid und Strümpfe an, folglich ist sie wohl nicht im Schlaf gestorben. Der Gerichtsmediziner setzt den Todeszeitpunkt zwischen Nachmittag und Abend an.«

»Wie lange lag sie schon hier?«

»Der Obduktionsbefund liegt zwar noch nicht vor, aber nach einer ersten Einschätzung tippt der Gerichtsmediziner auf achtundvierzig Stunden. Das Pflanzenschutzmittel wurde, ganz wie bei dem Fall in Griechenland, in den Überresten eines Blätterteigkuchens in der Küche gefunden. Offenbar wurde ihr übel, und sie hat sich ins Schlafzimmer geschleppt, um sich hinzulegen. Den einen Hausschuh haben wir an der Treppe gefunden, den zweiten trug sie noch am Fuß.«

»Ich würde gerne einen Blick in die Küche werfen.«

»Na dann los«, meint Murat bereitwillig und geht vor mir die Treppe wieder hinunter.

Die Küche ist geräumig, mit Blick auf einen offenen Platz hinter dem Haus, und der Kühlschrank muss aus den fünfziger Jahren stammen. Nun wird mir klar, warum mich Murat so anstandslos hierhergeführt hat. Wie es scheint, hat nach dem Abtransport des Opfers eine Reinemachefrau alles gründlich geputzt, sogar der Gasherd blitzt vor Sauberkeit.

»*What was her name?*«, frage ich Murat.

Er zieht einen Notizblock aus seiner Hosentasche und blättert darin. »Kalliopi Adamoglou.«

Nun gibt es nicht mehr den geringsten Zweifel an Maria Chambous Täterschaft. Kalliopi Adamoglou musste eine jener Verwandten sein, bei denen Maria untergebracht wurde, als sie in Istanbul allein zurückblieb, und die sie von klein auf arbeiten schickten. Eine Tante oder eine Cousine. Das war also der Beweggrund für ihre Rückkehr nach Istanbul. Bleibt zu hoffen, dass die Sache auf die Adamoglou beschränkt bleibt und im Verlauf der Geschichte nicht noch weitere Beweggründe hinzukommen.

Da es nichts weiter zu sehen gibt, begebe ich mich von der Küche in einen auf eigentümliche Weise zweigeteilten Raum. Die untere Ebene besteht aus einem Erker mit zwei Fenstern, von dem aus man über drei Treppenstufen eine weitere Ebene erreicht, die wiederum zwei Fenster aufweist. Die einzigen drei Einrichtungsgegenstände sind ein altes Sofa, das unter einem der Fenster steht, und zwei dem Sofa zugewandte Sessel.

»Wollen wir nicht die Nachbarin befragen?«, schlage ich Murat vor.

»Ich habe gestern mit ihr gesprochen…« Erneut zieht er den Notizblock aus seiner Hosentasche zu Rate. »Sie hat uns erzählt, die Adamoglou habe stets hier unten am

Fenster gesessen und tagtäglich mit ihr geplaudert. Als sie ein paar Tage lang nicht auftauchte, hat sie sich Sorgen gemacht, ob sie vielleicht krank sei. Sie hat an ihre Tür geklopft, doch die Adamoglou hat nicht aufgemacht. Dann hat sie die Nachbarn und den Krämer gefragt, aber die hatten sie auch nicht gesehen. So ist sie aufs Revier gegangen, worauf ein Streifenwagen hergekommen ist und die Beamten die Tür aufgebrochen und die Tote gefunden haben.«

»Hat niemand die Chambou in der Nähe der Wohnung gesehen?«

Wieder sucht er Rat in seinem Zauberblock. »Die Nachbarin hat die beiden in ein Gespräch vertieft am Fenster sitzen sehen. Das hat sie neugierig gemacht, da die Adamoglou sonst nie Besuch bekam. Sie sagte immer, sie hätte keinen mehr auf der Welt. Die Nachbarin hatte vor, sie darauf anzusprechen, aber dazu war es dann zu spät.«

»Hat sie vielleicht mit jemand anderem in der Nachbarschaft darüber geredet?«

»Wir haben die anderen Nachbarn bereits befragt, den Krämer, den Gemüsehändler und den Apotheker ein Stück weiter. Sie hat den Besuch niemandem gegenüber erwähnt.«

»Hat die Adamoglou oder die Chambou vielleicht bei einem Krämer in der Nähe die Zutaten für die Käsepitta eingekauft?«

»Derjenige gleich um die Ecke kann sich erinnern, dass die Adamoglou Blätterteig und Eier eingekauft hat.«

Folglich hat die Chambou nur das Pflanzengift bei sich gehabt. Die Käsepitta hat sie hier vor Ort zubereitet.

Ich frage mich, ob es sich eigentlich lohnt, die Führung im Dolmabahçe-Palast zu verpassen, um den Ort eines

Verbrechens zu inspizieren. Hätte ich die Wahl, so wäre ich jetzt tausendmal lieber im Dolmabahçe-Palast gewesen, zusammen mit Adriani, der Mouratoglou und den anderen Reiseteilnehmern.

»Ist die Nachbarin Türkin?«, frage ich Murat.

»Ja.«

»Und die anderen? Der Krämer, der Gemüsehändler, der Apotheker?«

»Alle sind Türken.«

»Wohnen keine anderen Griechen in dieser Gegend?«

»*Not Greeks, not Yunan*«, verbessert er mich. »*They are not Greeks. You are Greek. They are Rum.*«

»Na schön, wohnen hier keine weiteren ›Rum‹?«

Er blickt mich verwundert an. »Wieso? Warum wollen Sie das wissen?«

»Weil sie vielleicht einem Landsmann eher anvertraut hätte, was sie den türkischen Nachbarn nicht erzählt hat.«

Er wirft mir einen nachdenklichen Blick zu. »Sie haben recht, daran habe ich nicht gedacht«, sagt er und sieht dabei so zerknirscht aus, als sei er gerade bei einer Prüfung durchgerasselt. Er geht auf den Polizeibeamten zu und unterhält sich kurz mit ihm. »Der einzige Grieche hier in der Gegend ist der alte Hausmeister der Schule. Die ist zwar schon seit Jahren geschlossen, aber er sieht dort noch immer nach dem Rechten.«

»Wollen wir ihm nicht ein paar Fragen stellen?«

»Gut, es ist ganz in der Nähe.« Dann hält er inne und blickt mich an. »Ich führe aber die Befragung durch«, stellt er klar. »Und Sie fangen kein Gespräch auf Griechisch an.«

»Schon gut, mein Chef hat es mir bereits gesagt, und Ihr

Chef hat mich auch noch mal darauf hingewiesen. Die Vernehmungen werden von Ihnen durchgeführt. Daran müssen Sie mich nicht alle Viertelstunden erinnern, wie eine alte Pendeluhr.«

»*Okay, okay, don't be angry*«, meint er und klopft mir freundschaftlich auf die Schulter, doch mir geht das alles schon gehörig auf die Nerven.

9

»Die griechische Grundschule liegt auf dem zentralen Boulevard«, erklärt Murat. Und lachend fügt er hinzu: »Die ›Rum‹ waren eben reich, sie haben sich die besten Schulen, die schönsten Häuser und die hübschesten Villen ausgesucht.«

Möglicherweise hat er recht, aber die Wohngegend ist heruntergekommen, und was früher der zentrale Boulevard war, ist heute eine enge, stark befahrene Straße, in der sich die Fahrer genauso hasserfüllt anhupen und beschimpfen wie in Athen.

Die Schule ist ein zweistöckiger, strahlend weiß gestrichener Holzbau mit einem hübschen Giebel und einem Ziegeldach. Die obere Etage weist den unerlässlichen Balkon auf wie alle Holzhäuser in Istanbul. Am mittleren Fenster weht die türkische Fahne im Wind. Das schmiedeeiserne Eingangstor ist verschlossen und von innen mit einem Stück Eisenblech verschalt, um indiskrete Blicke abzuwehren.

Murat fährt am Eingang der Schule vorüber und parkt vor einem Laden mit Trockenfrüchten. Auf der entgegengesetzten Seite der Eingangstür spielen zwei Männer Tavli vor einem weiteren Laden, der Bettlaken und Handtücher feilbietet. Der einzig angenehme Anblick in dieser nicht sehr einladenden Straße sind die beiden riesigen Akazienbäume im Schulhof, die hoch in den Himmel ragen.

Murat betätigt die Klingel, doch keiner macht sich die Mühe zu öffnen. Er versucht es, nachdem er kurz abgewartet hat, noch einmal – mit demselben Resultat. Ein Verkehrspolizist nähert sich Murat und flüstert ihm etwas zu, während er auf die Straßenbiegung deutet.

»*This way*«, sagt Murat und geht voran.

Daraufhin betreten wir ein schmales Sträßchen und treffen rechterhand auf eine zweite eiserne Tür, die ebenfalls verrammelt ist. Diesmal hämmert Murat mit der Faust gegen das Eisenblech. Wieder erfolgt keine Reaktion, genauso wie am Haupteingang, doch Murat lässt sich nicht entmutigen. Schließlich trägt seine Beharrlichkeit Früchte, denn es meldet sich eine Stimme von drinnen, während jemand gleichzeitig versucht, die Tür aufzuschließen. Dann taucht der Kopf eines etwa fünfundsiebzigjährigen Mannes im Türspalt auf und blickt uns neugierig an. Von der Antwort Murats auf die Frage des alten Mannes schnappe ich nur das Wort »*police*« auf. Alles andere bleibt mir unverständlich, doch es scheint den Alten zu überzeugen, da er zur Seite tritt und uns hereinlässt.

Der Hof wirkt genauso verlassen, aber auch genauso gepflegt wie die Landsitze auf Prinkipos, die wir bei unserem Ausflug gesehen hatten. Rasenbeete, unterbrochen von Bäumchen, Sträuchern und Blumenrabatten, reihen sich aneinander. Ich gehe ein Stückchen die symmetrisch mit grauen und ockerfarbenen Steinplatten ausgelegten Gehwege entlang und schaue mich ein wenig um.

Dann kehre ich zum Eingang zurück, wo Murat immer noch mit dem Hausmeister spricht. Als er mich herannahen sieht, wirft er mir einen warnenden Blick zu, da er wohl befürchtet, ich könnte mit dem Hausmeister ein Gespräch beginnen – und noch dazu auf Griechisch!

Da wende ich mich lieber wieder ab, bevor mir der Kragen platzt und ich mich zu einem unkontrollierten Ausbruch verleiten lasse. Das Schulgebäude ist frisch gestrichen und wirkt wie aus dem Ei gepellt. Ich steige die verwitterten Steinstufen empor, das Einzige, an dem die Zeit ihre Spuren hinterlassen hat. Die weiße Eingangstür ist offen, doch eine zweite Innentür ist verschlossen. Daher blicke ich durch die Glasscheiben ins Innere. Alles ist sauber und ordentlich, als warte das Gebäude nur auf die Schüler, die sich jedoch nicht blicken lassen. Man könnte die Schule für eine Fata Morgana halten oder aber auch für einen jener Traditionsbauten, die nur deshalb so schön renoviert werden, damit ein höherer Verkaufspreis herausgeschunden werden kann.

»Was haben Sie herausbekommen?«, frage ich Murat auf dem Rückweg.

Er zuckt mit den Schultern. »*Nothing much*«, erwidert er. »Nichts Besonderes, der Hausmeister kannte die Adamoglou so gut wie alle anderen aus der Nachbarschaft, da sie der letzte Spross einer alteingesessenen Familie war. Doch darüber hinaus hatte er nichts mit ihr zu tun. Ihr Kontakt beschränkte sich auf einen kurzen Gruß.«

»Hat er etwas von dem Besuch gehört, den die Adamoglou bekommen hatte?«

»Nein, er sagt, er verlasse nur selten das Schulgebäude, und so sei er nicht auf dem letzten Stand, was die Neuigkeiten im Viertel betrifft.«

»Glauben Sie ihm?«

Wiederum zuckt er mit den Schultern. »Bakırköy ist groß, da läuft man sich nicht jeden Tag über den Weg. Und die älteren Leute gehen auch nicht mehr so häufig außer Haus.« Nach einer kurzen Pause fügt er hinzu: »Andererseits könnte er schon etwas wissen, was er jedoch nicht erzählen möchte.«

»Wieso nicht? Glauben Sie, er deckt jemanden?«

»Nein, aber indem er nicht alles sagt, macht er uns das Leben schwer und rächt sich auf diese Weise an der Polizei.«

Meine Erfahrung sagt mir, dass er recht hat, und so hake ich nicht weiter nach. Lieber konzentriere ich mich auf die Fahrstrecke, die ich mittlerweile bestens kenne: über die Atatürk-Brücke, dann auf die Anhöhe und den Tarlabaşı-Boulevard, der zu unserem Hotel führt. Auch in Istanbul habe ich es also geschafft, mir eine gewisse Alltagsroutine zuzulegen, die durchaus ihr Gutes hat: Sie hilft mir, Ordnung in meine Gedanken zu bringen. In diesem Fall passt überhaupt nichts zusammen: weder das *profile* der Mörderin – wie Gikas sagen würde – noch das plötzliche Interesse des Schriftstellers für eine Frau, die vor sechzig Jahren seine Kinderfrau war und die er jahrzehntelang aus den Augen verloren hatte, noch Murats Haltung mir gegenüber. Irgendetwas läuft hier aus dem Ruder, aber ich kann nicht mit Bestimmtheit sagen, was es ist. Nicht auszuschließen, dass auch meine eigene unprofessionelle Haltung schuld daran ist. Denn es ist gar nicht so einfach, zwei Seelen in einer Brust zu vereinen: den Touristen und den Bullen. Nun, da sich unsere Beziehung mit Katerina wieder normalisiert hat, würde ich Istanbul gerne richtig kennenlernen und unbeschwert durch die Stadt bummeln. Selbst Despotopoulos, der Feldherr außer Dienst, ist mir mittlerweile sympathisch geworden.

»*What is the next step?*«, frage ich Murat, als wir vor dem Hotel eintreffen. »Was unternehmen wir als Nächstes?«

»Ich halte Sie auf dem Laufenden, sobald wir neue Erkenntnisse haben«, entgegnet er. Gleichzeitig zieht er seinen Notizblock aus der Hosentasche und schreibt eine Nummer darauf. »Hier ist meine Handynummer«, meint er. »Sie können mich jederzeit anrufen, wenn Sie etwas brauchen.« Er hält inne und fügt dann hinzu: »Nicht nur, was das Berufliche betrifft, sondern auch auf privater Ebene, in Bezug auf Ihren Aufenthalt in Istanbul. Sollten Sie irgendein Problem haben, rufen Sie mich an, und ich erledige das für Sie.«

Mit anderen Worten: Ich kann zwar nicht zulassen, dass du deine Nase in meine Ermittlungen steckst, aber wenn ich unter der Hand meine Beziehungen für dich spielen lassen kann, tu ich das gern. Manchmal kommt es mir vor, ich hätte Griechenland gar nicht verlassen.

Als ich den kleinen Zettel mit Murats Handynummer in meiner Hand betrachte, fällt es mir wie Schuppen von den Augen. Glasklar erkenne ich die Taktik, die sich Murat und sein Chef für mich zurechtgelegt haben. Sie schleppen mich von einer Vernehmung zur nächsten, und Murat verständigt sich nur auf Türkisch, ohne mich Fragen auf Griechisch stellen zu lassen. Bis ich die Schnauze gestrichen voll habe und sie allein ihre Arbeit machen lasse. Von da an halten sie mich ganz nach ihrem Gutdünken auf dem Laufenden und geben mir nur ausgewählte Informationen weiter. Wenn ich es genau bedenke, weiß ich gar nicht, warum mir diese Taktik nicht behagt. Führt sie nicht sogar zum gewünschten Ergebnis, nämlich dass ich den unbeschwerten Städtebummler mimen kann? Was habe ich daran auszusetzen, wenn sich mir so die günstige Gelegenheit zum Faulenzen bietet? Und ich gebe mir selbst die Antwort: dass man mich in beruflicher Hinsicht über den Tisch zu ziehen versucht. So etwas wirft den unbeschwertesten Feriengast aus der Bahn.

Der junge Mann an der Rezeption erklärt mir, die Mitglieder meiner Reisegruppe seien noch nicht zurück. Deshalb rufe ich Vassiliadis an und ersuche ihn um ein Treffen.

»Haben Sie was rausgekriegt?«, fragt er besorgt.

»Schön wär's, aber wie die Dinge liegen, gibt's vorläufig nur Leichen zu vermelden.«

Es ist mittlerweile ein Uhr mittags, und er gibt mir als Treffpunkt ein Restaurant an, von dessen Namen ich nur »Hatzi Abdul« behalte. »Es ist leicht zu finden«, sagt er. »Wenn Sie die Pera-Straße hinuntergehen, sehen Sie rechterhand eine Moschee. Dort biegen Sie ein, ein paar Schritte weiter auf der linken Seite liegt das Lokal.«

Vage erinnere ich mich an eine Moschee, an der wir bei unserem Spaziergang durch die Pera-Straße vorbeigekommen waren. Nun mache ich mich zum ersten Mal ganz allein auf den Weg, nach all den Tagen, an denen man uns wie eine Herde Schafe von einer Sehenswürdigkeit zur nächsten getrieben hat. Ich überquere den Taksim-Platz und tauche in das Gewühl der Pera-Straße ein. Egal, von welcher Seite man kommt, irgendwie hat man hier immer das Gefühl, man würde gleich über den Haufen gerannt, und hält sich bereit, geistesgegenwärtig beiseitezuspringen.

Zu meiner Rechten mache ich die Moschee aus, während ich quer durch einen Demonstrationszug laufe, den ich nur an den Plakaten und den Parolen als solchen erkenne, da er aus mickrigen fünfzig Teilnehmern besteht. Sie skandieren ihre Sprechchöre mit besonderer Leidenschaft, um wenigstens durch Lautstärke aufzufallen, doch ihre Mühe ist vergeblich, denn die Passanten kümmern sich nicht die Bohne um sie. Was für eine Schmach, sage ich mir. Nicht genug damit, dass es gerade eine Handvoll sind, nein, sie werden auch noch gezwungen, in der Fußgängerzone zu demonstrieren. Nicht einmal die Genugtuung bleibt ihnen, den Straßenverkehr lahmgelegt zu haben. Nicht auszudenken, was wir zu hören kriegten, wenn wir unseren Studenten, Gewerkschaftern oder Rentnern sagten, sie sollten durch die Fußgängerzone in der Eolou-Straße marschieren. Die hätten uns die Augen ausgekratzt.

Als Vassiliadis mich am Eingang des Restaurants erblickt, dessen Name sich als Hacı Abdullah herausstellt, erhebt er sich, und ich gehe davon aus, dass er mich zu seinem Tisch geleiten möchte. Doch stattdessen meint er: »Kommen Sie, wir suchen uns zuerst was zu essen aus, im Anschluss können wir dann in Ruhe reden.« Und er führt mich zu einer Vitrine, in der das ganze Angebot des Lokals wie Ausstellungsstücke in einem Museum aufgereiht ist. Eines muss man den Türken lassen: Egal, ob es sich um Früchte beim Obsthändler, Speisen im Restaurant oder Objekte im Museum handelt, das gelungene Arrangement zwingt einen, davor stehen zu bleiben und hinzugucken. Schon eine ganze Weile kann ich meine Augen nicht von den in Öl gekochten Gemüsegerichten lösen.

»Möchten Sie vom Gemüse probieren?«, fragt Vassiliadis, dem meine hingebungsvollen Blicke nicht entgangen sind.

»Ja, aber ich kann mich nicht entscheiden.«

»Erlauben Sie, dass ich für Sie die Auswahl treffe?«, fragt er, und dann bestellt er auf Türkisch beim Kellner, der in unserer Nähe gewartet hat.

»Gute oder schlechte Neuigkeiten?«, fragt er, sobald wir Platz genommen haben.

»Schlechte. Kennen Sie eine gewisse Kalliopi Adamoglou?«

Er denkt nach. »Nein, der Name sagt mir nichts.«

»Sie wurde in ihrer Wohnung in Bakırköy ermordet aufgefunden.«

»In Makrochori?«, meint er überrascht, nicht weil er mich verbessern möchte, sondern weil ihm der bei der griechischen Minderheit gebräuchliche Ortsname geläufiger ist. »Und woher wollen Sie wissen, dass es Maria war? Es kann jeder gewesen sein, vom Einbrecher über den Nachbarn, der scharf auf die Wohnung war, bis hin zu den Grauen Wölfen.«

»Seit wann morden die Grauen Wölfe mit Pflanzenschutzmittel?«

Weitere Erläuterungen erübrigen sich. »Schon wieder das Pestizid?«, murmelt er vor sich hin.

»Deshalb hat mich die türkische Polizei verständigt. Dieses Pflanzenschutzmittel ist keine übliche Tatwaffe wie ein Revolver oder ein Küchenmesser. Es wird auch Schwiegermuttergift genannt und ist typisch für die griechische Provinz – wer weiß, vielleicht wird es auch in Sizilien eingesetzt, aber das entzieht sich meiner Kenntnis. Doch sogar in der griechischen Provinz kommt es nur mehr selten zum Einsatz, und wenn, dann nur durch so alte Leute wie Maria.«

Der Kellner stellt eine Platte mit in Öl gekochten Gemüsegerichten vor mich hin, wobei die Auswahl von Okraschoten und grünen Bohnen bis hin zu Artischocken und gefüllten Krautrouladen reicht. »Um Himmels willen, wer soll das alles essen?«, frage ich Vassiliadis, obwohl mir klar ist, wer die Portion bewältigen wird.

»Es ist nicht viel, außerdem ist die türkische Küche sehr bekömmlich.« Plötzlich fragt er mich besorgt: »Macht es Ihnen was aus, dass die Speisen kalt serviert werden?«

»Nein, wie kommen Sie darauf?«

»Weil man in Griechenland die Gemüsegerichte immer heiß isst. Vierzig Jahre lebe ich schon dort, aber ich habe mich immer noch nicht daran gewöhnt, dass die Griechen das Gemüse aufgewärmt servieren. Da bestellt man im Hochsommer ein Gemüsegericht, doch statt dass es einen erfrischt, bekommt man einen Schweißausbruch.«

Es tritt eine längere Pause ein, da ich den Übergang vom kulinarischen Genuss zur prosaischen Wirklichkeit bewältigen muss. Zum Glück ist auch Vassiliadis mit einem Stück Lammfleisch mit Reisbeilage beschäftigt, so dass meine Zügellosigkeit nicht auffällt.

»Sagt Ihnen die Gegend Makrochori etwas? Können Sie sich erinnern, ob Maria je davon gesprochen hat?«

Er denkt nach. »Sie selbst nicht, aber ich erinnere mich aus Erzählungen meiner Mutter, dass ein paar von Marias Tanten mütterlicherseits in Makrochori wohnten. Doch sie hatte jeden Kontakt zu ihnen abgebrochen, sie wechselten kein Wort mehr miteinander.« Traurig schüttelt er den Kopf. »Leider ist meine Mutter verstorben. Sie hätte Marias ganze Geschichte gewusst.«

»Fällt Ihnen vielleicht aus ihren Erzählungen noch etwas anderes ein?«

»Nein, Herr Kommissar. Als kleiner Junge war ich oft dabei, wenn die Frauen miteinander plauderten. Jeden Nachmittag ab sechs Uhr saßen sie – meine Mutter, Maria und Frau Chariklia – auf dem Mäuerchen vor dem Haus oder auf dem Diwan und haben sich gegenseitig Geschichten erzählt. Manchmal haben sie beim Blätterteigrezept der Nachbarin von gegenüber angefangen und sind schließlich bei Marias Cousins und Cousinen in Makrochori oder bei Chariklias Eltern im Schwarzmeergebiet gelandet. Oder ein zufälliger Passant wurde zum Ausgangspunkt einer Erzählung aus Kappadokien.« Er seufzt leise und schüttelt den Kopf. »Manchmal denke ich, diese Geschichten von Maria, Frau Chariklia und meiner Mutter haben aus mir einen Schriftsteller gemacht. Im Vergleich dazu kamen mir Märchen langweilig vor.«

»Wenn Ihnen etwas einfällt, rufen Sie mich bitte an.«

»Selbstverständlich, aber das ist ziemlich unwahrscheinlich.«

Doch ich weiß nun, dass es eine schwache Hoffnung gibt, doch noch mehr zu erfahren. Und mit diesem beruhigenden Gedanken wende ich mich dem Rest meines Gemüsegerichts zu.

10

Alle sind sie in der Cafeteria versammelt und beteiligen sich an einer erregten Diskussion. Dabei führt der Feldherr a. D. das große Wort und versucht, die Begeisterung der anderen über den Dolmabahçe-Palast zu bremsen.

»Ich habe ja nicht gesagt, dass er mir nicht gefällt«, rechtfertigt er sich. »Aber verlangen Sie jetzt bloß nicht von mir, ihn mit dem Werk von Gärtners zu vergleichen.«

»Und wer soll das sein?«, wirft die Stefanakou ein.

»Friedrich von Gärtner war der Architekt, der König Ottos Schloss errichtet hat, das heutige griechische Parlament«, erklärt Despotopoulos. »Und wer hat den Dolmabahçe-Palast erbaut? Zwei armenische Architekten. Hat man je davon gehört, dass Armenier in die internationale Architekturgeschichte eingegangen wären?«

»An Prunk ist er jedenfalls nicht zu überbieten«, berichtigt ihn die Stefanakou. »Und dieses Treppenhaus erst mit der Kristallbalustrade, meine Güte! Stellen Sie sich mal vor, die Sängerin Sofia Vembo schreitet singend die Stufen hinunter!«

»Ja, schon«, wirft ihr Mann ein. »Wir reden aber vom Osmanischen Reich. Die haben, genauso wie die Briten, überall auf der Welt geplündert.«

»Wollen Sie damit sagen, die Kristallbalustrade wurde als Beutegut mitgebracht?«

»Die Balustrade vielleicht nicht, aber mit Sicherheit der riesige Kronleuchter.«

»Der Kronleuchter im Thronsaal ist nicht gestohlen«, bemerkt die Mouratoglou. »Er war ein Geschenk von Queen Victoria an den Sultan.«

Stefanakos wirft ihr einen giftigen Blick zu. »Ihr Konstantinopler Griechen mitsamt dem Ökumenischen Patriarchat in Fener habt allen Grund, den Sultan zu unterstützen. Ihr habt vierhundert Jahre lang mit goldenen Löffeln gegessen, weil ihr euch immer im Dunstkreis der Macht bewegt habt.«

Die Mouratoglou springt mit einem schroffen »Dann entschuldigen Sie mich wohl!« von ihrem Platz auf und rauscht an mir vorüber zur Rezeption. Adriani blickt der Mouratoglou hinterher, und dabei gerate ich in ihr Blickfeld.

Sie will schon mit einem »Na, wieder da?« auf mich zukommen, doch ich laufe der Mouratoglou hinterher und erwische sie gerade noch, als sie ihren Zimmerschlüssel in Empfang nimmt.

»Darf ich Sie um einen Gefallen bitten?«, frage ich sie.

Sie blickt mich überrascht an, doch ihre Gedanken sind ganz woanders. »Haben Sie die Diskussion vorhin mitbekommen?«, fragt sie mich.

»Ab dem Zeitpunkt, wo vom griechischen Parlament die Rede war.«

»Ich will Ihnen mal was sagen, Herr Kommissar. Ihr seid keine Sklaven der Osmanen mehr. Ihr bezahlt ihnen keine Steuern, ihr werdet von keinem Despoten wie Ali Pascha unterdrückt und ihr führt auch keinen Freiheitskampf mehr gegen die Osmanen. Solltet ihr nicht langsam den Minderwertigkeitskomplex des andersgläubigen osmanischen Untertanen ablegen? Wir haben in diesem Land eine Menge mitgemacht, und wir hatten Angst vor den Türken, weil wir nie wussten, was morgen auf uns zukommt. Doch unterlegen haben wir uns ihnen gegenüber nie gefühlt. Überlegen ja, komplexbeladen nie.«

Sie atmet tief durch, als hätten die Worte sie erleichtert. »Darf ich Sie um einen Gefallen bitten?«, versuche ich es nun erneut, in der Hoffnung auf mehr Glück diesmal.

»Natürlich, gerne«, entgegnet sie, als höre sie meine Bitte zum ersten Mal.

»Ich muss zur griechischen Schule in Bakırköy fahren. Könnten Sie vielleicht mitkommen, weil ich den Weg nicht kenne und mich mit dem Taxifahrer nicht verständigen kann?«

»Na, klar doch.«

Adriani ist inzwischen zu uns gestoßen und protestiert prompt: »Das Programm sieht aber einen Ausflug in den asiatischen Stadtteil vor.«

»Die gegenüberliegende Seite habe ich schon unzählige Male besucht, da verpasse ich nichts«, meint die Mouratoglou und steigt in meiner Wertschätzung gleich um ein paar Prozent.

»Entschuldige bitte, Kostas, aber reicht es nicht, wenn du dir deine Ferien mit beruflichen Sorgen vergällst? Musst du denn auch noch unsere Mitreisenden damit behelligen?«

Sie verwendet die kultivierte Sprache griechischer Groschenromane, die sie perfekt beherrscht, und was ihre Worte verschweigen, offenbart ihr giftiger Blick.

»Mittlerweile würde ich an alle möglichen Orte fahren, Frau Charitou, nur um nicht mit den Leuten da zusammen sein zu müssen.« Und sie deutet in Richtung der Cafeteria. »Wollen Sie nicht mitkommen?«, wendet sie sich plötzlich an Adriani, als sei ihr gerade ein guter Einfall gekommen. »Statt als Tourist die asiatische Seite zu besuchen, werden Sie Makrochori kennenlernen, eine sehr alte griechische Wohngegend.«

»Hat nicht Loxandra, die Heldin der legendären Fernsehserie, in Makrochori gelebt?«

»Genau.«

»Dann komme ich mit«, meint Adriani und stürmt los, um ihre Handtasche zu holen.

»Das haben Sie gut hingekriegt«, sage ich zur Mouratoglou.

»Schadensbegrenzung ist das Allererste, was man in Istanbul lernt, Herr Charitos. Nach außen hin mussten wir uns stets wie ein Herz und eine Seele präsentieren, auch wenn unter uns Hass, Bosheit, Neid, Zwietracht und weiß der Himmel noch was herrschten.«

Erneut fahren wir über die Küstenstraße in Richtung Flughafen. Wenn mich Gikas fragte, was sich mir von Istanbul am stärksten eingeprägt hat, müsste ich an mich halten, um nicht diese Strecke anzuführen. Denn das wäre ganz so, als würde ich die Attika-Ringstraße, die zum Eleftherios-Venizelos-Flughafen führt, zur besonderen Athener Sehenswürdigkeit erklären. Ich sitze auf dem Beifahrersitz, während Adriani und die Mouratoglou auf den Rücksitzen mit gedämpfter Stimme miteinander plaudern.

Das Taxi verlässt die Küstenstraße und biegt in die engen

Gassen der Altstadt ein. »Hier beginnt Makrochori«, erläutert die Mouratoglou, um in der Folge den Taxifahrer zu veranlassen, bei jedem zweiten Passanten anzuhalten, damit sie ihn nach dem Weg zur griechischen Schule fragen kann. Die meisten blicken sie ratlos an, einige heben die Hände, um ihre Ahnungslosigkeit zu unterstreichen, ein dritter schickt uns im Brustton der Überzeugung genau in die verkehrte Richtung.

»Die sind alle neu zugezogen«, erklärt die Mouratoglou. »Die kommen aus dem tiefsten Anatolien, und die einzige Strecke, die sie kennen, ist die von ihrer Wohnung zum Kramladen. Kann sein, dass sie jeden Tag an der griechischen Schule vorbeilaufen, ohne dass ihnen das Gebäude etwas sagt.« Schließlich löst eine Frau mittleren Alters, die sich als Armenierin herausstellt, den gordischen Knoten und erklärt uns den Weg.

Wie schon am Morgen ist das schmiedeeiserne Tor verschlossen. Ich folge Murats Beispiel und hämmere mit der flachen Hand dagegen. Der Lärm, den das Schlagen des Gestänges gegen das Eisenblech hervorruft, erregt das Aufsehen der ganzen Straße, die Passanten bleiben stehen und gucken neugierig herüber. Nach etwa drei Minuten hören wir, wie sich ein Schlüssel langsam im Schloss dreht, der eine Türflügel öffnet sich halb, und das mir schon wohlbekannte runzlige Gesicht mit dem misstrauischen Blick lugt heraus.

Die Mouratoglou mobilisiert ihren ganzen Charme. »Guten Tag, dieser Herr hier würde gerne kurz mit Ihnen sprechen.«

Der Alte starrt die Mouratoglou an. Aus ihrem Tonfall

hat er herausgehört, dass sie aus Istanbul stammt. Dann wendet er sich mir zu und redet auf Türkisch auf mich ein.

»Der Herr ist Grieche, er versteht kein Türkisch«, erklärt ihm die Mouratoglou.

Der Hausmeister lässt das Türkische sein, doch er blickt mich weiterhin schief an. »Sind Sie nicht heute Morgen mit dem Komiser Bey hier gewesen?«, fragt er schließlich.

»Ja, ich bin griechischer Polizeibeamter und arbeite mit den türkischen Behörden zusammen. Wir suchen eine Griechin, die ihren Bruder in Griechenland getötet hat und danach nach Istanbul gereist ist. Wir befürchten, dass sie möglicherweise auch Kalliopi Adamoglou umgebracht hat.«

Der Hausmeister blickt mich nachdenklich und unentschlossen an. Dann öffnet er beide Flügel des Eisentores. »Kommen Sie rein«, sagt er zu uns.

»Besprechen Sie das untereinander. Frau Charitou und ich machen einen Spaziergang durch Makrochori.«

Ich habe nichts dagegen, dass die Mouratoglou Adriani zu einem kleinen Rundgang entführt, und trete in den Schulhof. Die Tür fällt hinter mir ins Schloss. Der Hausmeister geht voran in die Portiersloge – ein Kämmerchen, in dem gerade mal ein Tresen mit zwei Stühlen und dahinter ein Klapptisch mit einem Gaskocher Platz finden.

»Möchten Sie einen Kaffee?«, fragt der Hausmeister.

»Nein danke. Ich möchte, dass Sie mir dasselbe noch einmal erzählen, was Sie heute Morgen dem türkischen Beamten gesagt haben. Er hat es mir zwar übersetzt, aber ich höre es lieber von Ihnen persönlich.«

»Na, na, na, eigentlich wollen Sie das hören, was ich dem Komiser Bey nicht erzählt habe.«

»Gibt's denn da etwas, was Sie ihm verschwiegen haben?«, frage ich, da mich tatsächlich genau diese Hoffnung erneut hierhergetrieben hat.

»Dem Kommissar habe ich doch gar nichts gesagt. Einem türkischen Polizisten gegenüber kommt kein Wort über meine Lippen. Warum sollte ich denen helfen? Haben die uns je was Gutes getan? Eines kann ich Ihnen sagen: Wer Kalliopi Adamoglou umgebracht hat, ist ein Wohltäter für die Menschheit.«

Wäre Murat klug gewesen, hätte er mich die Fragen stellen lassen, doch er hatte zu mir genauso wenig Vertrauen wie der Hausmeister zu ihm. »Kannten Sie die Adamoglou gut?«, frage ich den Hausmeister.

»Meine Familie wohnt schon seit Generationen in Makrochori. Aber ich bin nicht immer Schulwart gewesen. Besser gesagt, Schulwart ist etwas übertrieben, in Wahrheit bin ich ›Kapıcı‹, oder Pförtner, wie man bei euch sagt.«

Er holt tief Luft und schüttelt den Kopf, als fiele es ihm schwer, all das zu begreifen. Mir wird klar, dass ich mich mit Geduld wappnen muss, denn bevor er zur Adamoglou kommt, wird er zunächst einmal sein eigenes Schicksal erzählen.

»Von meinem Vater habe ich eine Tischlerwerkstatt geerbt. Dann kamen die Krawalle im Jahr '55, und es wurde Kleinholz daraus. Da habe ich mir gesagt, die baue ich doch nicht wieder auf, nur damit man mir wieder alles kaputtschlägt. Ich habe den Ladenraum verkauft, mein Elternhaus auch, und bin ab nach Athen. Als ich mich dort umschaute, wo ich denn mein Geld am besten anlegen und welcher Arbeit ich nachgehen sollte, kommt ein entfernter Verwandter auf mich zu und sagt: ›Warum willst du dein Geld nicht für dich arbeiten lassen? Willst du es nicht gegen Zinsen verleihen, damit es etwas abwirft, bis du dich entschieden hast, was du eigentlich anfangen willst? Du kriegst doppelt so viele Zinsen wie auf der Bank.‹ Da habe ich angebissen. Das habe ich ein-, zweimal gemacht, und das Geld hat mir ordentlich Gewinn eingebracht. Ich war auf den Geschmack gekommen und habe es ein drittes Mal versucht, aber der Darlehensnehmer war machulle.«

»Machulle?«

»Wie nennt ihr das in Griechenland? Er ist pleitegegangen, und ich habe alles verloren. Das Geld reichte gerade noch für eine Rückfahrkarte. Hier in der Gemeinde hatte man Erbarmen mit mir, und man hat mir den Posten als Schulwart gegeben. Dann sind alle weggezogen, und ich habe auch den Posten des Küsters übernommen.« Er seufzt und schüttelt den Kopf. »Ja, so war das.«

»Und was hat das alles mit der Adamoglou zu tun?«

»Als unsere Leute im Jahr '64 alles verkauften, um von hier wegzukommen, erwarb Fofo, die Mutter der Adamoglou, alles, was sie in die Finger kriegen konnte. Sie kaufte es zu einem Bruchteil des Werts, weil sie den Leuten den Kaufpreis in Griechenland und in Drachmen auszahlte. Damals war es schwierig, Devisen aus der Türkei auszuführen, und die Leute stießen ihre Häuser und Geschäfte möglichst schnell ab, um ihren Besitz auf diese Weise in Drachmen umzutauschen. Als ich sie fragte: ›Was willst du mit all den Häusern anfangen?‹, hat sie geantwortet: ›Besser sie kommen in meine Hände als in die der Türken.‹ Als nach dem Jahr '89 Muslime aus Bosnien, Aserbeidschan und Turkmenistan hierherkamen und ein Dach über dem Kopf suchten, hat sie das Doppelte und Dreifache daran verdient. Und nach ihrem Tod hat ihre Tochter weitergemacht. So sind sie reich geworden.«

»Könnte ich jetzt den Kaffee haben, den Sie mir vorhin angeboten haben?« Einerseits möchte ich gerne einen trinken, andererseits will ich ihn dadurch auch aus der Vergangenheit in die Gegenwart zurückholen.

Mit einem »Na freilich« erhebt er sich und macht sich am Gaskocher zu schaffen, um den Kaffee zuzubereiten.

»Hatten Sie Kontakt zur Adamoglou?«, frage ich, während er sich über das Kaffeekännchen beugt. »Haben Sie sich des Öfteren getroffen?«

»Jeden zweiten Sonntag in der Kirche.« Er seufzt, während er Kaffeepulver und Zucker in das Kännchen gibt. »Früher waren während der Messe die ganze Kirche und der halbe Vorhof voll. Jetzt kommt der Pfarrer jeden zweiten Sonntag, weil wir nur mehr fünf Seelen sind: ich, wobei ich gleichzeitig Küster bin, eine Alte, die mal hier wohnt, mal in Kurtuluş bei ihrer Tochter, ein syrisches Ehepaar und die Adamoglou.« Er nimmt den Kaffee und stellt ihn vor mir auf dem Tresen ab. »Zuerst haben die Adamoglou und ihre Mutter die Konstantinopler Griechen bis aufs Hemd ausgezogen, dann haben sie auch die muslimischen Einwanderer ausgenommen, aber der Kirchgang war ihnen heilig!«

»Haben Sie je gehört, dass sie von einer Verwandten oder Bekannten erzählt hätte, die aus Griechenland zu Besuch gekommen war?«

»Eine Verwandte war das, soviel ich weiß.«

»Hat sie das Ihnen gegenüber erwähnt?«

»Dem Pfarrer hat sie von dem Besuch erzählt, das habe ich mitbekommen. Sie befürchtete schon, sie würde sich bei ihr einnisten. Den Rest habe ich dann von der Iliadi erfahren, der anderen Alten.«

»Was hat die Ihnen erzählt?«

»Dass sie eine entfernte Cousine mütterlicherseits war, die sie beinahe fünfzig Jahre nicht mehr gesehen hatte. Die Iliadi konnte sich vage an eine Cousine erinnern, aber mich ging das ja nichts an, und so habe ich nicht weiter gefragt.«

»Wo kann ich die Iliadi finden?«

»Sie wohnt zwei Straßen weiter, aber vielleicht ist sie gerade wieder bei ihrer Tochter. Kommen Sie, ich bringe Sie hin.«

Wir treten vom Hof aus auf die Straße, und der Hausmeister versperrt die eiserne Tür hinter uns. Vor uns liegt ein Wildwuchs billiger Wohnbauten, die in grellen Farben gestrichen sind: rosa, kanariengelb und ockerfarben. An der Ecke biegt der Hausmeister nach rechts ab und führt mich in eine weitere Straße gleichen Zuschnitts.

»All das waren früher mal Holzbauten, und die meisten davon gehörten unseren Leuten«, erläutert er mir.

»Wurden sie abgerissen?«

»Niedergebrannt. Da der Abriss von Holzbauten mittlerweile verboten ist, steckt man sie in Brand, und auf den Ruinen baut man das, was Sie vor sich sehen.«

Die Wohnung der Iliadi liegt im einzig erhaltenen Holzhaus der Straße, eingezwängt zwischen einem vierstöckigen Neubau und einem großen Wohnblock, die beide in rosa Farbtönen gestrichen sind. Wir betätigen den eisernen Türklopfer, doch zu meinem Leidwesen öffnet uns niemand.

»Wissen Sie vielleicht, wo die Tochter der Iliadi wohnt?«, frage ich den Hausmeister.

»Das weiß ich nicht, aber Sie können das leicht herausfinden. Fragen Sie beim Büro des Kirchensprengels von Agios Dimitrios in Kurtuluş nach, wo die Tochter der Iliadi wohnt. Die wissen das bestimmt. Es sind nur mehr so wenige von uns übrig, dass die Kirche jeden von uns kennt. Wahrscheinlich zählen sie täglich nach, wie viele wir noch sind.«

Als wir wieder zurück in der Schule sind, ist von Adriani und der Mouratoglou noch nichts zu sehen. Ich könnte zwar noch einen weiteren Kaffee vertragen, doch ich geniere mich, danach zu fragen.

11

Während ich im Taxi nach Kurtuluş unterwegs bin, kämpfe ich – selbst nach drei Tassen Kaffee – immer noch damit, mich von der gestrigen Völlerei zu erholen. Denn endlich wurde der allgemeine Wunsch nach dem Besuch einer »Orientalischen Show« erfüllt. Vergeblich versuchte uns die Mouratoglou mit dem Argument zur Räson zu bringen, die hiesigen Bauchtanzlokale seien genauso zur Touristenattraktion verkommen wie die im Sommer geöffneten Bouzouki-Schuppen in der Athener Plaka. Doch ihre Einwände stießen auf taube Ohren, und wir machten uns auf den Weg in ein Nachtlokal, wo das Essen – nach türkischem Standard – mies war, die Tänzerinnen – nach internationalem Standard – jedoch Prachtexemplare.

Anfänglich nörgelte Despotopoulos noch herum. Er fand, die Preise seien übertrieben und das Essen grässlich, doch die Mouratoglou meinte, das sei in den Athener Touristenfallen auch nicht anders. Sein Gezeter verstummte augenblicklich, als die erste Tänzerin erschien. Bei der zweiten sprang Stefanakos auf und begann im Takt mitzuklatschen. Kaum war die Tänzerin abgetreten, ließ sich die Petropoulou, da die Musik weiterspielte, dazu hinreißen, eine Einlage zu geben und so die leere Tanzfläche zu beleben. Ihr Auftritt hatte vermutlich genauso viel mit Bauchtanz zu tun wie das Rebetiko-Lied *Misirlou, die Ägypterin* mit Kairo, doch das hinderte die Gesellschaft nicht, sie mit rhythmischem Klatschen anzufeuern, worauf es sich auch Stefanakos nicht nehmen ließ, auf die Bühne zu springen und zu tanzen.

Den Höhepunkt erreichte der Abend nach dem Abgang der dritten Tänzerin, als sich nicht nur das Ehepaar Stefanakos, die Petropoulou und die Despotopoulou erhoben, sondern auch der General höchstpersönlich mit solcher Inbrunst loslegte, als sei er beim österlichen Kalamatianos-Tanz in der Kaserne. Das ganze Lokal war auf den Beinen und grölte, mit Ausnahme von Adriani, die im Sitzen mitklatschte, und der Mouratoglou, die nur jeweils am Schluss eines Tanzes applaudierte. Ich beschränkte mich auf eine Form von Händeklatschen, die mehr optischer als akustischer Natur war.

Die Stefanakou schlug vor, zu Fuß ins Hotel zurückzukehren, »um ein wenig frische Luft zu schnappen«. Die frische Luft stellte sich eher als Vorwand heraus, um kein Taxi zu beschmutzen, denn als wir uns dem Taksim-Platz näherten, verschwand sie in einem schlecht beleuchteten Seitensträßchen und kotzte sich die Seele aus dem Leib. Despotopoulos hielt seine Frau fest untergehakt, vielleicht auch um sie zu stützen, damit sie nicht umsank. Die Einzige, die keinerlei Anzeichen von Müdigkeit zeigte, war trotz ihrer Jahre die Mouratoglou, vielleicht weil sie den Raki von Jugend auf gewöhnt war und eine Menge vertragen konnte.

Der morgendliche Kaffee entfaltet heute nicht seine übliche Wirkung, und so halte ich nur mit Mühe meine Augen offen. Die einschläfernd lange Taxifahrt tut ein Übriges, um meinen Zustand zu verschlimmern.

Das Taxi verlässt nun die breite Straße, die am Hilton vorüberführt, und biegt nach links in eine ansteigende Straße ein, die ein wenig an den Tarlabaşı-Boulevard erinnert. Ein Stückchen weiter oben biegt der Fahrer erneut nach links in eine schmale und lange Straße ab, wo einst wohl hauptsächlich Wohnbauten aus den dreißiger und vierziger Jahren standen, wie ich aus den Überresten schließe. Denn die meisten Gebäude sind abgerissen worden, und an ihrer Stelle erheben sich unschöne Neubauten mit Mosaikfassaden.

»Kurtuluş!«, sagt der Taxifahrer zu mir und deutet vage um sich. Da wird mir klar, dass wir in dem Stadtteil angekommen sind, den die Istanbuler Griechen, wie ich von der Mouratoglou weiß, Tatavla nennen.

Wir kommen zu einem Platz, der Endstation für viele Buslinien ist. Und hier, direkt vor dem Eingang der Agios-Dimitrios-Kirche, lässt mich der Fahrer aussteigen. Der Vorhof der Kirche ist gut in Schuss und, wie in der Schule von Makrochori, mit Blumenrabatten bepflanzt, nur dass hier die gepflegte Anlage auch von ein paar wenigen Gemeindemitgliedern genutzt wird. Zwei alte Weiblein sitzen plaudernd auf einer Steinbank, während ein vierzigjähriger Mann den Hof kehrt.

»Wo finde ich Herrn Anestidis?«, frage ich ihn. Er hält im Kehren inne, und sein Gesichtsausdruck verrät mir, dass er sich ernsthaft bemüht, meine Worte zu verstehen.

»Anestidis?«

Diesmal versteht er den Namen, weil ich ihn pur serviert habe, und er bedeutet mir, ihm zu folgen.

Er führt mich in den Hof hinein zum Büro des Kirchensprengels, das an große Athener Anwaltskanzleien aus den fünfziger Jahren erinnert.

Anestidis ist ein wohlgenährter, glatzköpfiger Mann um die fünfzig. Auf dem Stuhl ihm gegenüber sitzt eine Frau, schätzungsweise zehn Jahre älter als er, ungeschminkt und mit ergrautem Haar.

»Kommissar Charitos aus Athen«, stelle ich mich Anestidis vor. »Wir hatten telefoniert.«

»Angenehm. Und das hier ist Frau Iliadi.«

Frau Iliadi erhebt sich und reicht mir die Hand, während sie höflich bemerkt: »Sehr erfreut, Herr Kommissar.« Die förmlichen Floskeln können den befremdeten Blick nicht kaschieren, den sie mir zuwirft, während sie sich wohl auszumalen versucht, was ein Bulle aus Griechenland bloß von ihr wollen könnte.

»Wo sollen wir uns unterhalten?«, frage ich sie und füge sofort beruhigend hinzu: »Ich werde Ihre Zeit nicht lange in Anspruch nehmen.«

»Draußen im Hof ist es ganz ruhig«, meint sie und erhebt sich.

Die beiden Weiblein sind verschwunden, doch der Vierzigjährige kehrt immer noch. Wir nehmen auf zwei Stühlen vor den Büroräumen des Kirchensprengels Platz. »Sie wollen mich nach Kalliopi Adamoglou fragen, nicht wahr?«, dringt die Iliadi sogleich zu des Pudels Kern vor.

»Woher wissen Sie das?«, frage ich baff.

»Kommen Sie, Herr Kommissar. Istanbul hat vielleicht siebzehn Millionen Einwohner, aber wir sind gerade mal zweitausend Seelen. Wenn einer sich auch nur die Nase kratzt, wissen es am nächsten Tag alle.« Sie hält kurz inne und fügt hinzu: »Herr Panajotis, der Hausmeister der Schule, hat mich angerufen.«

»Herr Panajotis hat mir bereits einiges von der Adamoglou erzählt, doch ich wollte auch Ihre Meinung dazu hören.«

Sie zuckt mit den Schultern. »Ich glaube nicht, dass ich Ihnen da mehr zu bieten habe. Der Kopf, der hinter allem steckte, war Fofo, die Mutter. Sie hatte es geschafft, auf die Art reich zu werden, wie es nur wir Istanbuler Griechen verstehen. Darin sind wir allen anderen überlegen, auch den Türken.«

»Und das wäre?«

»Billig zu kaufen und teuer zu verkaufen. Das war ihr Ding.« Ich will etwas einwenden, aber sie kommt mir zuvor: »Ich weiß, man hat Ihnen erzählt, dass sie diejenigen ausgenutzt hätte, die im Jahr '64 alles verkauften und nach Griechenland gingen. Wenn wir anfingen nachzuzählen, wie viele Istanbuler Griechen andere in der Stunde der Not über den Tisch gezogen haben, würden wir auf eine ganze Menge solcher Fälle kommen. Doch man muss auch sagen, dass diejenigen, die ihr Hab und Gut für einen Kanten Brot verkauften, sich von der Idee, in Griechenland auf Bargeld zurückgreifen zu können, in die Irre leiten ließen. Da sie Hals über Kopf wegwollten, tragen sie selbst Schuld daran, dass sie ihre Häuser für weniger als die Hälfte des Wertes verkauft haben. Man soll nicht die ganze Verantwortung einigen geldgierigen Personen wie der Adamoglou zuschieben.«

»Also stimmen Sie mit dem, was mir Herr Panajotis erzählt hat, nicht überein?«

Sie macht eine kleine Pause und meint dann, als hätte sie lange darüber philosophiert: »Wer unter euch ohne Sünde ist, der werfe den ersten Stein, Herr Kommissar. Die Adamoglous hatten nicht vor, aus Istanbul wegzuziehen. Folglich haben sie ihr Vermögen vermehrt. Wer kann sie dafür verurteilen?«

»Soweit ich sehen konnte, strotzte die Wohnung der Adamoglou nicht gerade vor wertvollen Schätzen.«

Zum ersten Mal muss sie lachen. »Die Adamoglous waren zur einen Hälfte Pontusgriechen und zur anderen Karamanlı, also türkischsprachige Griechen aus Zentralanatolien. Die Karamanlı zeigen ihren Reichtum nicht gern. Sie hätten sehen sollen, wie sie herumliefen, man hätte meinen können, sie wären im Armenhaus von Makrochori eingekleidet worden. Darin waren hier die Juden die größten Lehrmeister. Und die Karamanlı waren die Juden der griechischen Orthodoxie.« Nach einer Pause fügt sie hinzu: »Gehen Sie nicht von der heutigen Situation aus, wo die Neureichen stets zeigen, was sie besitzen. Damals betrachtete man die Neureichen schlicht als vulgär.«

»Wie sehen Sie denn die Adamoglou? Offenbar denken Sie anders als Herr Panajotis.«

»Herr Panajotis hält sich für den Gralshüter des Griechentums, ganz so wie die übrigen Konstantinopler Griechen. Ich habe in so einer Gemeinschaft keinen Platz.«

»Wieso denn nicht?«, frage ich perplex.

Sie blickt mir in die Augen und sagt nahezu provokant: »Weil meine Tochter einen Türken geheiratet hat, Herr Kommissar. Anna arbeitet als Buchhalterin in einer Firma, und ihr Mann ist Rechtsanwalt dort. So haben sie sich kennengelernt.« Sie pausiert, augenscheinlich, um meine Reaktion abzuwarten, doch die Eheprobleme ihrer Tochter lassen mich kalt. Ich habe genug mit den Sorgen zu tun, die mir die Hochzeit meiner eigenen Tochter bereitet. Als sie sieht, dass ich nichts dazu sage, fährt sie fort: »Ich bin fast verrückt geworden, als sie es mir gesagt hat. Ich habe geschimpft und gejammert, aber Anna stellte sich taub. ›Ich liebe ihn, und ich werde ihn heiraten‹, sagte sie, und davon ist sie nicht abgerückt.«

Dann hält sie wieder inne, und ich frage mich, wie ich sie wieder zum Thema Adamoglou und Chambou zurückbringen könnte. Ich stelle fest, dass ein Gespräch mit Konstantinopler Griechen stets mit einem Schritt zurück beginnt. Zunächst führen sie den Zuhörer in die Vergangenheit, und dann erst kehren sie dorthin zurück, wo es sie schmerzt, nämlich in die Gegenwart. Ich versuche also, etwas Geduld aufzubringen und abzuwarten, dass sie von selbst wieder auf die Adamoglou zu sprechen kommt.

»Erol, mein Schwiegersohn, ist ein guter Junge, Herr Kommissar, ich kann mich nicht beklagen«, fährt die Iliadi fort. »Er liebt meine Tochter, und er ist ein guter Vater. Hier im Kirchensprengel kennt man ihn, denn er kommt mit Anna und den Kindern zur Auferstehungsfeier. Er trägt eine Osterkerze, macht mit beim Eierkicken, und er hat sogar gelernt, wie man auf Griechisch ›Christus ist auferstanden‹ sagt. Er tut, was er kann, damit sich meine Tochter nicht von ihren Wurzeln abgeschnitten fühlt. Wir feiern zusammen das Osterfest und den Bayram. Und wir tun so, als wäre das normal, doch gar nichts ist normal. Aber ich weiß nicht, vielleicht hat meine Tochter recht, wenn sie sagt:

›Komm zur Vernunft, Mama, das Istanbuler Griechentum ist tot, wir haben es nur noch nicht zu Grabe getragen.‹ Wenn sie recht hat, dann muss ich das akzeptieren.«

»Haben Sie sonst noch Kinder?«

»Einen Sohn, der als Bauingenieur in Athen lebt. Aber der redet kein Wort mehr mit uns, seit seine Schwester einen Türken geheiratet hat.« Meine Taktik geht auf, denn sie holt tief Luft und sagt von sich aus: »Ich habe mich hinreißen lassen und Sie mit meinen Geschichten behelligt, während Sie sich für etwas ganz anderes interessieren.«

»Ich wollte Sie fragen, ob Sie etwas über eine Nichte der Adamoglou gehört haben, die vor kurzem bei ihr zu Besuch war.«

»Eine Cousine«, korrigiert sie mich. »Sie war die Nichte von Fofo Adamoglou.«

»Kennen Sie sie?«, frage ich und spüre, wie neue Hoffnung in mir aufkeimt.

»Nein, aber ich kenne die Geschichte in groben Zügen. Fofos Mädchenname war Lazaridou, und sie war Pontusgriechin aus dem Schwarzmeergebiet. Die Lazaridous hatten Verwandte, die im Zuge der großen Flucht vom Schwarzen Meer fortzogen und einige Jahre in Istanbul blieben. Besagte Cousine stammte aus diesem Zweig. Als ihre Familie schließlich ihr Glück in Griechenland versuchen wollte, wurde die Kleine bei Fofo Adamoglou zurückgelassen. Eines Tages war dann auch sie verschwunden. Den Großteil der Geschichte habe ich bei uns zu Hause gehört, meine Mutter und die Nachbarinnen haben darüber gesprochen. Wenn Sie mich jetzt fragen, wie die Cousine hieß, müsste ich passen.«

»War ihr Name vielleicht Maria?«

»Kann sein, keine Ahnung.«

»Wissen Sie, ob die Adamoglou noch weitere Verwandte hat?«

Sie denkt kurz nach. »Ich kann mich erinnern, dass sie mir irgendwann mal erzählt hat, es gäbe da eine Cousine aus der Sippe ihrer Mutter, die in Fener wohnt, aber ich weiß weder den Namen noch, wo genau sie wohnt.«

Mehr gibt es für mich nicht zu erfahren, und ich breche auf. Es ist fast elf Uhr, und die Reisegesellschaft wollte heute die asiatische Seite des Bosporus erkunden. Das könnte ein schöner Ausflug werden, und vielleicht schaffe ich es sogar noch, daran teilzunehmen.

»Vielen Dank, Sie haben mir sehr geholfen«, sage ich zur Iliadi.

»Gern geschehen, Herr Kommissar. Und entschuldigen Sie, dass ich Sie mit meinen Geschichten behelligt habe.«

»Sie haben mich keineswegs behelligt«, erwidere ich und meine es auch so, obwohl ich mich früher zur Reisegruppe hätte gesellen können, wenn ihre Erzählung etwas weniger ausführlich gewesen wäre.

Ich rufe Adriani auf ihrem Handy an und frage sie, wo sie sind. »Diese Stefanakou kommt ständig als Letzte angetanzt«, entgegnet sie verärgert. »Wir steigen gerade erst in den Reisebus. Kannst du mir sagen, wie die es als Bankangestellte hinkriegen soll, um acht Uhr morgens auf der Matte zu stehen?«

»Hör mal, ich nehme jetzt ein Taxi und komme euch entgegen. Wo könnt ihr auf mich warten?«

»Einen Augenblick, ich frage den Fahrer.« Es folgt eine

kurze Pause, und dann höre ich die Stimme der Mouratoglou. »Wir warten in Skoutari auf Sie, beim Schiffsanleger, Herr Kommissar. Dem Taxifahrer sagen Sie ›Üsküdar‹ und ›Iskele‹. Dann weiß er, was gemeint ist.«

Also steige ich ins Taxi und sage dem Fahrer die Adresse auf. Bei »Üsküdar« verhaspele ich mich, doch »Iskele« bringe ich ganz gut heraus. Der Fahrer sagt nur »*Tamam*« und macht den Eindruck, als habe er mich verstanden.

Ich versuche, meine gestern und heute – und noch dazu hinter Murats Rücken – mühselig erworbenen Erkenntnisse zu ordnen. Maria Chambou vergiftet ihren Bruder mit dem Pflanzenschutzmittel E 605 in Drama und fährt daraufhin nach Istanbul, bevor der Mord der Polizei bekannt wird. Zunächst einmal verlieren sich hier ihre Spuren, bis der Leichnam ihrer Cousine Kalliopi auftaucht, die auf genau dieselbe Art und Weise ums Leben gebracht wurde wie Marias Bruder Jannis. Es handelt sich also um zwei gleichartige Mordtaten an zwei nahen Verwandten. Aber wo ist das Motiv? Sind es Verbrechen, die aus Hass geschehen? Auf den ersten Blick könnte das im Fall ihres Bruders zutreffen. Alle Zeugen stimmen darin überein, dass er sie schlecht behandelte. Folglich hat sie sich gerächt. Aber was ist mit Kalliopi Adamoglou? Welcher Hass und welche Rachegelüste sind nach so vielen Jahren immer noch so lebendig?

Eine weitere Frage stellt sich in Bezug auf die Tatwaffe. Wenn sie zweimal auf dieselbe Art und Weise mordet, kann das auf die Handschrift einer Serienmörderin hinweisen, muss aber nicht. Das Pflanzengift ist vielleicht das einzige Mittel, mit dem sie vertraut ist. Sollten wir nicht das Glück haben, dass sie es mit dem zweiten Mord gut sein lässt, wird sie demnach vermutlich weiterhin darauf zurückgreifen.

Wichtiger ist jedoch die Frage, wo sie sich aufhält. Kann es sein, dass eine Greisin, die nach so vielen Jahren in eine Stadt zurückkehrt, in der die Zahl der Griechen täglich schrumpft, immer noch bei alten Bekannten unterkommt? Murat müsste eine Liste der Konstantinopler Griechen erstellen und sie dann abklappern. Es geht um weniger als zweitausend Personen, wobei die meisten untereinander verwandt sind. Kein großer Aufwand also, würde ich meinen.

Das bringt mich zu einer weiteren Frage: Welche von meinen Erkenntnissen soll ich an Murat weitergeben? Im Grunde darf ich ihm von meinem zweiten Besuch in der Schule von Makrochori nichts erzählen, da er sonst ausrastet und die Gefahr besteht, dass er – mit dem Einverständnis seines Vorgesetzten – die Schotten dicht macht. Aber wie soll ich dann die Iliadi ins Spiel bringen, wenn ich ihm davon nichts erzählen kann? Seine erste Frage wird sein, wie ich auf sie gestoßen bin.

Ich schrecke aus meinen Gedanken hoch und sehe, dass wir gerade die erste Bosporusbrücke überqueren. Hier staut sich der Verkehr, und das Taxi kommt nur langsam voran. Unter uns fahren die weißen Schiffe und die Linienfähren hindurch, vor uns warten die Wagen in der prallen Sonne geduldig darauf, dass sich der Stau auf der asiatischen Seite wieder auflöst.

Ich probiere, Murat auf seinem Handy zu erreichen. »Rufen Sie an, um mir über den Fortgang Ihrer Ermittlungen zu berichten?«, fragt er, und sofort schrillen bei mir die Alarmglocken. Das wäre ja ein Ding, wenn er mich auch noch überwachen ließe, sage ich mir, aber ich stelle mich vorerst dumm.

»Was für Ermittlungen?«, frage ich unschuldig.

»Na, zu den Aussagen des Schriftstellers, der uns das Leben schwermacht.«

»Lassen Sie mich etwa überwachen?«, schreie ich ins Handy, obwohl ich mir diesbezüglich sicher bin.

Am anderen Ende der Leitung höre ich herzhaftes Gelächter. »Würde ich Ihnen das auf die Nase binden?«, fragt er zurück. »Ist das die Art, wie man euch die Überwachungstechnik auf der griechischen Polizeischule beigebracht hat?«

Am liebsten würde ich meinen Kopf gegen das Taxifenster rammen. Wie konnte ich mich nur so stumpfsinnig benehmen! Gleichzeitig frage ich mich, wie oft das gegenseitige Misstrauen von Griechen und Türken beide Seiten noch zu hirnrissigen Verdächtigungen hinreißen wird.

»Ich war mir nach unserem Besuch in Bakırköy sicher, dass entweder Sie den Schriftsteller auf dem Laufenden halten oder er mit Ihnen in Kontakt treten würde, um Neuigkeiten zu erfahren. Also fragte ich nach, ob Sie etwas herausbekommen haben.«

Richtiger Gedankengang, sage ich mir. An jedem Übel ist doch auch etwas Gutes: Meine unbedachte Äußerung bringt mich auf die Idee, Vassiliadis als Urheber all meiner Erkenntnisse auszugeben und meine übrigen Quellen zu verschleiern. Um ganz sicherzugehen, werde ich Vassiliadis instruieren, für den Fall, dass Murat meine Angaben überprüfen sollte.

Als ich ihm von meinen Ermittlungen berichte, beginnt

eine andere Idee in mir Gestalt anzunehmen, die mir noch mehr Auftrieb gibt. Mit einem Schlag weiß ich, wie ich Adamoglous andere Cousine ausfindig machen kann.

»Wann plant die Gerichtsmedizin, die Leiche der Adamoglou freizugeben?«

»Weiß ich nicht, kann ich aber herausfinden.«

»Diesbezüglich sollten Sie mir Bescheid geben, damit ich bei der Kirche nachfragen kann, wann das Begräbnis stattfindet.«

»Und worauf wollen Sie hinaus?«, fragt er mich.

»Ja, verstehen Sie denn nicht? Wenn auch nur ein Verwandter der Adamoglou noch am Leben ist, wird er zu ihrem Begräbnis kommen«, erkläre ich ihm und bin vollauf zufrieden, dass ihm dieser Gedanke nicht gekommen ist und ich meine kleine Rache genießen kann.

»Richtig. Ich kümmere mich darum, und dann gehen wir zur Beerdigung.«

»Nicht wir, sondern ich werde hingehen«, hebe ich hervor, ohne Widerspruch zu dulden.

Diesmal ist er an der Reihe, misstrauisch zu werden. »Wieso? Ich dachte, das hätten wir geklärt.«

»Die trauernden Verwandten und Bekannten werden einem türkischen Polizeibeamten kein Wort sagen, während ich derselben Religion angehöre und Grieche bin, also werden sie sich mir gegenüber leichter öffnen.«

Er denkt kurz darüber nach, dann lenkt er ein: »Okay, Sie haben recht. Nur bitte ich Sie, dass die Sache unter uns bleibt. Der Brigadekommandeur darf nichts davon erfahren, sonst reagiert er vergrätzt, und ich muss ihm alles lang und breit erklären.«

»Keine Sorge«, beruhige ich ihn. »Und ich verspreche Ihnen, dass ich Ihnen alles, was ich in Erfahrung bringe, wortwörtlich übermittle.«

Der Wagen hat inzwischen die Brücke hinter sich gelassen und die Biegung zur Küstenstraße hinunter eingeschlagen.

12

Gikas' Anruf erreicht mich auf dem Rückweg von Beykoz nach Skoutari und vergällt mir den versonnenen Blick auf den Bosporus. »Gibt's was Neues?«, fragt er.

Ich erstatte ihm kurz Bericht über meine gemeinsamen Ermittlungen mit Murat und über die Ergebnisse, die ich hinter Murats Rücken erzielt habe.

»Das heißt, bislang haben wir zwei Opfer, wovon beide griechisch-orthodox sind«, bemerkt er.

»Genau.«

»Und was schließen Sie daraus?«

»Beim ersten Mord liegt das Motiv auf der Hand: Sie hasste ihren Bruder. Doch auch beim zweiten weist alles in dieselbe Richtung. Alle Zeugen sind sich darüber einig, dass die Chambou und die Familie Adamoglou nicht gut aufeinander zu sprechen waren. Scheinbar hat sie ihre Rache für die letzte Nachfahrin der Sippe aufgespart und an ihr dann ihr Mütchen gekühlt.« Ich mache eine kleine Pause und füge dann hinzu: »Das Problem liegt meiner Ansicht nach ganz woanders.«

»Und zwar?«

»Wo hält sich die alte Frau versteckt? Erstens sind hier nicht mehr allzu viele Griechen übrig, und zweitens stellt sich die Frage, wie viele Personen in Istanbul noch am Leben sind, die sie von damals kennt und zu denen sie eine persönliche Beziehung hat. Die meisten ihrer Bekannten müssen gestorben sein oder sich in Griechenland aufhalten. Eigentlich hätten wir sie längst aufspüren müssen. Doch sie geistert nach wie vor durch die Stadt, wie ein Gespenst aus der Vergangenheit.«

»Haben Sie die Hotels gecheckt?«

Ich frage mich, ob er solche Fragen stellt, weil er in seinem Büro bereits Schimmel angesetzt hat oder weil er meint, ich hätte gerade erst die Polizeischule absolviert. »Das haben die türkischen Kollegen gleich am Anfang erledigt«, entgegne ich ruhig. »Erwartungsgemäß haben sie nichts herausgefunden. Können Sie sich vorstellen, dass sie einen Mord begeht und sich danach in ihr Hotelbett legt?«

»Was meint denn Ihr türkischer Widerpart?«

»Wir haben uns darauf geeinigt, dass er eine Liste in Istanbul lebender griechischer Familien anfertigt und sie dann auf die Frage hin durchgeht, ob sie bei einer davon Unterschlupf gefunden haben könnte. Obwohl… große Hoffnungen mache ich mir nicht.«

»Und wie kommen Sie mit dem Türken zurecht?«

»Wir gehen sicherheitshalber auf Distanz.«

»Beten Sie, dass wir nicht über Gebühr in die Sache hineingezogen werden.«

»Der Fall scheint mir nicht so wichtig zu sein, als dass es zu Verwicklungen kommen könnte«, entgegne ich im Brustton der Überzeugung.

»Auch die kleinste Kakerlake kann Brechreiz verursachen«, bemerkt er in einer seltenen Anwandlung philosophischen Denkens.

Ich beende das Gespräch und wende mich der Landschaft zu. Die Mouratoglou hat recht, wenn sie sagt, dass die asiatische Seite schöner sei. Denn hier lugen überall Holzhäuser hervor, die in verschiedenen Farben gestrichen sind – braun, hellblau oder gelb. Ich blicke nach rechts und sehe ein Gässchen, das zu einem bewaldeten kleinen Hügel hochführt. Rechterhand wird es von renovierten Holzhäusern gesäumt, linkerhand von drei- und vierstöckigen modernen Wohnblöcken, als stünden einander zwei Schlachtreihen antiker Heere gegenüber. Ich merke, wie mich Niedergeschlagenheit übermannt, da ich als Grieche weiß, dass die Betonklötze stets den Sieg davontragen.

Der Reisebus bleibt vor einem großen Ausflugslokal am Bosporusufer stehen. Es scheint die Sonne, und die Leute sitzen an den Tischchen und genießen den Ausblick.

»Das hier ist Kanlıca«, kündigt die Fremdenführerin an. »Kanlıca war immer schon für seinen Joghurt berühmt. Wir machen eine halbe Stunde Station, damit Sie ihn probieren können.«

»Der Joghurt von Kanlıca war früher schwer zu bekommen. Jetzt kriegt man ihn in jedem Supermarkt«, bemerkt die Mouratoglou.

Mich lässt Joghurt generell kalt, nur im Krankheitsfall greife ich darauf zurück. Zudem gehen mir diese Ausflüge langsam auf die Nerven: eine Stunde Busfahrt, dann zwei Stunden Führung, und am Schluss endet man irgendwo, um Joghurt, Tee oder Essen zu sich zu nehmen. Von Touristen aus Japan oder Korea unterscheidet mich einzig und allein, dass ich weder selbst über Fotoapparat und Videokamera verfüge noch andere dazu anhalte, mich mit aufgesetztem Lächeln abzulichten.

Adriani kommt gar nicht dazu, die Qualität des Joghurts zu kommentieren, wie sie es sonst mit allen Mezze, Hauptgerichten und Desserts macht. Sie lässt den Löffel sinken, da ihr Handy klingelt. »Katerina«, flüstert sie mir zu und eilt mit ihrem Handy flugs zum Reisebus, um ungestört reden zu können.

Mich überkommt eine vollkommen grundlose Unruhe, die vielleicht der Tatsache geschuldet ist, dass wir fern von der Heimat sind und jeder Anruf eine Hiobsbotschaft enthalten könnte. Doch mein Verdacht scheint sich nicht zu bestätigen, da Adriani kurze Zeit später mit einem breiten Lächeln zurückkehrt.

»Ich soll dich ganz herzlich grüßen.«

»Und weiter?«

»Sie hat mir von der Hochzeit erzählt, und als ich mich unwissend stellte, hat sie nur gelacht. ›Komm schon, Mama‹, hat sie gesagt. ›Ich bin sicher, dass dir Papa alles haarklein berichtet hat.‹ Doch ich blieb standhaft. ›Katerina, ich versichere dir, das ist nicht der Fall‹, meinte ich. Worauf deine Tochter immer noch lachte. ›Lass die Spielchen, Mama‹, meinte sie zu mir. ›Ihr habt doch keine Geheimnisse voreinander. Selbst einen Seitensprung würdet ihr einander brühwarm erzählen.‹«

»Und worauf wollte sie schließlich hinaus?«

»Dass sie sich mit Fanis' Eltern geeinigt haben und die Hochzeit bereits in drei Wochen stattfinden soll. Sie fragte mich, ob wir etwas dagegen hätten, und ich habe nein gesagt.« Sie hält inne und blickt mich an. »Ich habe dich zwar nicht gefragt, aber ich kann mir nicht vorstellen, dass du etwas dagegen hast.«

»Nein, natürlich nicht.«

»Ich habe ihr gesagt, dass wir in zwei Tagen zu Hause sind und ich ihr dann zur Seite stehen kann. Aber sie meinte, dass sie keine Hilfe brauche und alles schon geregelt sei.« Sie unterbricht sich und fügt dann etwas gepresst hinzu: »Und dann hat sie noch etwas Seltsames gesagt.«

»Was denn?«

»Dass wir ja noch länger in Istanbul bleiben könnten, wenn es uns so gut gefiele. Es sei wirklich nicht nötig, dass wir sofort nach Athen zurückkämen.«

»Und was stört dich daran?«, frage ich überrascht.

»Begreifst du nicht? Es klang, als wollte sie mich los sein.«

Ich setze das Gespräch nicht fort, da ich ihre Empfindlichkeiten und Schrullen kenne, doch Katerinas Worte gehen mir in Hinblick auf die bevorstehende Rückkehr der Reisegruppe nach Athen weiter durch den Kopf. Denn schon in zwei Tagen fahren die anderen ab, und ich bleibe einsam und allein in Istanbul zurück, um mich mit Murat und seinem Vorgesetzten, dem Brigadekommandeur, herumzuschlagen.

»Was Katerina vorgeschlagen hat, ist gar nicht so abwegig«, meine ich zu ihr.

Sie blickt mich baff an. »Wie meinst du das?«

»Wir könnten wirklich ein paar Tage länger bleiben. Ich kann ohnehin nicht weg, da ich mit dem Fall Chambou hier festsitze. Warum solltest du nicht auch länger bleiben? Die Hochzeit ist sowieso erst in drei Wochen, und in Athen gibt es nichts weiter für uns zu tun. Da wäre es doch gar keine schlechte Idee, noch eine Woche Urlaub dranzuhängen – nur wir beide, ohne die ganze Horde.«

»Und was ist mit den Tickets? Hast du mir nicht erzählt, dass uns die Umbuchung einer Gruppenreise genauso teuer zu stehen kommt wie ein neuer Flugschein?«

»Als ich das sagte, war unsere Stimmung im Keller, doch jetzt herrscht Hochstimmung. Schlechte Laune führt zu Geiz, gute Laune zu Großzügigkeit. So läuft das.«

Sie blickt mich nachdenklich an und kommt zum Schluss: »Also, das ist gar keine so schlechte Idee. Ich könnte auch ein paar Einkäufe für Katerina machen, da hier alles viel billiger ist.«

»Aber übertreib nicht«, sage ich und könnte mir dabei an die Stirn schlagen, da ich noch gar nicht an die Kosten der Hochzeit gedacht habe.

»Bin ich denn je verschwenderisch, lieber Kostas?«

Die richtige Antwort wäre: »Je nachdem«, doch ich sage: »Nein, ich meine nur für alle Fälle.« Diese Entgegnung beinhaltet zwar eine Warnung, aber eine sanfte.

»Tja, es ist eben nicht alles Gold, was glänzt«, bemerkt Despotopoulos zwei Tische weiter. »Frau Mouratoglou hat recht. Ich weiß ja nicht, wie es früher schmeckt, aber so einen Joghurt bereiten sie in jedem Dorf auf dem Parnass oder dem Penteli besser zu.«

»Na, dann haben wir ja endlich einmal die Nase vorn«, kommentiert Stefanakos. »Bislang war ja in Istanbul alles nur toll und bei uns alles nur mies.«

Die Mouratoglou merkt zwar, dass die spitzen Bemerkungen auf sie abzielen, doch sie stellt sich taub.

13

Murat geruhte mich erst um zehn Uhr abends anzurufen, als wir gerade im Kuyu, einem griechischen Restaurant in Therapia, saßen und Pitta aus Kayseri, Käsekroketten und gefüllte Muscheln aßen.

»Kalliopi Adamoglous Leiche wurde heute Morgen von der Anatomie abgeholt.«

»*And you are telling me this now?*«

Mein Ausruf muss spontan und recht laut ausgefallen sein, denn das halbe Lokal dreht sich nach mir um und starrt mich wie vom Donner gerührt an, während Adriani die Augen verdreht und sich bekreuzigt. Aber wenn mich Murat dermaßen spät anruft, führt er sicherlich etwas im Schilde, und das macht mich nun mal nervös.

»Es tut mir leid, aber ich wurde auch gerade erst benachrichtigt. Der Gerichtsmediziner hatte seinem Assistenten aufgetragen, mich anzurufen, doch der hatte es vergessen. Er hat sich erst am Abend wieder daran erinnert, als er gerade ein Spiel der Champions League im Fernsehen guckte.«

Augenblicklich lösen sich meine Verdächtigungen in Luft auf, weil ich mir vorstellen kann, dass sich Stavropoulos' Assistent ganz genau so verhalten hat. Demzufolge beschließe ich, den Streit beizulegen. »Wissen Sie, wer die Adamoglou von der Anatomie abholen ließ?«

»Nein. Ich habe den Assistenten danach gefragt, doch der hatte den Namen nicht behalten. Aber morgen ganz früh kriegen Sie ihn.«

Ich weiß nicht, was »ganz früh« bedeutet, aber es ist jetzt bereits neun Uhr, und ich esse mein Frühstück mit dem Käsesesamkringel, trinke in kleinen Schlucken meinen Kaffee und blicke alle naselang auf meine Uhr.

Zwei Tische weiter haben Adriani und die Mouratoglou eine Minikonferenz einberufen, um über die Sehenswürdigkeiten zu beraten, die wir in den Tagen, die wir außerplanmäßig in Istanbul verbringen werden, unbedingt besuchen sollten. Ich hatte vorgeschlagen, der Reisegruppe die Verlängerung unseres Urlaubs anzukündigen, doch Adriani hat mir das schnell ausgetrieben.

»Bist du noch bei Trost? Willst du, dass sie uns Listen aufhalsen mit all den Dingen, die sie nicht mehr einkaufen konnten und die wir ihnen hinterherschleppen sollen? Davon will ich nichts hören. Vor allem jetzt, da unsere Tochter sich auf ihre Hochzeit vorbereitet und wir zuerst an unsere eigenen Bedürfnisse denken müssen.«

An das erste Argument habe ich nicht gedacht, und ich gratuliere Adriani im Stillen für ihre weise Voraussicht. Das zweite jedoch höre ich nun schon zum zweiten Mal, und ich beginne mir ernsthaft Sorgen zu machen, dass ich in ihrem Schlepptau durch die ›Königin der Städte‹ von einem Laden zum nächsten tingeln muss. Ich bin schon drauf und dran, auf die beiden zuzugehen und einen Warnschuss abzugeben, als mein Handy läutet.

»The name of the relative, who took the body is Efterpi Lazaridou«, erklärt mir Murat. Damit ist klar, wer Kalliopi

Adamoglou aus der Anatomie abholen ließ. Efterpi Lazaridou muss eine Verwandte mütterlicherseits sein, denn Fofos Mädchenname war Lazaridou.

Ich frage ihn, ob die Lazaridou eine Adresse hinterlassen habe, und er buchstabiert mir eine Anschrift in Fener, die ich folgendermaßen notiere: Çimen Sokak 5. Ob ich sie nun richtig aufgeschrieben habe, kann ich nicht beschwören.

»Sagen Sie mir, wann und wo das Begräbnis stattfindet«, sagt Murat zu mir.

»Haben wir uns diesbezüglich nicht geeinigt?«, frage ich genervt.

»Sie missverstehen mich. Ich werde nicht hinkommen. Aber ich möchte es wissen, für den Fall, dass der *chief* mich danach fragt.«

Und dann tauchst du bei der Beerdigung auf mit der Ausrede, dass es der *chief* angeordnet hat, sage ich mir. »Sobald ich es erfahre, teile ich es Ihnen mit. Aber Sie haben mich ja so spät informiert, dass die Zeremonie möglicherweise schon stattgefunden hat.«

»So schnell geht das mit den Begräbnissen bei euch?«, wundert er sich.

»*Wake up*, es sind nicht mal mehr zweitausend Personen. Die haben sonst weiter nichts zu tun. Selbst Begräbnisse bringen etwas Farbe in ihren grauen Alltag.«

Ich lege auf und fühle mich hin- und hergerissen, ob ich zum Begräbnis gehen oder davon absehen und stattdessen die Lazaridou zu Hause besuchen soll. Die zweite Variante hat den Vorteil, unangenehmen Überraschungen zuvorzukommen. Wenn Murat vorhat, dabei zu sein, dann wird er mit Sicherheit auftauchen. Andererseits birgt das Begräbnis die Möglichkeit, über den Pfarrer hinaus noch andere Verwandte oder Bekannte des Opfers zu treffen und an nützliche Informationen zu kommen.

So entschließe ich mich, an der Beerdigung teilzunehmen, und, wie üblich, bitte ich die Mouratoglou um Hilfe. »Darf ich Sie um einen Gefallen bitten?«, frage ich sie. »Könnten Sie mir die Telefonnummer der griechischen Schule von Makrochori besorgen?«

»Möchten Sie den Hausmeister anrufen?«

»Ich möchte herausfinden, wann Adamoglous Beerdigung sein wird. Und Herr Panajotis hat neben dem Amt des Hausmeisters auch den Posten des Küsters inne.«

»Alles klar«, sagt sie und erhebt sich, um mir behilflich zu sein.

Sie braucht nicht länger als zwei Minuten, um die Nummer aufzutreiben. Sie wählt und übergibt mir den Hörer. Nach dem dritten Läuten dringt Panajotis' dumpfes »Hallo« an mein Ohr.

»Herr Panajotis, ich bin der Kommissar aus Athen, mit dem Sie gestern gesprochen haben. Können Sie mir vielleicht sagen, wann die Adamoglou beerdigt wird?«

»Ach ja! Die Zahl der Leute ist stark zurückgegangen, also auch die Zahl der Verstorbenen und der Pfarrer. Ich habe den Popen angerufen, der bei uns die Messe liest. ›Vor Sonntag ganz unmöglich‹, hat er gesagt. ›Pater, die fängt an zu stinken‹, hab ich gemeint. ›Die ist schon drei Tage tot.‹ Na ja, der langen Rede kurzer Sinn: Er hat heute Mittag eine Stunde Zeit, die Beerdigung ist also heute um zwölf.«

»Und wie finde ich zur Kirche?«

»Wie sind Sie unterwegs?«

»Mit dem Taxi.«

»Das ist einfach. Sie sagen dem Chauffeur ›*Rum kil* ‑‹«, und das Wort, das er sagt, kann ich nicht behalten. »Achten Sie darauf, ›*Rum*‹ zu sagen, weil es auch noch eine armenische Kirche in Makrochori gibt.«

Aus dieser Ergänzung schließe ich, dass mit dem Wort ›Kirche‹ gemeint war, und so suche ich wieder bei der Mouratoglou Rat. »Wie sagt man denn ›griechische Kirche‹ auf Türkisch?«

»*Rum kilisesi*. Warum fragen Sie?«

»Weil ich an einem Begräbnis teilnehmen muss, das in der Kirche von Makrochori stattfindet.«

Adriani bleibt die Luft weg, und sie beruft sich auf den Allmächtigen, wie jedes Mal, wenn sie meinetwegen aus der Haut fährt. »Himmelherrgott noch mal! In Athen gehst du nie auf Beerdigungen. Und hier in Istanbul plötzlich doch? Ich wusste gar nicht, dass hiesige Begräbnisse touristische Attraktionen sind.«

»Ich muss dienstlich hin.«

»Dienstlich? Hast du auch deine Uniform dabei?«

Gerne würde ich ein paar klare Worte darüber loswerden, wie undankbar sie ist, wo ich ihr doch zu einem verlängerten Ferienaufenthalt verhelfe. Doch ich halte mich zurück, um nicht vor der Mouratoglou mit ihr zu zanken. Und die Mouratoglou scheint mir sogar nachfühlen zu können, denn sie kramt verlegen in ihrer Handtasche, holt schließlich einen Kugelschreiber hervor, notiert etwas auf eine Papierserviette und überreicht sie mir.

»Geben Sie das dem Taxifahrer, damit kann er sich zur Kirche durchfragen«, meint sie.

Ich schätze Mouratoglous Bemühungen, die Wogen zu glätten, doch sie weiß nicht, dass Adriani niemals auf ein schnelles *knock out* aus ist. Sie geht stets über alle zehn Runden und macht einen mit kleinen Seitenhieben fertig.

»Hatten wir nicht ausgemacht, unsere Tickets umzubuchen?«

»Das machen wir am Nachmittag, sobald ich zurück bin.«

»Falls dann das Reisebüro noch geöffnet hat.«

»Wir gehen zusammen hin, Frau Charitou«, beruhigt sie die Mouratoglou. »Lassen Sie uns Ihr Ticket hier«, meint sie zu mir.

»Das habe ich bei mir«, sagt Adriani halbherzig, da ihr die Mouratoglou die Grundlage für ihre Krittelei entzieht.

Ich ergreife die Gelegenheit, um die Diskussion zu beenden und mich aus der Kampfzone zurückzuziehen. Ich trete aus dem Hotel und gehe in Richtung Taksim-Platz, da dort ständig freie Taxis vorbeifahren. Ein leichter Nieselregen hat eingesetzt, und die Passanten haben es eilig, an ihr Ziel zu kommen. So entsteht ein Geschiebe und Gedränge, dem jedoch niemand Bedeutung beimisst, weil man in dieser Stadt anders gar nicht durchkommt.

Ich bleibe auf dem Taksim-Platz vor einem dreistöckigen Ecklokal stehen, in dem Sesamkringel feilgeboten werden. Tatsächlich fährt auch schon ein Taxi vor. Der Fahrer spricht mich auf Türkisch an, wobei ich nicht weiß, ob er mich begrüßt oder verflucht, doch ich nehme Ersteres an, da die Türken Fremden gegenüber ausnehmend höflich sind und der Kunde hier noch König ist. Ich halte ihm die Papierserviette mit der Adresse, welche die Mouratoglou darauf notiert hatte, dicht unter die Nase.

»*Bakırköy, ha?*«

»*Yes*«, entgegne ich, und unsere Verständigung klappt vorzüglich. Trotzdem schließe ich nicht aus, dass er mich bei der erstbesten Kirche, auf die er trifft, auf die Straße setzen könnte.

Die Fahrt hätte mich nach all meinen Touren vollkommen gleichgültig gelassen, wenn wir nicht kurz nach der Atatürk-Brücke in einen kilometerlangen Stau geraten wären. Der Taxifahrer verliert nach zehn Minuten die Geduld, schreit und fuchtelt erregt mit den Armen, während er sich alle paar Sekunden zu mir umdreht und mir etwas auf Türkisch erklärt. Ihm ist klar, dass ich kein Wort verstehe, doch sein Ziel ist es, sich abzureagieren, und nicht, sich verständlich zu machen. Plötzlich sehe ich, wie die Türen zweier Wagen aufgehen, ein anderer Taxifahrer und ein etwa fünfzigjähriger Mann herausspringen und aufeinander losgehen.

»*No problem, no problem*«, meint mein Fahrer besänftigend und wirft mir einen Blick über den Rückspiegel zu. Die Rangelei hat ihn beruhigt, vielleicht weil er davon ausgeht, dass bald die Polizei oder die Ambulanz erscheint und ein Beamter den Stau auflöst.

Alles ist genauso wie in Griechenland, sage ich mir, mit einer Ausnahme: Der Streifenwagen ist in null Komma nichts da. Zwei uniformierte Kollegen packen die Streithähne am Kragen, drängen sie zu ihren Wagen zurück und schaffen sich so viel Platz, dass sie an der Bordsteinkante parken und die Amtshandlung einleiten können. Ein Verkehrspolizist nimmt die Aussagen der beiden zu Protokoll, während der andere seine Trillerpfeife malträtiert. Das

Ergebnis ist wieder mit griechischen Verhältnissen vergleichbar: Er benötigt eine halbe Stunde, um den Weg frei zu machen. So langsam bin ich mir sicher, dass ich die Beerdigung verpassen werde und nach Fener fahren muss.

Ich zeige dem Fahrer meine Uhr und bedeute ihm mit einer Handbewegung, er solle aufs Gas steigen. Er wiederum deutet auf die Lage vor der Windschutzscheibe und hebt verzweifelt die Arme, doch im selben Augenblick verfällt er auf dieselbe Lösung, auf die auch ein griechischer Taxifahrer gekommen wäre. Er beginnt wie wild durch Straßen und Gässchen zu rasen, wobei er die Kurven mit quietschenden Reifen nimmt und Fußgänger und Fahrzeuge, die uns ungewollt in die Quere kommen, wie besessen anhupt.

Ich habe meine Orientierung längst verloren und verlasse mich auf mein Gottvertrauen, als mit einem Mal eine Kirche vor uns auftaucht. Ich hole tief Luft, doch mein Fahrer winkt ab.

»*This Ermeni kilise*«, sagt er zu mir. »*Rum…*« und er greift zur internationalen Handbewegung für »ein Stück weiter«. In der Tat fährt er durch mehrere Straßen, und wie durch ein Wunder stehen wir auf einmal vor der Kirche von Makrochori.

»*Thank you*«, bedanke ich mich beim Taxifahrer und bessere das Fahrgeld mit einem Trinkgeld auf.

Die Kirche ist groß und beeindruckend, wie alle Kirchen in der ›Königin der Städte‹. Die Zeremonie hat schon angefangen, was jedoch nur am in der Kirche aufgebahrten Leichnam zu erkennen ist. Im Übrigen sehe ich nur einen jungen Popen, dem ein einsamer Kirchensänger sekundiert, und eine schwarz gekleidete alte Dame neben dem Sarg. Der Rest der Kirche ist leer, was dazu führt, dass das Echo des Psalmengesangs von den Wänden zurückgeworfen wird und dadurch zum Kirchenchor anschwillt.

Herr Panajotis steht neben dem Eingang und nickt mir zu, als ich eintrete. Ich gehe ganz nah zu ihm hin und flüstere ihm ins Ohr: »Wie kann ich mit Frau Lazaridou ins Gespräch kommen?«

»Nach der Beerdigung sage ich Ihnen Bescheid.«

Die Lazaridou bemerkt meine Anwesenheit, als sie irgendwann ihren Blick von der Bahre löst, und sieht mich fragend an. Offenbar kramt sie in ihrer Erinnerung, ob ich ein Verwandter oder Bekannter sein könnte. Da sie auf keinen grünen Zweig kommt, kehrt ihr Blick zum Sarg zurück.

Ich warte geduldig, bis der Pfarrer »Lasset uns Abschied nehmen« sagt und die Lazaridou die Ikone auf dem Sarg küsst, worauf ihn die Träger anheben. Ich will schon folgen, als Herr Panajotis auf die Lazaridou zutritt und ihr etwas zuflüstert. Da wirft sie mir erneut einen Blick zu und antwortet ihm auch im Flüsterton. Während der Sarg fortgetragen wird, kommt Herr Panajotis auf mich zu.

»Sie hat gesagt, Sie sollen hier warten. Sie kommt nach der Beerdigung zurück.«

»Könnte ich nicht beim Leichenschmaus mit ihr sprechen?«, frage ich, um die Prozedur etwas abzukürzen.

Er lacht auf. »Welcher Leichenschmaus denn? Den Beerdigungskaffee wird die Lazaridou wohl alleine trinken.«

Ich trete in den Vorhof der Kirche, in die Sonne hinaus. Zum Glück kommt Herr Panajotis kurz darauf mit dem

Kaffee für die Trauergäste, obwohl es weit und breit keine gibt. Ich trinke ihn in kleinen Schlucken, damit er bis zu Lazaridous Rückkehr reicht. Der Vorhof ist genauso gepflegt wie der der Agios-Dimitrios-Kirche, nur hier versperrt Herr Panajotis die schmiedeeiserne Tür, sobald der Leichenzug den Vorhof verlassen hat.

»Halten Sie den Eingang verschlossen?«, frage ich ihn.

»Ja, wir machen ihn nur für die Messe, für Hochzeiten, Begräbnisse oder Gedenkfeiern auf...«

»Die Agios-Dimitrios-Kirche in Kurtuluş ist aber offen.«

Er schüttelt ergeben den Kopf. »Hier sind wir in Makrochori, hier kann man die Gläubigen an den Fingern einer Hand abzählen. Es ist nicht so wie in Tatavla, Pera oder Mega Revma, wo noch recht viele Griechen leben.« Als die Klingel ertönt, sagt er mit Bestimmtheit: »Das muss Efterpi sein.«

Die schwarz gekleidete Frau steht neben dem Eingang und blickt mich schüchtern an. Da sie zögert, erhebe ich mich und gehe ihr entgegen.

»Frau Lazaridou, ich bin ein griechischer Polizeibeamter aus Athen und ich möchte Ihnen ein paar Fragen über Kalliopi Adamoglou und Maria Chambou stellen.«

Sie bleibt unschlüssig stehen, als müsste sie darüber nachdenken, dann setzt sie sich auf die kleine Bank, auf der ich vor kurzem meinen Kaffee getrunken habe. »Ist es denn wirklich wahr?«, fragt sie, als ich mich neben sie setze.

»Was?«

»Dass Maria sie umgebracht hat.«

»Wer hat Ihnen das erzählt?«

»Das hat mir der Türke in dem Büro gesagt, wo ich die

Leiche abholen musste. ›Eine von euch, eine aus Griechenland hat sie umgebracht‹, hat er gesagt und schadenfroh gelacht.« Jäh bedeckt sie das Gesicht mit beiden Händen. »Maria hat bei mir gewohnt, aber dann hat sie gemeint, sie würde ein paar Tage bei Kalliopi bleiben –«

»Sie hat bei Ihnen gewohnt? Wann?«

»Vor zwei Wochen. Eines Morgens läutete es, und sie stand vor der Tür. Gleich als ich sie sah, wusste ich, dass sie es war. ›Kann ich ein paar Tage bei dir bleiben?‹, hat sie mich gefragt. Ich war vor Freude ganz aus dem Häuschen. Sehen Sie, ich lebe ganz allein, manchmal spreche ich tagelang mit keinem Menschen.« Sie hält kurz inne und fährt dann fort: »Als sie mir gesagt hat, sie würde zu Kalliopi ziehen, habe ich mich gewundert, denn sie haben sich nie gut verstanden. Dann habe ich mir gedacht, die Zeit heilt eben alle Wunden. Doch sie hatte einen Plan.« Wieder hält sie inne und blickt mich an. »Wie hat sie sie umgebracht?«

»Mit einer Käsepitta, die sie vorher vergiftet hatte.«

Sie bekreuzigt sich stammelnd: »Jesus Maria! Gleich morgen lasse ich in der Blachernenkirche eine Fürbitte lesen, und Hostienbrot backe ich auch.«

»Wieso?«

»Weil sie auch für mich einen Blätterteigkuchen zubereitet hat. Und der war ein Gedicht. ›Also Maria, du hast gesegnete Hände‹, habe ich ihr gesagt. ›Deine Kochkünste hast du nicht verlernt.‹ Sie hat immer schon erstklassige Käsepittas gemacht.« Erneut bekreuzigt sie sich. »Ich habe wohl einen Schutzengel, der mich vor dem Schlimmsten bewahrt.«

»Kalliopi anscheinend nicht.«

Sie sieht mich an, während sich ihr Blick verhärtet. »Herrgott, vergib mir – sie ist erst seit ein paar Minuten unter der Erde – aber Sie müssen wissen: Kalliopi hat eine der vielen Verwünschungen ereilt, die ihr hinterhergeschickt wurden.«

»Was für Verwünschungen?«, frage ich fast gleichgültig, obgleich ich weiß, was folgen wird.

»Sie und ihre Mutter waren geizig und geldgierig, die hätten nicht einmal ihrem Schutzheiligen Weihrauch spendiert. Ich war mit ihnen verwandt, väterlicherseits durch die Lazaridis-Sippe, aber wir hatten keinen engen Kontakt. ›Die schwarzen Schafe‹, so nannte sie meine selige Mutter. In allen Familien gibt es ein schwarzes Schaf, bei uns gab's sogar zwei.« Sie seufzt auf und schüttelt den Kopf. »Obwohl sie umgebracht wurde, kann ich ihre Mörderin nicht verfluchen.« Sie wendet sich mir zu und blickt mich an. »Sie wissen nicht, was sie Maria alles angetan haben.« Ich weiß es zwar, doch ich lasse sie fortfahren, in der Hoffnung, dass vielleicht etwas Neues zutage tritt. »Sie haben sie arbeiten geschickt, obwohl sie es nicht nötig hatten, sie waren schließlich eine wohlhabende Familie. Und sie sind sogar zu ihren Dienstherren gegangen und haben ihren Lohn einkassiert. Ab und zu kam Maria zu mir und hat mir ihr Leid geklagt. Mich mochte sie gern, weil ich ihr zuhörte und versuchte, sie zu trösten. Die Tante hat sie nicht mehr lebend erwischt, aber an der Tochter hat sie sich gerächt.«

»Ihr Nachname ist Lazaridou, der von Kalliopi war Adamoglou. Woher stammt der Name Chambou?«

»Von ihrem Mann.«

»Sie war verheiratet?«

»Ja, wussten Sie das nicht?«

»Nein.« Wie sollte ich auch, da ich keine Akteneinsicht nehmen konnte.

»Noch so eine schlimme Geschichte. Damals hat sie bei einer katholischen Familie gearbeitet, den Kalomeri. Anastassis Chambos hatte dort Reparaturen zu erledigen, und so hat sie ihn kennengelernt. Sie war ganz verrückt nach ihm. Immer wenn er an dem Haus vorbeiging, hat sie ihm von oben leere Konservenbüchsen nachgeworfen, um seine Aufmerksamkeit zu erregen. Alle haben ihr von einer Ehe mit ihm abgeraten, aber sie war blind vor Liebe und hat ihn geheiratet. Anastassis war zwar ein guter Handwerker, aber ein Nichtsnutz und ein Trinker. Jeden Abend war er besoffen. Und jeden Morgen, wenn er den Rausch ausgeschlafen hatte, heulte er und versprach, nie wieder einen Tropfen anzurühren, doch schon am Abend kam er wieder sturzbetrunken heim. Am Schluss bekam er ein Leberleiden, aber nicht einmal das hielt ihn vom Trinken ab. Maria hat schließlich jeden Abend mit ihm getrunken, um seinen Weinkonsum zu kontrollieren. Dann ist Anastassis Chambos gestorben, ohne ihr auch nur einen roten Heller zu hinterlassen. Da hat Maria wieder bei neuen Herrschaften Arbeit angenommen. Was ihr dabei zugutekam, waren ihre Kochkünste und ihr Fleiß, mit dem sie sich im Haushalt zu schaffen machte, und so wollte jeder sie einstellen.«

»Hatte ihr Mann Verwandte?«

»Anastassis hatte eine Schwester, Safo. Mit ihr ist Maria gar nicht gut ausgekommen.«

Ich nehme an, dass ›Safo‹ für den aus der Antike stammenden Namen Sappho steht. »Die üblichen Spannungen zwischen Schwägerinnen oder mehr als das?«, frage ich sie.

»Ganz im Gegenteil«, meint sie lachend. »Maria hasste sie, weil Safo kein gutes Haar an ihrem Bruder ließ. Faulpelz und Taugenichts hat sie ihn genannt. Sie hat auch ihrer Schwägerin reinen Wein eingeschenkt: ›Was willst du mit dieser verkrachten Existenz?‹, hat sie ihr gesagt. ›Du arbeitest, nur damit er dir deinen Lohn wegnimmt und alles versäuft. Gib ihm einen Tritt in den Hintern und schick ihn zum Teufel.‹ Ihre Schwägerin hatte recht, aber Maria war so verblendet, dass sie nichts hören wollte. Stellen Sie sich vor, als Anastassis starb, wollte Safo zu seinem Begräbnis kommen, doch Maria hat sie nicht in die Kirche gelassen.«

»Wissen Sie, ob diese Safo noch am Leben ist?«

Sie blickt mich an, als hätte sie mit einem Schlag die Nase voll von mir. »Sie verlangen aber eine ganze Menge, Herr Kommissar. Wir sind zweitausend Leute und leben in allen Ecken Istanbuls verstreut. Und Sie meinen, ich wüsste, ob Safo noch lebt? Ich bin schon froh, dass ich selber noch am Leben bin.«

»Wissen Sie vielleicht, wo sie gewohnt hat?«, beharre ich, ohne mich ins Bockshorn jagen zu lassen.

»Irgendwo in Hamalbaşı. Wenden Sie sich an die Marienkirche in Pera, dort wird sie bestimmt in den Registern eingetragen sein.«

Ich erhebe mich, um mich bei ihr zu bedanken. Sie reicht mir die Hand und sagt: »Wer unter euch ohne Sünde ist, der werfe den ersten Stein, Herr Kommissar.«

Dasselbe hat mir auch die Iliadi gesagt, aber über die Adamoglous. Wie es scheint, ist dieser Spruch unter den Istanbuler Griechen gang und gäbe.

14

Ihre Einkäufe türmen sich auf den Sesseln, und die Rezeption erinnert an Gikas' Vorzimmer am 23. Dezember, wenn sich die Weihnachtsgeschenke stapeln. Nur dass hier die Teilnehmer der Reisegruppe einander ihre Schnäppchen präsentieren und das Bild nicht an die Weihnachtszeit, sondern eher an einen Flohmarkt oder an einen Wohnungsumzug erinnert. Der Unterschied ist, dass in Gikas' Vorzimmer Weinkartons vorherrschen, vielleicht ist auch noch eine Vase oder ein Büroartikelset dabei. Hier hingegen beherrschen Lederwaren das Bild, gefolgt von Goldschmuck und verschiedenen Stoffschals, aber auch Nippes wie Aschenbecher, schmiedeeiserne Laternen und Wandteller werden herumgezeigt. Die beiden jungen Angestellten an der Rezeption beobachten das Ganze mit einem spöttischen Lächeln, während uns die anderen ausländischen Hotelgäste mit demselben Gesichtsausdruck betrachten wie wir die repatriierten Pontusgriechen auf den Wochenmärkten.

Murats Stimme, die aus meinem Handy klingt, reißt mich aus der Flohmarktatmosphäre. »*What news?*«, fragt er.

Ich gebe ihm eine kurze Zusammenfassung meines Gesprächs mit der Lazaridou, ohne irgendetwas zu verheimlichen.

»Der *chief* will uns sehen. Ich lasse Sie von einem Streifenwagen abholen.«

Ich suche nach Adriani und erblicke sie ein Stück weiter, sie sitzt zusammen mit der Mouratoglou und einer anderen Dame mittleren Alters, die ich zum ersten Mal sehe, an einem Tischchen. Die Mouratoglou beugt sich gerade über ein Stück Papier und macht sich verschiedene Notizen, offenbar das Ergebnis des mit gesenkter Stimme erfolgten Meinungsaustausches.

»Das hier ist Frau Kourtidou«, stellt mir Adriani die unbekannte Frau mittleren Alters vor. »Sie ist eine gute Freundin von Frau Mouratoglou und hat sich bereit erklärt, uns jetzt, da wir allein zurückbleiben, ein wenig die Stadt zu zeigen.«

Ich werfe ein »Angenehm, sehr freundlich von Ihnen« in die Runde, während ich versuche zu begreifen, wozu wir in den wenigen Tagen, die uns in Istanbul verbleiben, noch eine Stadtführerin brauchen. Ich komme zum Schluss, dass Adriani in weiser Voraussicht ihre Schäfchen ins Trockene gebracht hat, um sich nicht zu langweilen, wenn ich aufgrund von Ermittlungen unterwegs sein sollte.

Despotopoulos steht mit den Händen in den Jackentaschen da und beaufsichtigt das Schauspiel aus einigem Abstand.

»Wie ich sehe, verfolgen Sie die Sache mit Interesse, Herr General«, sage ich, um ihn ein wenig zu piesacken.

»Der Anblick ruft in mir alte Erinnerungen wach, Kommissar.«

»An frühere Reisen?«

»Nein. An meine Dienstzeit als Militärattaché in unserer Botschaft in London, zu Karamanlis' zweiter Regierungsperiode. Jeden Morgen verließ ich zusammen mit meiner

Frau das Haus. Ich ging in die Botschaft und sie zum Einkaufen. Wenn ich dann am Abend nach Hause kam, sah ich mich einer ähnlichen Warenansammlung gegenüber wie hier, nur kleineren Ausmaßes.«

»Und es ist Ihnen nicht gelungen, die Sache einzudämmen?«

»Wenn man keine Kinder hat, tut man sich in manchen Dingen schwer, mein Lieber. Du kannst dich nicht auf das Studium des Sohnes berufen oder auf die Wohnung, die du der Tochter zur Hochzeit schenken willst. Du bist wohlsituiert, gut besoldet und mit einer sicheren Rente, dein Alter ist gesichert… Wie sollst du also der Verschwendung Einhalt gebieten, wenn die Gemahlin ohne Mutterpflichten in London unter Einsamkeit leidet? Unglücklicherweise ist bei Frauen das wirksamste Mittel gegen Einsamkeit der Einkaufsbummel.«

Er blickt mich mit einer Miene an, als zögere er fortzufahren. »Ich höre, dass Sie Ihren Aufenthalt in Konstantinopel verlängert haben«, meint er schließlich.

»Ja, für ein paar Tage.«

»Dienstlich?«

»Zum Teil.«

Er schaut um sich und beobachtet, wie der Kellner der Stefanakou einen Kaffee serviert und die beiden Angestellten an der Rezeption miteinander plaudern.

»Gehen wir nach draußen, damit ich Sie aufklären kann«, meint er.

Ich weiß zwar nicht, wieso er die höchste Geheimhaltungsstufe für angebracht hält, aber ich folge ihm ohne Widerrede vor das Hotel. Außerdem scheint die Sonne, das

Hotel liegt in der Fußgängerzone, und ein kleiner Spaziergang kommt mir durchaus gelegen.

»Arbeiten Sie mit einem türkischen Polizeibeamten zusammen?«, fragt mich der Feldherr außer Dienst.

»Ja, mit einem Kriminalobermeister. Das heißt, Zusammenarbeit kann man das nicht wirklich nennen – die machen die Ermittlungen. Ich bin bloß so etwas wie ein Beobachter oder ein Verbindungsmann seitens der griechischen Polizei.«

»Wie sind wir da überhaupt hineingeraten?«

»Wir tragen den Mörder bei. Eine fast neunzigjährige Greisin hat ihren Bruder in Drama und ihre Cousine in Konstantinopel mit einem Pflanzenschutzmittel vergiftet.«

»Und was hat die türkische Polizei damit zu tun?«

»Die Mörderin hält sich hier auf, und die zweite Tat ist ebenfalls hier begangen worden.«

Er schweigt einen Augenblick lang und blickt mich an. »Mit den Türken ist höchste Vorsicht geboten. Sie stellen sich freundlich und geben sich herzlich, aber: ›Fürchte die Danaer, auch wenn sie Geschenke bringen.‹ Die können einem jederzeit ein Bein stellen.«

Trotz meines Misstrauens gegen Murat und seinen Vorgesetzten, den Brigadekommandeur, kann ich sie mir nur schwer als Danaer und noch schwerer mit Geschenken vorstellen. Daher geht mir der General langsam auf den Wecker, und ich frage mich, was mich mehr aufregt: sein Patriotismus, den er bei jeder Gelegenheit hochleben lässt, oder die Tatsache, dass er mich für einen blutigen Anfänger hält, der seine Anleitung benötigt. Aber ich lasse fünf gerade sein, damit wir nicht am letzten Tag noch Ärger miteinander bekommen, und versuche meinen Anteil an den Ermittlungen herunterzuspielen.

»Machen Sie sich keine Sorgen, es ist ein Routinefall. Dabei spielen weder die griechisch-türkischen Spannungen noch die Lage in der Ägäis oder das Zypernproblem eine Rolle. Wir sind einfach in Kontakt mit den türkischen Behörden, sozusagen aus Taktgefühl, um unser Interesse an den Nachforschungen zu dokumentieren.«

»Sie unterschätzen die Türken«, beharrt er. »Sie tun alles, um einen zu verwirren und dumm dastehen zu lassen. Bei den militärischen Übungen haben sie dauernd eigenmächtig den Manöverplan geändert, um uns aus dem Konzept zu bringen und zu Fehlern zu verleiten. Wir haben uns bei den Amerikanern beschwert, aber die haben uns mit einem ›Never mind‹ abgespeist und die Kümmeltürken ihre Spielchen spielen lassen. Deshalb sage ich Ihnen: Lieber alles doppelt gegenprüfen, was auch immer sie Ihnen auftischen.«

Zum Glück sehe ich in diesem Moment den Streifenwagen in die Straße einbiegen und vor dem Hotel vorfahren. Ich bedeute dem Fahrer, auf mich zu warten. Denn ich möchte Despotopoulos gegenüber nicht unhöflich erscheinen, auch wenn es unwahrscheinlich ist, dass mir seine Ermahnungen von Nutzen sein werden.

»Herzlichen Dank, Herr General, Sie haben mir die Augen geöffnet«, sage ich zu ihm und bemühe mich, jegliche Ironie aus meinen Worten zu tilgen. »Über eine Sache wundere ich mich jedoch: Warum haben Sie mich vor das Hotel gebeten, um mir das zu erzählen?«

Er beugt sich vor und sagt vertraulich: »Weil die alle

Griechisch können, sich aber dumm stellen, um uns auszuspionieren.«

Ich entferne mich kommentarlos und kehre noch mal zu Adriani zurück, um ihr Bescheid zu geben, dass ich ein Stündchen weg sein werde. Es wird mit Sicherheit länger dauern, aber eine kurze Zeitangabe in Verbindung mit dem verniedlichenden Ausdruck »Stündchen« bewahrt mich vielleicht vor giftigen Kommentaren. Zu meiner großen Überraschung erhalte ich nur ein kurzes »Schon gut« zur Antwort, und sie hebt nicht einmal den Kopf von ihren Notizen, während die anderen beiden mich keines Blickes würdigen.

Der Beamte öffnet mir den Wagenschlag zum Rücksitz des Streifenwagens und bittet mich schräg hinter dem Fahrersitz auf den Platz für offizielle Würdenträger. Dann schlägt er den bekannten Weg zur Atatürk-Brücke ein. Ich male mir schon aus, wie wir an der gegenüberliegenden Seite der Brücke wieder in den tagtäglichen Stau geraten werden, als der Fahrer die Sirene einschaltet und Gas gibt. Wagen und Busse halten auf der Stelle an und lassen uns vorbei. So etwas sollte theoretisch auch bei uns gelten, doch die griechischen Autofahrer haben sowohl die Straßenverkehrsregeln als auch uns, die Polizei, längst abgeschrieben.

»*Mr. Murat is waiting for me?*«, frage ich den Fahrer, um ein wenig Konversation zu treiben.

Er antwortet mir mit einem »*Efendim?*«, worauf jedes Gespräch erstirbt.

Ein Glück, dass der Fahrer das Martinshorn seine ohrenbetäubende Arbeit tun lässt, so dass wir zehn Minuten später im Polizeipräsidium eintreffen.

Murat erhebt sich, als ich eintrete. »*Come, the chief is waiting*«, meint er.

Im Gegensatz zu meinem ersten Besuch sind etwa fünfmal so viele Leute auf den Gängen unterwegs wie bei uns, obwohl es sicher auch auf dem Alexandras-Boulevard Tage gibt, wo viel los ist. Zuerst versperren uns einige Beamte in Zivil den Weg, die einen Asiaten in Handschellen hinter sich herziehen, andere treten unvermittelt aus einem Büro und rennen uns fast über den Haufen. Beim Ausweichen stolpere ich beinah über die Füße derjenigen Leute, die dicht gedrängt auf den Bänken im Flur sitzen und geduldig warten, bis sie an der Reihe sind.

»Geht es bei Ihnen auch so zu?«, fragt mich Murat.

»Bei uns ist es normalerweise ein wenig ruhiger.«

»Hier ist die Hölle los. Deshalb kamen irgendwelche Schlauberger in Ankara auf die Idee, eine Website einzurichten, damit die Leute leichter mit uns in Kontakt treten können, aber bislang sehe ich keinen Unterschied.«

»Wieso?«

Er lacht auf. »*Look around*«, meint er. »Sehen Sie sich um und sagen Sie mir, wer von all diesen Leuten übers Internet mit uns in Kontakt treten würde.«

Ich suche nach einer höflichen Antwort, doch mir fällt keine ein. Murat spürt meine Verlegenheit und klopft mir freundschaftlich auf die Schulter. »*No need to answer*«, meint er. »Schon gut.«

Im Vorzimmer des stellvertretenden Amtsleiters begrüßt mich derselbe Beamte wie letztes Mal wieder mit Handschlag und »*Hoş geldiniz*«. Murat öffnet die Tür und überlässt mir den Vortritt.

Der stellvertretende Amtsleiter streckt mir die Hand entgegen und deutet auf den Stuhl vor seinem Schreibtisch. Murat setzt sich zwischen uns an die eine Seite des Tisches. Beschränke ich mein Blickfeld auf uns drei, könnte ich mir einbilden, in Gikas' Büro zu sitzen, nur dass jemand anderer auf dem Chefsessel sitzt. Zum Glück reißt mich der stellvertretende Amtsleiter aus meinen Gedanken.

»Herr Sağlam hat mir von Ihrem Gespräch mit der Verwandten der…« – der Name fällt ihm nicht ein, doch er hat vorgesorgt, denn er hat sich Notizen gemacht – »der Chambou berichtet«, ergänzt er, nachdem er einen Blick auf sein Papier geworfen hat.

Er hält inne und blickt mich an, doch ich nicke nur. Murat verhält sich – zumindest für griechische Verhältnisse – sehr devot, denn er wartet, bis sein Vorgesetzter zu Ende gesprochen hat, und ergreift dann erst das Wort.

»Wir haben alle Polizeireviere ersucht, uns Listen mit den in ihrem Gebiet wohnhaften Griechen zu schicken, aber, ehrlich gesagt, hege ich da keine großen Hoffnungen.«

»Die Chambou kommt zu ihren Opfern, wohnt ein paar Tage bei ihnen, vergiftet sie und lässt sich dann von ihrem nächsten Opfer beherbergen«, erläutere ich. »Logischerweise schränken sich irgendwann die Möglichkeiten ein, bei alten Bekannten unterzukommen, und es wird nicht mehr so leicht für sie sein, eine Bleibe zu finden.«

»*This woman knows Istanbul very well*«, greift Murat ein. »Diese Frau kennt Istanbul sehr gut. Zumindest die Stadtteile, in denen sie damals gelebt hat. Sie muss nicht unbedingt bei einer Familie Unterkunft finden, sie kann auch woanders wohnen.«

»Und wo?«

Der stellvertretende Leiter wendet sich Murat zu und erklärt ihm etwas auf Türkisch. Dann richtet er das Wort wieder an mich: »Es gibt eine Menge verlassener Häuser griechischer Staatsbürger, die '64 im Zuge der Zypernkrise ausgewiesen wurden. Diese Häuser gehören immer noch ihren Besitzern, und der türkische Staat hat keinen Zugriff darauf. Viele davon sind alte verfallene Holzhäuser, die keiner betreten darf.«

»Und sie könnte in so einem Haus wohnen?«, frage ich erstaunt.

»Wir sind nicht sicher, aber es könnte sein. Bestimmt weiß sie, wo früher Griechen gewohnt haben, und könnte sich dort verstecken.«

Irgendwie scheint mir dieser Gedanke an den Haaren herbeigezogen zu sein. »*Excuse me, chief*«, sage ich. »Aber die Nachbarn würden doch etwas bemerken. Die würden doch die Polizei benachrichtigen.«

Er lacht auf. »Vergessen Sie nicht, dass sie auf die neunzig zugeht. Wer sollte sie in Verdacht haben?« Nach einer kleinen Pause wird er wieder ernst. »Höchstwahrscheinlich haben sie Mitleid mit der alten Frau und bringen ihr einen Teller Essen hinüber.«

»Können wir nicht herauskriegen, wo solche Häuser liegen?«

»Unmöglich«, meldet sich Murat. »Dafür bräuchten wir mindestens drei Monate, und selbst dann hätten wir noch nicht alle eruiert. Der einfachste Weg wäre, die Personen ausfindig zu machen, die Maria Chambou von damals noch kennen.«

»Und wie sollen wir die unter fünfzehn Millionen ausfindig machen?«, wundere ich mich.

»Neunzig werden aber nicht viele«, sagt der stellvertretende Amtsleiter. »Die meisten werden jetzt im Altersheim sein.«

»Und es gibt nur ein einziges griechisches Altersheim«, ergänzt Murat. »In Balıklı. Dort müssen wir ansetzen.«

»Deshalb haben wir Sie heute hierher eingeladen«, rückt schließlich der stellvertretende Leiter mit der Sprache heraus. »Wir möchten, dass Sie in das Altersheim von Balıklı fahren. Wenn wir hingehen, kriegen wir gar nichts heraus. Ihnen wird es leichter fallen, mit den Leuten ins Gespräch zu kommen.«

Despotopoulos würde jetzt Alarm schlagen und eine ganz böse Falle hinter diesem Plan vermuten. Doch nun erinnere ich mich plötzlich wieder daran, dass Vassiliadis mir erzählt hat, dass die Chambou eine Zeitlang im Altersheim von Baloukli gewohnt hat, und ich könnte mich ohrfeigen. Trotzdem glaube ich nicht, dass das Altersheim höchste Priorität hat, sondern etwas anderes.

»Sie haben recht«, sage ich zum stellvertretenden Amtsleiter. »Aber ich würde es vorziehen, zunächst einmal die Wohnung ihrer Schwägerin ausfindig zu machen. Bis wir nach Baloukli gefahren sind, könnte die Chambou schon wieder zugeschlagen haben.«

»Dann verlieren wir besser keine Zeit«, entgegnet er. »Sie fahren nach Balıklı, und um die Verwandte kümmern wir uns, obwohl ich nicht glaube, dass wir sie so einfach finden werden.«

Als wir ein paar Minuten später aus dem Büro des stellvertretenden Amtsleiters treten, frage ich Murat: »Was hat er zu Ihnen auf Türkisch gesagt?«

»Er hat gesagt, dass ich nicht viel über die griechische Minderheit weiß, weil ich Deutscher bin. Daher sollte ich ihm die Ausführungen überlassen.«

»Jedenfalls zählt bei euch die Hierarchie mehr als bei uns. Ich habe gesehen, wie Sie abgewartet haben, bis er zu Ende geredet hat.«

Er lacht auf. »Wissen Sie, wie lange ich dafür gebraucht habe? In Deutschland sagt jeder frei seine Meinung. Hier hat der Vorgesetzte immer das erste Wort.«

Gut, dass Gikas das nicht mitkriegt, sonst käme er womöglich noch auf den Geschmack.

15

Der Flohmarkt im Hotel ist vorbei. Kleider, Goldschmuck und Schals sind wieder in den Taschen verschwunden, die Teilnehmer der Reisegruppe haben das Feld geräumt, und die Rezeption ist zum gemächlichen Alltag zurückgekehrt.

»*Your wife is in the roof garden of Marmara Hotel*«, sagt die junge Frau an der Rezeption, die immer ein Lächeln auf den Lippen hat und mit der mich eine gegenseitige Sympathie verbindet.

»*Where is the Marmara Hotel?*«

»*The big hotel on Taksim square*«, erklärt sie mir, und nun fällt mir das große Gebäude ein, das direkt gegenüberliegt, wenn ich von der Straße, in der unser Hotel liegt, auf den Taksim-Platz trete.

Das Wetter ist trübe, die Straßen sind nass, doch es regnet nicht. Im Hotel muss ich zunächst durch eine Sicherheitskontrolle, bevor ich ins Innere vordringen darf. Ich fahre in die letzte Etage hoch und finde die drei Damen beim Kaffee vor. Der Bosporus liegt ihnen wie eine spiegelglatte Fläche zu Füßen. »Komm, genieß einen Mokka mit Ausblick«, sagt Adriani.

»Wieso seid ihr nicht mit der restlichen Gruppe unterwegs?«

»Sie waren ganz wild darauf, noch einmal einkaufen zu gehen, und darauf hatten wir keine Lust.«

»Ganz zu schweigen davon, dass sie versuchen, alles zu einem Drittel des Preises zu kriegen, weil ihnen gesagt wurde, sie müssten unbedingt handeln. Da muss man sich ja genieren!«, ergänzt die Mouratoglou.

Ich bestelle einen mittelstark gesüßten Mokka. Er wird mir auf einem Kupfertablett serviert, wobei ihn der Kellner so elegant aus dem Kännchen in die Tasse einschenkt, dass ich mir vorkomme, als wäre ich an einem Empfang beim griechischen Staatspräsidenten. Diese höfliche und zuvorkommende Art der Türken wird sich vermutlich negativ auf meine Alltagsroutine auswirken, da es mir schwerfallen wird, mich bei meiner Rückkehr wieder an das in Zellophan gehüllte Croissant und den zum Espresso pervertierten griechischen Mokka unserer Kantine zu gewöhnen.

Ich muss mich auf den Weg zum Altersheim von Baloukli machen, doch es fällt mir nicht leicht, mich von der schönen Aussicht loszureißen. Auch mag ich meinen Mokka nicht hinunterstürzen, wie ich es zu Hause so oft tue, um nicht zu spät zur Dienststelle zu kommen. Hier fühle ich mich, anders als in Athen, zwischen Pflicht und Vergnügen hin- und hergerissen, denn hier steht mir die Möglichkeit offen, mich auch für das Vergnügen zu entscheiden.

Der Wunsch der drei Damen, nach einem Vorschlag von Frau Kourtidou die Kirchen am Bosporus zu besuchen, bringt mich auf den Pfad der Pflichterfüllung zurück.

»Möchten Sie mit uns kommen und unsere Kirchen bewundern, die einst aus den Nähten platzten und jetzt verrammelt und verbarrikadiert sind?«, lädt mich die Kourtidou ein.

»Ich würde gerne mitkommen, aber ich muss das Altersheim in Baloukli besuchen.«

Was ich an dieser Reise genieße ist, Adriani immer wieder mit offenem Mund dastehen zu sehen – eine echte Sehenswürdigkeit. Genau dieser Anblick präsentiert sich mir auch jetzt. Sie schaut mich zweifelnd an und fragt sich wohl, ob sie recht gehört hat oder ob ich vielleicht völlig durchgedreht bin.

»Ins Altersheim?«, wundert sie sich. »Was hast du im Altersheim zu schaffen?«

»Ich habe nicht vor, mir einen Platz zu reservieren, wenn du das meinst, sondern Informationen über den Fall Chambou zu sammeln. In dem Zusammenhang möchte ich Sie auch bitten, mir den Weg zu erklären«, sage ich zur Kourtidou.

»Ich kann Sie hinfahren, wenn Sie möchten.« Sie wendet sich Adriani und der Mouratoglou zu. »Darf ich einen Vorschlag machen?«

»Nur zu, liebe Aleka«, sagt die Mouratoglou. »Seit ich dich kenne, hast du immer einen Vorschlag in petto.«

»Wir könnten heute ja die philanthropischen Einrichtungen und morgen die Kirchen der Istanbuler Griechen besuchen.«

Na prima, denke ich, mache jedoch ein ausdrucksloses Gesicht. Denn wenn Adriani spitzkriegt, dass mir der Vorschlag sehr zupasskommt, ist sie imstande, ihr Veto einzulegen, einzig und allein, um meine Pläne zu zerschlagen.

»Gute Idee, das wird Ihnen sehr gefallen, Frau Charitou«, setzt die Mouratoglou noch eins drauf und fegt Adrianis mögliches Nein vom Tisch.

»Warten Sie am Eingang auf mich, ich hole den Wagen aus der Garage«, meint die Kourtidou.

Vor der Hoteltür ist der Portier vollauf damit beschäftigt, jedem der ankommenden Gäste den Wagenschlag aufzureißen. Es hat sich schon eine Warteschlange auf der Einfahrt gebildet, doch keiner öffnet selbst die Wagentür, um auszusteigen. Alle warten geduldig, als gäbe es eine schriftliche Anweisung, die das Verlassen des Wagens vor dem Öffnen des Wagenschlags durch den Portier untersagt. Ich bin ganz in den Anblick des Schauspiels vertieft, als ich sehe, wie die Kourtidou uns aus einem beigefarbenen Mercedes heraus zuwinkt.

Der Portier eilt herbei, um diesmal alle drei Türen zu öffnen. Die Mouratoglou und die Kourtidou bieten mir einhellig den Sitz des Beifahrers an.

»Glückwunsch zu deinem neuen Wagen. Wann hast du ihn gekauft?«, fragt die Mouratoglou ihre Freundin.

»Mein Sohn hat ihn aus Deutschland mitgebracht. Er hat noch das deutsche Kennzeichen.« Sie wirft mir einen schrägen Blick und ein Lächeln zu. »Es ist jetzt Mode geworden, alle Besitztümer offen zu zeigen, Herr Kommissar.«

»War das früher nicht üblich?«

»Wo denken Sie hin! Nach der Einführung des *varlık* haben wir alles, so gut es ging, verschwinden lassen, damit die Türken keinen Appetit darauf bekamen.«

»Was heißt *varlık*?«, fragt Adriani.

»Das ist die Vermögenssteuer, die Inönü im Jahr '42 erlassen hat, mitten im Krieg, um die Minderheiten auszubluten«, erläutert die Mouratoglou. »Wenn man nicht zahlen konnte, wurde zunächst der ganze Besitz gepfändet, und wenn nichts mehr zu holen war, wurden die Männer zur Zwangsarbeit ins Lager gesteckt.«

»Und warum müssen Sie Ihren Besitz nun nicht mehr verstecken?«, fragt Adriani.

»Weil wir nur mehr so wenige sind, dass wir nicht mehr ins Gewicht fallen. Man lässt uns heute in Frieden. Was sind schon zweitausend Leutchen in einer Stadt mit siebzehn Millionen?«

»Es sind sogar weniger als zweitausend, die Zahlen werden geschönt«, bemerkt die Mouratoglou.

»Das spielt doch keine Rolle, Meropi. Traurig ist vielmehr zu sehen, wer überhaupt geblieben ist.«

»Und zwar?«

Sie wirft mir wieder einen schrägen Blick zu, doch diesmal einen finsteren. »Die armen Schlucker, die nicht weg können, weil sie nicht mal das Busticket nach Griechenland bezahlen können, und die Schwerreichen, die nicht weg können, weil sie zu viel aufgeben müssten. Wir haben unseren Sohn ins Ausland geschickt, er hat Ingenieurwesen in Aachen studiert und betreibt jetzt ein Planungsbüro in Frankfurt, wir haben unsere Tochter ins Ausland geschickt, und sie hat einen Kanadier geheiratet und lebt heute in Toronto. Doch unsere Häuser, Wohnungen und unser Geschäft können wir nicht ins Ausland verlegen, also bleiben wir hier und passen darauf auf.«

»Das tun Sie Ihren Kindern zuliebe«, meint Adriani entschieden, mit all ihrem mütterlichen Sendungsbewusstsein.

»Unsere Kinder werden alles so schnell wie möglich verkaufen, weil sie keine Beziehung zur Wohnung in Cihangir, zu den beiden Läden in Pera und Ayaz Paşa und zum

Landhaus auf Antigoni mehr haben. Doch für uns lebt in diesen Häusern noch die Erinnerung an unsere Eltern und an unsere Großeltern weiter, hier haben wir uns verlobt, hier haben wir Hochzeit gefeiert...«

»Komm schon, jetzt dramatisierst du das Ganze aber, Aleka«, unterbricht sie die Mouratoglou mit kaum verhohlenem Ärger. »Ihr seid deshalb nicht weggegangen, weil dein Mann nicht wegwollte. Im einen Jahr sagte er: ›Bleiben wir noch ein wenig, die Geschäfte gehen gut‹, im nächsten bekam er keinen guten Preis für seine Immobilien. So sind die Jahre ins Land gezogen, und irgendwann waren alle fort. Nur ihr habt den Absprung nicht geschafft.«

»Meropi, ihr hattet nur ein Appartement in Elmadağ zu verkaufen. Fraglos ein schönes und geräumiges Appartement, aber eben nur eines. Und ihr hattet vorgesorgt, indem ihr vorher schon eine Wohnung in Kalamaki in Athen gekauft hattet. Wie aber hätten wir unsere zwei Kinder im Ausland studieren lassen können, wenn wir hier alles aufgegeben hätten?«

»Das stimmt schon, aber es ist nur die halbe Wahrheit«, entgegnet Meropi nach kurzem Nachdenken. »Denn es gibt eine ganz einfache Erklärung.«

»Und die wäre?«, fragt die Kourtidou.

»Ihr seid hier tiefer verwurzelt. Wir konnten alle Zelte abbrechen. Ihr konntet euch kein Leben außerhalb von Istanbul vorstellen.«

Ich sehe, wie die Kourtidou kurzfristig die Herrschaft über den Mercedes verliert und Gefahr läuft, das Taxi neben uns zu streifen, einen schrottreifen Fiat türkischer Provenienz und Bruder im Geiste meines Mirafiori. Instinktiv reiße ich vom Beifahrersitz aus das Steuer nach rechts, während der Taxifahrer die Scheibe herunterkurbelt und beginnt, wie ein Rohrspatz zu schimpfen.

Die Kourtidou schafft es, den Mercedes neben der Bordsteinkante zum Stehen zu bringen, danach stellt sie den Motor ab, lässt sich kopfüber auf das Lenkrad sinken und beginnt zu schluchzen. Alle starren wir sie sprachlos an.

»Aleka, was ist los?«, fragt die Mouratoglou, aber ihre Freundin bleibt ihr die Antwort schuldig.

Der Taxifahrer, der sie gerade eben noch verflucht hat, hat die Szene anscheinend über den Rückspiegel verfolgt, denn er parkt vor uns, öffnet die Wagentür und kommt auf uns zu. Er spricht eindringlich und offensichtlich besorgt auf die Kourtidou ein, wobei er immer wieder das Wort »*abla*« sagt, dessen Bedeutung ich nicht kenne.

Die Kourtidou antwortet ihm mit einem »*Yok… yok…*« und mit »*Teşekkür*«, von dem ich inzwischen weiß, dass es »Danke« bedeutet. Der Taxifahrer entfernt sich, während die Mouratoglou ihre Frage wiederholt.

»Aleka, was ist los?«

Die Kourtidou wischt sich die Tränen ab und versucht sich zu beruhigen. »Pardon, ich wollte euch nicht erschrecken, aber deine Worte haben mich getroffen.« Sie wendet sich zu mir: »Meropi hat recht. Ich kann hier nicht fort. Theodossis, mein Mann, hat immer wieder daran gedacht, alles aufzulösen, aber ich habe jedes Mal widersprochen. Einmal im Jahr besuche ich meine Kinder. In Toronto ist es eiskalt, in Frankfurt ist das Wetter zum Heulen. Jetzt werden Sie sagen, auch in Istanbul ist es oft feucht und regnerisch. Richtig, aber Istanbul wird bei Regen noch schöner.«

Sie macht eine kleine Pause und sieht die Verwunderung in unseren Blicken. »Na ja, das ist jetzt vielleicht gelogen«, verbessert sie sich. »Es ist etwas anderes. Ich glaube, ich würde schon am Flughafen zusammenbrechen, wenn ich wüsste, ich müsste hier für immer fort.« Sie lässt den Motor des Mercedes wieder an und löst sich langsam von der Bordsteinkante.

»Sagen Sie mal, was hat eigentlich der Taxifahrer vorhin zu Ihnen gesagt?«, fragt Adriani.

»Anfänglich hat er mich beschimpft, hat mich blöde Kuh und alte Vettel genannt und gemeint, wenn ich keine Frau wäre, würde er mich zu Brei schlagen. Aber dann sah er, dass ich stehen geblieben war und zu weinen begann, da kam er angelaufen und hat mich um Verzeihung gebeten, er hat mich gefragt, was mir fehle und ob er mir helfen könne. Sehen Sie, so ist Istanbul, und so sind die Menschen hier. Es gibt Momente, da sind sie einfach zauberhaft.«

»Sag mal, Aleka, wo sind wir eigentlich? Hier komme ich zum ersten Mal vorbei«, sagt die Mouratoglou, offenbar um das Gespräch auf ein ungefährliches Terrain zu lenken.

»Ich sagte mir, ich umfahre Ayvansaray großzügig und nehme die Strecke von Topkapı nach Edirnekapı, um den Verkehr zu vermeiden, der in Fatih herrscht«, erklärt die Kourtidou, offensichtlich erleichtert über den Themenwechsel.

Ich weiß nicht, ob ihr Plan aufgeht, bislang jedenfalls sind wir im Schritttempo unterwegs. Ich versuche mich zu erinnern, wie es die letzten beiden Male war, als ich zum Polizeipräsidium fuhr, und komme zum Schluss, dass es auf dasselbe hinausläuft.

»Darüber hinaus ist es auch eine Gelegenheit für den Kommissar und Adriani, eine Spritztour durch Istanbul zu unternehmen«, meint die Mouratoglou.

»Das hängt davon ab, was du darunter verstehst«, entgegnet die Kourtidou. »Früher wohnten in diesen Wohnvierteln *Ticani* und *Çarşaflı*.«

»Entschuldigung, aber ohne Untertitel verstehe ich nur Bahnhof«, meint Adriani. Sie wähnt sich offensichtlich in einer jener fremdsprachigen Serien, die sie so gern im Fernsehen verfolgt.

»Die *Ticani* sind Angehörige einer religiösen Sekte, aber wir nennen alle reaktionären Frömmler so«, erläutert die Mouratoglou. »Und *Çarşaflı* waren die Frauen, die mit dem Tscharschaf, dem bodenlangen schwarzen Überwurf, herumliefen. Aber nehmen Sie diese Ausdrücke nicht zu wörtlich. Für die hiesigen Griechen bedeuteten sie einfach Habenichtse und Hungerleider. Alle armen Schlucker, die nicht in diese beiden Kategorien fielen, galten als Zigeuner.«

Plötzlich löst sich der Stau wie durch Zauberhand auf. Die Kourtidou steigt aufs Gas, und der Mercedes braust los.

16

Ich sitze in einem neutral und unpersönlich wirkenden kleinen Aufenthaltsraum. Mir gegenüber haben zwei alte Männer Platz genommen, die Zwillinge oder auch Zöglinge eines altmodischen Waisenhauses sein könnten: Sie tragen das gleiche weiße Hemd mit blauen Streifen, die gleiche hellgraue Hose mit Hosenträgern sowie Hausschuhe derselben Farbe. Nur ihre Gesichter unterscheiden sich. Herr Charalambos, offiziell als Charalambos Sefertzidis bekannt, hat alle seine Zähne verloren – nach seinem Gesichtsausdruck zu schließen empfindet er den Verlust allerdings wohl eher als Erlösung.

»Ich esse nur Suppen und Joghurt, dann und wann einen Kartoffelbrei«, erläutert er mir. »Im Winter geben sie mir Obstbrei. Im Sommer komme ich mit Wassermelonen ganz gut über die Runden, aber noch besser mit Feigen.«

»Weil du ein Holzkopf bist und kein Gebiss tragen willst«, sagt Herr Sotiris, offiziell als Sotirios Keremoglou bekannt, dessen Zähne – wenn auch mit künstlicher Unterstützung – tadellos sind, und er lächelt breit, um sie zur Schau zu stellen. Er trägt eine pechschwarze, das Gesicht zur Hälfte verdeckende Hornbrille, mit der er an Onassis erinnert.

»Einen größeren Kaprizenschädel als diesen Herrn hier gibt es auf der ganzen Welt nicht. Dickkopf nennt ihr

Griechen aus Griechenland so jemanden. Sagt man weiß, sagt er schwarz. Sagt man schwarz, sagt er weiß – ein Querulant ist er. Warum hat Gott mir im Alter so ein Kreuz aufgebürdet...«

Der Zahnlose grinst lautlos und listig und murmelt ein paarmal »Wenn du mich nicht hättest...« vor sich hin, bis er dessen überdrüssig wird und verstummt. Ich will sie von ihrem Trip herunterholen, um einige vernünftige Angaben zu erhalten, doch ich fürchte, dass meine Bemühungen vergeblich sein werden. Zweimal habe ich sie bereits gefragt, ob sie Maria Chambou kennen, doch beide überhören mich geflissentlich. Viel lieber würde ich jetzt im Mercedes der Kourtidou eine Rundfahrt durch Istanbul machen. Doch mein berufliches Gewissen lässt mir keine Ruhe, und so stelle ich die Frage ein allerletztes Mal.

»Kennt einer von Ihnen beiden oder auch jemand anderer aus dem Altersheim eine gewisse Maria Chambou? Sie stammt aus Istanbul und war, bevor sie nach Griechenland ging, kurzfristig hier. Die letzten Jahre hat sie bei ihrem Bruder in Drama gelebt. Sie muss in Ihrem Alter sein, eventuell auch ein wenig älter.«

»Wollen Sie uns auf den Arm nehmen?«, meint Keremoglou mit der Hornbrille à la Onassis. »Niemand ist älter als wir beide. Wir sind die wertvollsten Antiquitäten hier.«

»Okay, ich nehme es zurück«, entgegne ich, obwohl meine Geduld nur mehr an einem seidenen Faden hängt. »Maria Chambou ist Ihnen bekannt?«

»Chambena. Wir nennen sie Chambena«, mümmelt Sefertzidis.

»Sie ist Ihnen bekannt?«

»Na freilich. Sie war doch erst vor ein paar Tagen hier«, verkündet Keremoglou. »Vielleicht auch vor einer Woche. Präzision darf man von unseren Greisenhirnen nicht mehr erwarten.«

»Wo? Im Altersheim?«

»Ja, sie wollte ihre Schwägerin, die Safo, besuchen.«

»Die Schwester ihres Mannes?«

»Wenn sie ihre Schwägerin ist, dann muss sie die Schwester ihres Mannes sein, was denn sonst? Heißt das bei euch in Griechenland anders?«, wundert sich Sefertzidis.

Mit Freuden schlucke ich Sefertzidis' spöttische Antwort auf meine dämliche Frage hinunter, weil sich vor mir neue Horizonte auftun. »Wohnt ihre Schwägerin hier?«

»Ja, hier nebenan«, ergreift Keremoglou wieder das Wort. »Die eine Hälfte ist hier untergebracht, die andere nebenan. Aber so nach und nach werden wir alle dort landen.«

»Was ist denn nebenan? Ein neuer Gebäudeflügel?«

»Nein, der Friedhof.«

»Sie ist gestorben?« Das war's. Jetzt, so sage ich mir, kommt mir auch noch das letzte Bindeglied abhanden, das mich zur Chambou hätte führen können.

»Vor einem Jahr«, präzisiert Keremoglou.

»Die Ärmste«, ergänzt Sefertzidis.

Keremoglou geht ihm fast an die Gurgel. »Warum denn Ärmste, he?«, fragt er außer sich. »Von uns ist keiner arm dran. Unglücklich vielleicht, hängengelassen ja, aber arm dran nein. Ein Mensch, der unser Alter erreicht hat, ist nicht arm dran.« Dann wendet er sich mir zu: »Der sagt zu jedem ›der Ärmste‹. Wenn morgen der eigenbrötlerische Ousounoglou im Lotto gewinnt, der mit keinem ein Wort redet und dir ins Gesicht springt, wenn du ihn nur ansprichst, sagt er auch sofort: ›Der Ärmste! Ousounoglou, der Ärmste!‹ Können Sie das verstehen?«

»Sie ist am Dünnpfiff gestorben«, sagt Sefertzidis, ohne den anderen zu beachten. »Sie ist einfach ausgetrocknet. Du wirst sehen, so werde ich auch noch enden. In der letzten Zeit habe ich fünfmal am Tag Stuhlgang.«

»Weil du kein Gebiss trägst und nur Suppen und Joghurt isst. Die Ärzte sagen dir, du sollst feste Nahrung zu dir nehmen, aber du bist ja dein eigener Quacksalber...« Und dann, wieder an mich gerichtet: »Immer tut der Querkopf, was er will. Bald wird er Rezepte ausstellen und sich selber die Medikamente verschreiben.«

»Wann ist die Chambou hergekommen?«, frage ich, weil ich schon merke, dass sich meine Frustration gleich Luft machen wird.

Sefertzidis meint: »Vorgestern war's. Also am Dienstag. Jedenfalls war sie ganz untröstlich, als sie von Safos Tod erfahren hat. ›Ich bin zu spät gekommen‹, hat sie gesagt.«

Wozu war sie zu spät gekommen? Um sie zu töten? War sie ihr weggestorben, bevor sie zum Gift greifen konnte? Irgendetwas an diesem Gedankengang will mir nicht in den Kopf. Eine Greisin als eiskalte Mörderin – das kann ich mir einfach nicht vorstellen.

»Safo hätte sich gefreut, wenn sie rechtzeitig gekommen wäre«, bemerkt Keremoglou. »Immer wieder hat sie von ihr erzählt. Obwohl sie zu Lebzeiten gar nicht gut aufeinander zu sprechen waren, wie die Verstorbene sagte. Sie sei nicht besonders beliebt gewesen, weil sie niemandem nach dem Mund geredet habe, hat sie uns erzählt. Jedem habe sie die Wahrheit ins Gesicht gesagt. Auch ihrem Bruder, dem Faulpelz, der offensichtlich den lieben langen Tag – beim Aufwachen, bei der Arbeit und beim Schlafengehen – den Douziko unterm Arm hielt. Mit ihrer Schwägerin schimpfte sie und bezeichnete sie als verrücktes Huhn, da sie ihm nicht den Laufpass gab, obwohl er sie noch irgendwann zum Krüppel schlagen würde: entweder aus Bosheit oder im Suff. Und obwohl die Chambena nicht auf sie hörte, ja sie nicht einmal zur Beerdigung des Bruders zuließ, hat die Safo immer gesagt, sie trage ihr nichts nach. ›Wen Gott vernichten will, den treibt er zuerst in den Wahnsinn.‹ Das waren ihre Worte.«

»Was bedeutet Douziko?«, frage ich Keremoglou, als sein Wortschwall verebbt, denn von so einem Getränk höre ich zum ersten Mal.

»Raki«, erklärt er mir. »Raki, wie die Türken sagen. Ihr nennt es Ouzo, wir Douziko.«

Worauf bezog sich Safo wohl, wenn sie von Wahnsinn sprach? Auf die Maria von damals, die ihren Anastassis rückhaltlos liebte, oder die Maria von heute, die, obwohl sie schon mit einem Fuß im Grab steht, ihren Rachefeldzug führt? Eines zumindest weiß ich jetzt: Die Schwägerin trug ihr nichts nach, obwohl die Chambou sich ihr gegenüber nicht gerade freundlich benommen hatte. Ich komme zum Schluss, dass die Aussage »Ich bin zu spät gekommen« auch auf Versöhnung und Vergebung hindeuten könnte.

»Kannten Sie die Chambou oder haben Sie sie damals, als sie wegen Safo herkam, zum ersten Mal gesehen?«

»Ich habe sie damals zum ersten Mal gesehen«, sagt Keremoglou.

»Ich kannte sie von früher«, meint Sefertzidis. »Natürlich habe ich sie nach so vielen Jahren nicht gleich wiedererkannt, doch als sie sich nach Safo erkundigte – und bevor ich ihr sagte, dass sie tot sei –, habe ich sie gefragt, wer sie denn sei. Und da hat sie mir ihren Namen genannt.«

»Woher kannten Sie sie?«

»Damals, während der Tumulte im Jahr '55, wohnte meine Familie direkt neben dem Haus, wo die Chambena Dienstmädchen war. Als die Verfolgungen einsetzten, haben sich Marias Arbeitgeber bei uns versteckt, weil in unserem Wohnhaus nur Griechen und Armenier wohnten. Damals habe ich sie kennengelernt.«

»Jedenfalls habe auch ich etwas von ihrem Besuch gehabt, auch wenn ich sie nicht kannte«, mischt sich Keremoglou in das Gespräch. »Sie hatte Safo eine Käsepitta mitgebracht, und wir haben sie unter uns aufgeteilt. Alle haben davon gegessen, sogar der zahnlose Charalambos. Die Käsepitta zerging einem geradewegs auf der Zunge!«

Ich schaue die beiden scharf an, wie um sicherzugehen, dass sie noch am Leben sind.

»War Ihnen irgendwie übel, nachdem Sie die Käsepitta gegessen hatten?«, frage ich.

»Wieso übel?«, wundert sich Sefertzidis. »Wir haben Ihnen doch gesagt, dass es ein Leckerbissen war, oder? Wir haben sie anstelle der Totenspeise aus Weizenschrot gegessen und Safo die Vergebung ihrer Sünden gewünscht.«

Sie wissen nicht, dass Safo die Vergebung ihrer Sünden weniger nötig hat als Maria. Auf den ersten Blick sieht es nicht so aus, als hätten sie einen Schaden erlitten, denn die alten Leute wären auf der Stelle umgekippt. Die Käsepitta enthielt also kein Pflanzenschutzmittel, genauso wenig wie der Blätterteigkuchen für Efterpi Lazaridou. Doch ich beschließe, lieber auf Nummer sicher zu gehen und einen Arzt hinzuzuziehen, der mir bestätigt, dass es keine Vergiftungsfälle gab.

»Wo kann ich einen Arzt finden?«, frage ich.

»Um diese Zeit nur im Krankenhaus«, entgegnet Keremoglou.

»Herzlichen Dank, Sie haben mir sehr weitergeholfen. Falls nötig, werde ich noch einmal vorbeikommen.«

»Wir halten die Stellung«, versichert Keremoglou.

»Jetzt haben wir dem Mann gar nichts angeboten«, stellt Sefertzidis mit einiger Verspätung fest.

»Hättest du ja gerne tun können, oder?«, fragt der andere, bereit, wieder mit ihm in den Ring zu steigen.

»Mein Taschengeld aus Sidney ist noch nicht da, und ich bin ein bisschen knapp bei Kasse«, erklärt Sefertzidis. Dann meint er zu mir: »Ich habe eine Tochter in Australien. Sie besteht nicht unbedingt darauf, mich zu sehen, aber sie schickt mir Taschengeld.«

»Also wirklich, warum bist du so undankbar?«, bricht es aus Keremoglou heraus. »Die ärmste Ioanna hat dich bekniet, mit ihr zu kommen. Aber du hast dich stur gestellt und bist hiergeblieben. Und jetzt redest du noch schlecht über sie, du Taugenichts!«

Eilig verabschiede ich mich von den beiden. Ich hoffe, im Krankenhaus einen Arzt zu finden, der mir bestätigen kann, dass keiner der alten Männer nach dem Verzehr der Käsepitta Anzeichen einer Vergiftung aufwies.

Auf dem Flur stoße ich auf eine Pflegekraft mittleren

Alters. »Wissen Sie vielleicht, welcher Arzt am Dienstag im Altersheim Bereitschaft hatte?«, frage ich sie.

»Einen Moment, ich frage die Krankenschwestern.« Nach einer Minute kehrt sie zurück und erklärt mir, dass es Doktor Remzi war. »Fragen Sie im Krankenhaus nach ihm.«

Auf dem Weg nach draußen erreicht mich ein Anruf von Adriani, die mir erzählt, dass die Kourtidou sie gerade durch das Krankenhaus führt. »Wartet auf mich, ich bin auch gleich da.«

Im Krankenhaus halte ich die erste Krankenschwester an, die mir auf dem Flur entgegenkommt. »Schwester, wo kann ich Doktor Remzi finden?«

»Fragen Sie im Dienstzimmer nach.« Und sie deutet auf die entsprechende Tür.

Im Dienstzimmer der Ärzte sitzen vier Männer und eine Frau in weißen Kitteln und unterhalten sich.

»Entschuldigung, ist Doktor Remzi hier?«

Sie wechseln einige Worte auf Türkisch, und dann meint einer in gebrochenem Griechisch: »Doktor Remzi in Pathologie. In Oberstock.«

Ich befürchte schon, dass die Auffindung des Doktor Remzi zu einer kleinen Odyssee ausarten könnte, doch zu meinem Glück treffe ich auf dem Flur das Damentrio, das mich herbegleitet hat.

»Da können sich das Evangelismos-Krankenhaus und das Staatliche Allgemeine in Athen eine Scheibe abschneiden«, sagt Adriani, ganz beeindruckt von dem Rundgang. »Du solltest dich mal umschauen, da bleibt dir die Spucke weg.«

»Vorläufig reicht mir die Pathologie. Könnten Sie mir vielleicht zeigen, wo die liegt?«, frage ich die Kourtidou.

»Man hat mir gesagt, im Oberstock, aber ich weiß nicht genau, wo. Ich suche einen gewissen Doktor Remzi.«

»Das ist in der ersten Etage. Kommen Sie.«

Die Kourtidou und ich steigen in das obere Stockwerk hoch. Die Kourtidou macht sich gleich daran, eine Krankenschwester ausfindig zu machen. Schließlich entdecken wir Remzi in einem der Krankenzimmer. Er beugt sich gerade über eine Patientin und spricht auf sie ein. Wir warten am Eingang, bis er fertig ist, dann geht die Kourtidou auf ihn zu. Sie erläutert ihm die Sache und deutet auf mich, kurz darauf kommen beide auf mich zu.

»Fragen Sie ihn, ob am Dienstag im Altersheim ein Vergiftungsfall vorgekommen ist«, sage ich zur Kourtidou.

Der Arzt blickt mich verwundert an. Dann zuckt er die Achseln und gibt der Kourtidou eine einsilbige Antwort, die sie mir mit einem trockenen »Nein« übersetzt.

»Eine Magenverstimmung vielleicht?«

Wieder ist die Antwort negativ, und ich bin gezwungen, gegen meinen Willen konkreter zu werden. »Am Dienstag ist eine alte Frau ins Altersheim gekommen und hat für eine gewisse Safo Chambou eine Käsepitta mitgebracht. Soviel ich in Erfahrung bringen konnte, hat die Frau – da Safo verstorben ist – die Käsepitta an die anderen Heiminsassen verteilt. Ich will nun wissen, ob einer von denjenigen, die von dem Blätterteigkuchen gekostet haben, erkrankt ist.«

Geduldig warte ich, bis die Kourtidou mit dem Dolmetschen fertig ist. Der Arzt hört ihr aufmerksam zu, und dann antwortet er kurz angebunden und mit einem Lächeln auf den Lippen.

»Er sagt, die einzige Patientin, die er sich am letzten

Dienstag im Altersheim angesehen hat, sei die alte Frau mit der Käsepitta gewesen.«

Ich blicke ihn überrascht an, und er nickt bekräftigend. Dass Maria krank sein könnte, damit habe ich nicht gerechnet.

»Hat er sie untersucht?«, frage ich.

»Er wollte eine Genehmigung einholen, um sie für weitere Untersuchungen hierzubehalten«, dolmetscht mir die Kourtidou. »Aber bei seiner Rückkehr war die Frau weg.«

»Woraus schließt er, dass sie krank war?«

Einerseits hat mich das Englisch, zu dem ich in den Gesprächen mit Murat gezwungen bin, andererseits die Tatsache, dass ich mich nicht direkt mit dem Arzt verständigen kann, in sprachliche Bedrängnis gebracht, und ich stehe kurz davor, ein Blackout zu erleiden.

»Sie hatte einen heftigen Husten«, sagt der Arzt schließlich. »Solange ich bei ihr war, hatte sie zwei Hustenanfälle und bekam kaum noch Luft. Sie schien schrecklich geschwächt, schleppte sich nur noch dahin und konnte, wenn sie mal saß, kaum wieder aufstehen.«

»Woran könnte sie denn gelitten haben?«, frage ich die Kourtidou.

Der Arzt hebt die Schultern, als er meine Frage hört. »Das kann er ohne Befunde nicht sagen«, erklärt die Kourtidou. »Er meint, dass in solchen Fällen eine Röntgenaufnahme am einfachsten Aufschluss darüber gebe, woher der Husten stammt. Eine solche wollte er machen, doch bei seiner Rückkehr war sie verschwunden. Jedenfalls ist Herr Dr. Remzi fest davon überzeugt, dass dieser Husten kein gutes Zeichen ist.«

»Könnte er mir eine Beschreibung von ihr geben?«

Der Arzt denkt kurz nach, und dann antwortet er mir über die Kourtidou. »Klein, bucklig, schütteres weißes Haar, volle Lippen und ein kleines Oberlippenbärtchen… Besonders nach den Hustenanfällen rang sie stark nach Luft, und dadurch konnte sie sich nur schwer auf den Beinen halten.«

Ich glaube nicht, dass er noch etwas hinzuzufügen hat, und bedanke mich für seine Hilfe. Ganz mechanisch und in Gedanken versunken kehre ich mit der Kourtidou dorthin zurück, wo Adriani und die Mouratoglou auf uns warten. Eigentlich würde ich jetzt ein paar Überlegungen anstellen, doch da mich das Geplauder der drei Damen ohnehin ablenken und aus dem Konzept bringen wird, beschließe ich, das Nachdenken auf später zu verschieben und vorher noch einen Blick auf Safos Grab zu werfen.

»Wie kommen wir zum Friedhof?«, frage ich die Kourtidou. »Ich würde gerne Safo Chambous Grab sehen.«

Wieder bemerke ich die Verwunderung in ihrem Blick, doch sie ist feinfühlig genug, nicht weiter nach meinen Gründen zu fragen. »Also, das ist nicht weit.«

Als wir zu viert den Friedhof betreten, sehen wir aus wie Angehörige, die zu einer Gedenkandacht gehen. Die Kourtidou bittet den Friedhofswärter, uns zu Safo Chambous Grab zu führen.

Es besteht aus einem schlichten Kreuz, auf dem ihr Name und ihr Geburts- und Todesdatum stehen. Auf der Grabplatte liegt ein noch nicht ganz verwelkter Strauß Nelken. Eines zumindest scheint mir klar: Sie ist hergekommen, um Abbitte zu leisten, weil sie ihrer Schwägerin

Unrecht getan hatte. Daher hatte sie ihr eine genießbare Käsepitta mitgebracht. Doch da es zu spät war, hat sie ihr stattdessen Blumen aufs Grab gelegt.

»Gibt es keine griechischen Ärzte in Baloukli?«, frage ich die Kourtidou, als wir wieder in den Mercedes steigen.

»Es gibt schon ein paar, aber die meisten sind Türken.«

»Warum? Gibt es nicht genügend Ärzte unter den Konstantinopler Griechen? Oder stellt ihr türkische Ärzte ein, damit die Türken euch in Ruhe lassen?«

Es liegt ihr schon eine Antwort auf der Zunge, doch sie hält inne und blickt mich an. »Sie zumindest hätten das nicht fragen sollen, Herr Kommissar.«

»Wieso nicht?«, wundere ich mich.

»Weil wegen der Zypernkrise so gut wie alle Ärzte, alle Ingenieure, alle Wissenschaftler fort sind. Nur die Rechtsanwälte sind hiergeblieben, denn sie können am Vermögen der Konstantinopler Griechen noch etwas verdienen.« Sie macht eine Pause und versucht ihren Zorn zu mäßigen, doch sie ist kurz vorm Explodieren. »Ihr Griechen habt euch taub und blind gestellt, als man daranging, uns zu ruinieren. Ihr habt geschrien, Zypern sei griechisch, und habt uns den Türken in die Hände gespielt. Und was habt ihr davon gehabt? Eine halbe Insel. Wenn es wenigstens die ganze gewesen wäre, dann hätte ich gesagt, sei's drum. Aber wegen einer halben? ›Wir sind ein *collateral damage*, Mama‹, sagt meine Tochter, die in Kanada lebt und ihr Griechisch vergessen hat. Ich habe meinen Sohn gefragt, was *collateral damage* bedeutet, und er hat es mir erklärt: ›Begleitschaden‹. Nun ja, ich würde das anders beschreiben: Wir waren wie eine dünne Scheibe Salami im Sandwich, eingeklemmt zwischen den Türken und euch Griechen, und von beiden Seiten wurden wir in die Mangel genommen!« Sie verstummt, aber immer noch nagelt mich ihr Blick fest. »Wissen Sie, was ich glaube, Herr Kommissar? Hätten die Türken gewusst, wie wenig euch an uns Konstantinopler Griechen liegt, dann hätten sie uns kein einziges Haar gekrümmt. Sie hätten begriffen, dass sie sich unseretwegen nur ins politische Abseits manövrieren würden.«

Nachdem sie geendet hat, lenkt sie ihre ganze Aufmerksamkeit wieder auf ihren Wagen. Sie lässt den Motor an und fährt unter dem betroffenen Schweigen der Insassen los.

17

Schritt für Schritt beginnt sich der Plan abzuzeichnen, und die Motive der Chambou werden nachvollziehbar: Zuerst tötet sie ihren Bruder in Drama. Dann kommt sie nach Istanbul, geht nach Makrochori und bringt ihre Cousine, die Adamoglou, um. In beiden Fällen waren Motiv und Tatwaffe identisch. Das Motiv ist Rache: Ihr Bruder misshandelte sie, laut übereinstimmenden Aussagen, seit dem Tag, an dem sie zu ihm gezogen war, und die Familie Adamoglou hatte sie in ihrer Jugend schikaniert und ausgenutzt. Die Tatwaffe bildete bei beiden Morden das Pflanzenschutzmittel Phosphorsäureester, das in den Teig einer Käsepitta eingearbeitet wurde. Im Gegensatz dazu bietet sie der Lazaridou, der Cousine der Adamoglou, und ihrer Schwägerin, Safo Chambou, einen Blätterteigkuchen ohne Gift an. Im Fall der Lazaridou liegt eine Erklärung nahe. Die Lazaridou selbst hat mir erzählt, dass die Chambou sie sehr gern mochte und dass sie eng befreundet waren. Doch im Falle ihrer Schwägerin bestätigen drei Zeugen, dass das Verhältnis zwischen Maria und Safo schlecht war: die Lazaridou, die es aus erster Hand weiß, und die beiden Pfleglinge aus dem Altersheim, die Safos Erzählungen kannten. Und dennoch hat die Chambou ihr nicht nur eine genießbare Käsepitta gebracht, sondern sogar Blumen aufs Grab gelegt. Die beiden Gesten kommen einem Eingeständnis gleich, dass sie ihrer Schwägerin in Bezug auf ihren Mann Unrecht getan hat und jetzt nach so vielen Jahren zu ihr kommt, um ihr die Hand zur Versöhnung zu reichen. Die Aussage »Ich bin zu spät gekommen« heißt folglich, dass sie es nicht mehr geschafft hat, sie um Verzeihung zu bitten.

All das deutet darauf hin, dass sie einen Schlussstrich unter ihr Leben zieht. Die Chambou hat in Drama begonnen, die noch offenen Rechnungen zu begleichen, und ist dann nach Istanbul gereist, um ihr Werk zu vollenden. Wer ihr Böses angetan hat, bekommt eine Käsepitta, versetzt mit einem Insektizid, das ihn ohne Umschweife ins Jenseits befördert. Wer ihr jedoch Gutes erwiesen hat, bekommt einen köstlichen Blätterteigkuchen, den sie liebevoll mit ihren eigenen Händen zubereitet hat: ein besonderes Dankeschön, denn laut allgemeiner Aussage waren ihre Käsepittas weithin berühmt. Wenn nun Doktor Remzi recht behält und sie so krank ist, wie er annimmt, dann heißt das, sie möchte vor ihrem Tod reinen Tisch machen.

Hier tauchen jedoch zwei Fragen auf, die einer Antwort bedürfen: a) Wie krank ist die Chambou?, und b) Wusste sie von ihrer Krankheit, bevor sie ihre Reise nach Istanbul antrat? Gesetzt den Fall, sie wusste es, dann muss ein Arzt in Griechenland sie bereits untersucht haben. Das bedeutet, dass wir diesen Arzt dringend finden müssen, um herauszukriegen, ob sie tatsächlich krank ist und woran sie leidet. Und noch eine Frage stellt sich: Die Chambou produziert Käsepittas am laufenden Band und bringt sie in Umlauf. Nun gut, aber wo bereitet sie sie zu? Für eine Käsepitta braucht man diverse Zutaten, zur Vorbereitung benötigt man Schüsseln und ein Kuchenblech und zuletzt auch noch einen Ofen, um sie zu backen. Das weiß ich von Adriani, der ich manchmal zusehe, wenn sie Pitta macht – ihre Spezialität ist allerdings Blätterteigkuchen mit Lauchfüllung. Wo hat eine Frau wie die Chambou einen entsprechend ausgerüsteten Unterschlupf gefunden, wo sie professionell Käsepittas zubereiten kann? Gut, sie könnte sie zum Backen in die nächstgelegene Bäckerei bringen. Das ist in Griechenland immer noch üblich, und ich sehe keinen Grund, warum das nicht auch in Istanbul möglich sein sollte. Doch wo hat sie eine mit Küchengeräten ausgerüstete Wohnung gefunden? Als ich mir gerade den nächstfolgenden Schritt überlege, läutet mein Handy, und Katerina ist dran.

»Es klappt alles, Papa«, verkündet sie mir. »Die Hochzeit findet am Sonntag in zwei Wochen statt. Heute haben wir auch das Mandelkonfekt bestellt.«

Sie klingt froh, wobei ich nicht weiß, ob es echte Vorfreude ist oder einfach nur Erleichterung, da ihr ein Stein vom Herzen gefallen sein muss.

»Hast du schon ein Brautkleid gekauft?«, frage ich sie.

»Das hebe ich mir bis nach Mamas Rückkehr auf. Das möchte ich mit ihr zusammen aussuchen, damit sie nicht sauer ist«, ergänzt sie.

»Ich werde ihr jedenfalls nichts sagen.«

»Wieso?«

»Weil sie imstande ist, entweder das nächste Flugzeug nach Athen zu nehmen oder dir ein Brautkleid aus Istanbul mitzubringen, bei dem du dann nicht nein sagen kannst.«

Sie lacht auf. »Du übertreibst, wie immer. Na gut, ich werde sie anrufen und ihr sagen, dass ich drei Brautkleider ins Auge gefasst habe und auf ihre Rückkehr warte, um mich für eines der drei zu entscheiden.«

»Du findest immer den Mittelweg. Du hast nicht umsonst Jura studiert.«

Urplötzlich, als wäre ihr die Frage gerade erst eingefallen, sagt sie: »Gefällt es euch in Istanbul?«

»Deine Mutter amüsiert sich prima, ich etwas weniger.«

»Warum?«

»Weil ich in einen Fall hineingeraten bin, der mir wenig Zeit für die Führungen und den unterhaltsamen Teil der Reise lässt.«

»Du tust mir gar nicht leid«, sagt sie ernst. »Du legst es doch darauf an. Sogar im Urlaub lässt du dich auf Ermittlungen ein, und dann jammerst du. Mama hat schon recht.«

Ich wechsle das Thema, wie immer, wenn ich ihr mein Missfallen zu verstehen geben will. »Ist Fanis da?«

»Ja, willst du ihn sprechen?«

»Ja, wenn möglich.«

Kurz darauf höre ich seine Stimme, und sein erster Kommentar ist: »Kannst du mir sagen, warum man sich auf so komplizierte Zeremonien wie eine Hochzeit einlässt? Danach ist man einerseits sein Geld los und andererseits mit den Nerven fertig.«

»Keine Ahnung. Meine eigene Hochzeit ist so lange her, dass ich mich kaum mehr daran erinnere. Ich wollte dich aber etwas anderes fragen.«

»Schieß los.«

Ich zähle ihm alle Informationen auf, die ich über Maria Chambous Besuch in Baloukli habe, und füge auch die

Meinung des Arztes hinzu. »Was könnte ihr deiner Ansicht nach fehlen?«, frage ich ihn.

»Alles Mögliche, vom Raucherhusten im fortgeschrittenen Stadium über Tuberkulose bis hin zu Lungenkrebs. Was hat dir der Arzt im Krankenhaus gesagt?«

»Bevor er eine Röntgenuntersuchung veranlassen konnte, war die Chambou verschwunden. Folglich konnte er nichts dazu sagen.«

»Das ist vollkommen korrekt.«

»Und die Tatsache, dass sie kaum laufen konnte?«

»Vielleicht hat sie einen Schwächeanfall gehabt, was jedoch nicht notwendigerweise von einer Krankheit herrühren muss, sondern auch altersbedingt eintreten kann.«

Sein Argument klingt logisch, hilft mir aber überhaupt nicht weiter. »Wir müssen mit anderen Worten alle Krankenhäuser Nordgriechenlands abklappern, ob sie sich irgendwo hat untersuchen lassen«, stelle ich enttäuscht fest.

»Ich würde mich zunächst einmal auf die Onkologie beschränken und erst danach anderweitig weitersuchen.« Er schweigt einen Augenblick lang und fügt dann zögernd hinzu: »Das Bild, das du von ihr zeichnest, passt am ehesten auf Lungenkrebs. Das meinte auch der türkische Arzt mit der Diagnose, sie sei schwer krank.«

Nun, das ist auch schon was, denke ich bei mir, als ich das Gespräch beende. Zumindest kann ich Gikas ganz konkret sagen, was zu tun ist. Wenn man ihm allgemein und unbestimmt daherkommt, gerät er ins Trudeln, und vor lauter Stress reagiert er panisch. Da er schon so viele Jahre wie festgeschraubt an seinem Schreibtisch sitzt und seine ganze Denkkraft in Schleimereien und Intrigenwirtschaft investiert, hat er ganz vergessen, dass er Polizeibeamter ist, und bildet sich ein, er arbeite in einer PR-Abteilung.

»Gibt's Neuigkeiten?«, fragt er besorgt. Keine Ahnung, warum, aber immer wenn ich ihn zwecks Berichterstattung anrufe, erwartet er Hiobsbotschaften.

»Die gute Nachricht ist, dass wir keine weiteren Opfer zu beklagen haben. Ganz im Gegenteil: Bei zwei Verwandtenbesuchen hat sie eine genießbare Käsepitta als Mitbringsel dabeigehabt.«

»Und was schließen Sie daraus?«

»Dass sie hierhergekommen ist, um alte Rechnungen zu begleichen. Die einen tötet sie, und von den anderen nimmt sie friedlich Abschied. Diese Ansicht wird auch von einem Arzt bekräftigt, der sie im Altersheim gesehen hat und augenscheinlich feststellte, dass sie schwer krank sein muss. Als er eine Röntgenaufnahme veranlassen wollte, tauchte sie unter. Hier beginnen die schlechten Nachrichten. Wir müssen sämtliche Abteilungen für Onkologie in Nordgriechenland durchkämmen, ob sie sich dort vielleicht hat untersuchen oder sogar therapieren lassen.«

»Warum nur in der Onkologie?«

»Zunächst einmal dort, weil die medizinische Einschätzung dahin geht, dass sie vermutlich an Lungenkrebs leidet.«

Es folgt eine kleine Pause, anschließend meint er: »Wieso sagen Sie das nicht direkt Ihren Assistenten? Die sollen das gleich veranlassen. Nehmen wir doch nicht den Umweg über London, wenn wir in die Gebirgsdörfer bei Ioannina wollen. Mit dem direkten Draht verkürzen wir die Prozedur.«

Ihm reicht es nicht, den Bissen in den Mund geschoben zu bekommen, er will ihn auch noch vorgekaut, wie meine selige Mutter immer sagte. Doch da überlege ich mir, dass ich mit meinen Assistenten wesentlich besser fahre, da ich ihnen im Notfall auch einen Fluch an den Kopf werfen kann. Bei Gikas muss ich missbilligende oder kritische Äußerungen unterdrücken.

»Ich möchte, dass ihr bei den onkologischen Abteilungen anfangt«, sage ich zu Vlassopoulos, der den Hörer abgenommen hat. »Das schränkt die Ermittlungen automatisch auf Thessaloniki ein. Ich glaube nicht, dass es in anderen staatlichen Krankenhäusern in der Provinz Krebskliniken gibt, und ich halte es für unwahrscheinlich, dass sie nach Athen gefahren ist.«

Ich nehme ihm das Versprechen ab, sich gleich darum zu kümmern, und hoffe inständig, dass die Chambou tatsächlich zu einem Arzt gegangen ist. Andernfalls laufen wir Gefahr, dass die Frage unbeantwortet bleibt, auch wenn ich noch nicht recht abschätzen kann, welche Folgen das für die Ermittlungen hätte.

Ich beschließe, für heute Schluss zu machen, und gehe zur Rezeption hinunter, wo sich die ganze Reisegesellschaft für das Abschiedsabendessen versammelt hat. Und wieder einmal liegen sie sich in den Haaren. Die eine Hälfte will am Bosporusufer ein letztes Mal Pilaw essen gehen, die andere Hälfte will Pera mit dem Argument nicht verlassen, sie könnten am nächsten Morgen verschlafen und ihren Flug verpassen.

Adriani, die Mouratoglou und Despotopoulos sind die Einzigen, die am allgemeinen Disput nicht teilnehmen.

»Was ist los, Herr General?«, frage ich.

»Es mangelt an generalstabsmäßiger Planung, mein Lieber. Ich sehe zu meinem Leidwesen voraus, dass wir miserabel essen werden, da wir unkoordiniert vorgehen.«

»Warum übernehmen Sie es nicht, Ordnung zu schaffen? Sie sind doch ein Experte in generalstabsmäßiger Planung.«

»Ich habe ausgedient, Kommissar. Meine Autorität ist dahin, ich kann mich nicht einmal mehr beim Schoßhündchen meiner Frau durchsetzen. Wenn ich es Gassi führe, bin ich ihm willenlos ausgeliefert.«

»Darf ich einen Vorschlag machen? Wieso übertragen wir nicht Frau Mouratoglou das Kommando? Sie ist die Einzige, die sich vor Ort auskennt.«

»Hervorragende Idee«, sagt Despotopoulos und springt auf. »Ruhe, wenn ich bitten darf! Wir werden Frau Mouratoglou mit der Führung betrauen. Sie ist die einzige Geländekundige.«

»Seit wann wird uns Frau Mouratoglou als Oberfeldwebel vor die Nase gesetzt?«, nörgelt Stefanakos laut genug, um von den Umstehenden gehört zu werden.

Die Mouratoglou stellt sich taub, um kein weiteres Öl ins Feuer zu gießen, und geht sogleich *in medias res*. »Ich schlage vor, in der Christakis-Passage essen zu gehen. Das war der historische Treffpunkt der kultivierten Trinker in Istanbul. Heute sind es natürlich Touristenkneipen, aber das Essen ist nach wie vor gut. Außerdem ist es nah und zu Fuß erreichbar.«

Alle sind einverstanden: die eine Hälfte, weil sie ohnehin in der Nähe bleiben wollten, und die andere Hälfte, weil sie nicht weiter herumstreiten, sondern essen gehen wollen.

Zehn Meter vom Hotel entfernt hängt sich Adriani bei mir ein und zieht mich zur Seite. »Katerina hat angerufen. Alles ist in bester Ordnung«, meint sie zufrieden. »Die Hochzeit findet am Sonntag in zwei Wochen statt, was wir locker schaffen. Sie hat drei Brautkleider ausgesucht, aber sie wartet auf meine Rückkehr, damit wir zusammen die endgültige Entscheidung treffen können.«

»Gut, dass sie nichts überstürzt«, sage ich ernsthaft. »In solchen Dingen holt man sich besser eine zweite Meinung ein.«

Sie tätschelt mir den Unterarm. »Alles wird gut«, sagt sie, von meiner Antwort offenbar befriedigt.

Auf halber Höhe der Pera-Straße betreten wir die Christakis-Passage. Tavernen flankieren beide Seiten der Arkaden, während eine Garde von Kellnern herbeieilt, um uns mit Bücklingen zu empfangen und in ihr jeweiliges Restaurant zu ziehen.

»He, Stelaras, wenn man diese unterwürfigen Purzelbäume der Kümmeltürken sieht, wundert man sich, wie sie uns bloß vierhundert Jahre unterjochen konnten«, erteilt Stefanakos seinem Sohn Geschichtsunterricht und ergänzt mit aufrichtiger Verwunderung: »Ja, waren wir denn so bescheuert?«

18

Gestern haben wir das Abschiedsabendessen hinter uns gebracht, heute sind wir im Morgengrauen aufgestanden, um die Abschiedsumarmungen zu absolvieren. Ich schlug vor, allen schon am Vorabend vor dem Schlafengehen eine gute Reise zu wünschen, doch Adriani hält sich so eisern an das Protokoll, dass selbst die frühere griechische Königin Friederike nichts auszusetzen gehabt hätte.

»Aber was redest du da? Wir müssen doch den Leuten anständig auf Wiedersehen sagen! Vielleicht sind sie uns ab und zu auf die Nerven gegangen, aber immerhin haben wir zehn Tage zusammen verbracht.«

»Mit Ausnahme der Mouratoglou, die zu deiner Busenfreundin geworden ist, werden wir die Übrigen wohl in unserem ganzen Leben nie wiedersehen. Wieso also bei Tagesanbruch aufstehen?«

»Bei Tagesanbruch? Der Flug geht doch erst um zehn Uhr vormittags.«

»Dann zieh die drei Stunden ab, die sie früher aufbrechen werden, um im Duty-free-Shop noch ordentlich zuzuschlagen.«

Sie durchbohrt mich mit einem jener hochmütigen Blicke, die sie in Ausnahmefällen zum Einsatz bringt, wenn sie meine Berufsehre antasten möchte. »Natürlich, du stehst ja nur für einen Mord in aller Herrgottsfrühe auf.«

Das einzig Angenehme, wenn man beim ersten Hahnenschrei aufstehen muss, ist der morgendliche Sesamkringel. Er ist noch warm und knusprig. Ich weiß nicht, ob es immer schon so war oder sich eventuell mit den Jahren so entwickelt hat, jedenfalls stelle ich in der letzten Zeit vermehrt fest, dass ich die Dinge besser genießen kann, wenn ich für mich bin. So löst sich meine gute Laune in nichts auf, als sich der ausgediente Feldherr ungeladen zu mir an den Tisch setzt.

»Die Stunde des Abschieds naht, mein Lieber«, verkündet er mit der ihm eigenen altmodischen Steifheit. »Und ich möchte Ihnen versichern, dass ich mich ganz besonders über unsere Bekanntschaft gefreut habe.«

»Ganz meinerseits, Herr General.«

»Ihre Gesellschaft hat dem von Frauen dominierten Umfeld eine angenehme Note verliehen. Jetzt werden Sie sagen, wo dominieren denn heutzutage die Frauen nicht, wenn man gewisse Berufe wie beispielsweise unsere ausnimmt, die noch ein männliches Bollwerk darstellen. Doch auch da ist es nur noch eine Frage der Zeit«, fügt er melancholisch hinzu.

»Stören Sie sich daran?«

»Mann und Frau sind gegensätzliche Pole, Kommissar. Die Frau sorgt im Haus mit beispielloser Disziplin für Ordnung, doch sobald sie ihr Reich verlässt, verwandelt sie sich in ein Musterbeispiel an Willkür und Schlamperei. Die Erfahrung dieser zehntägigen Reise bestätigt das vollauf. Der Mann hingegen ist außer Haus gut organisiert, zu Hause jedoch unfähig, sich einen Kaffee zu kochen, und oftmals weiß er nicht einmal, in welcher Schublade seine Unterhosen liegen.« Er seufzt und schüttelt den Kopf. »Und diese Gegensätze ziehen sich zunächst einmal erotisch an, um sich in der Folge ein Leben lang auf die Nerven zu fallen, mein Lieber.«

Ich spüre den heftigen Drang, ihm zu widersprechen, nicht nur aus Prinzip, sondern vor allem weil ich – trotz all meiner Auseinandersetzungen mit Adriani – nicht glaube, dass wir einander nur noch auf den Wecker gehen. Klar, von Zeit zu Zeit unternehmen wir beide unsere kleinen Rachefeldzüge, doch die Rache enthält auch ein Quentchen Lust, während der eheliche Überdruss, milde ausgedrückt, bloß einen schalen Nachgeschmack hinterlässt.

»Meine Erfahrung ist jedenfalls eine andere, Herr General«, sage ich so milde wie möglich.

»Das kann ich mir vorstellen. Berufsbedingt.«

»Wieso berufsbedingt?«

»Wie lange sind Sie täglich auf Ihrer Dienststelle, mein Lieber?«

»Kommt darauf an. Wenn ich mit einem dringenden Fall befasst bin, dann komme ich manchmal erst um Mitternacht nach Hause, oder ich habe Nachtdienst. Jedenfalls, selbst an ganz normalen Tagen komme ich kaum vor sechs oder sieben Uhr abends nach Hause.«

»Sehen Sie? Bei mir war's in meiner aktiven Zeit ganz genauso. Ich kam spätabends heim, oft war ich mit Delegationen oder im Zuge von Manövern verreist. Zur Spielart des gegenseitigen Überdrusses dringe ich erst jetzt vor.« Ein Seufzer entringt sich seiner Brust, und wieder schüttelt er den Kopf. »Das Rentnerdasein ist eine privilegierte Arbeitslosigkeit, mein Lieber. Ich werde wesentlich höher entschädigt als ein Arbeitsloser, speziell bei meiner Rente. Andererseits jedoch steht man derselben Frustration und Unduldsamkeit, zum Teil auch denselben Demütigungen gegenüber wie ein Arbeitsloser.«

Ich sehe, wie die Übrigen sich erheben und auf die Rezeption zugehen. So stehe auch ich auf, um möglichst elegant das Gespräch zu beenden.

Despotopoulos reicht mir die Hand. »Ich habe mich aufrichtig gefreut, Sie kennenzulernen, mein Lieber. Ihre Gesellschaft wird mir fehlen«, wiederholt er. Er zieht eine Karte aus seinem Portemonnaie und überreicht sie mir. »Hier meine Karte mit meiner Festnetz- und meiner Handynummer. Sollten mit den Türken irgendwelche Probleme auftreten, rufen Sie mich an, ich kann Ihnen bestimmt weiterhelfen. Ich versichere Ihnen, nur wenige kennen sich mit ihnen so gut aus wie ich. Darüber hinaus lade ich Sie in Athen gerne zu einem Kaffee ein.«

Ich beschränke mich auf ein kurzes »Danke« ohne Begeisterungsbezeigungen, Kommentar oder weiterführende Erläuterungen, doch mit einem unmerklichen Lächeln auf den Lippen, und folge ihm vor den Hoteleingang. Als wir dort eintreffen, meint Despotopoulos' Frau gerade, wie sehr sie sich schon darauf freue, ihr kleines Hündchen Sousouna wiederzusehen. »So viele Tage war sie im Hundehotel, mein kleiner Schatz hat sicher furchtbar gelitten!«

Despotopoulos wirft mir einen Seitenblick zu. »Na, was hab ich gesagt?«, flüstert er mir zu.

Stefanakos geht als Erster auf mich zu. »Ich hoffe, Sie kommen bald zu Potte mit Ihrem Fall, Herr Kommissar. Jedenfalls, für einen Polizisten sind Sie ganz in Ordnung«, fügt er hinzu und erwartet, dass ich sein Kompliment würdige, doch ich begnüge mich mit einem stummen Händedruck.

Dann folgt sein Sohn, der mir ein gleichgültiges »Tschüss« hinwirft und mir seine schlaffe Hand entgegenhält, in der Erwartung, ich würde sie schon drücken, damit er sich die Mühe sparen kann. Zum Glück kommt gleich darauf die Mouratoglou und umarmt mich.

»Mein Lieber«, sagt sie und gibt mir einen Kuss auf die Wange, »ich beneide Sie. Gerne wäre ich noch ein paar Tage mit Ihnen zusammengeblieben. Aber, so wie die Dinge liegen...«

»Das sind die Unwägbarkeiten des Berufslebens.«

Adriani umarmt sie zum zweiten Mal, und sie drücken einander herzlich. »Ich sage ihr, sie soll dich anrufen«, sagt Adriani mit leiser Stimme zu ihr.

»Ich kann sie auch anrufen, das macht mir nichts aus.«

»Nein, lass nur. Ich regle das.«

Aus den Fetzen ihrer Unterhaltung schließe ich, dass Adriani der Mouratoglou – wie immer, ohne mich in Kenntnis zu setzen – etwas für Katerina mitgegeben hat. Ich will mich gerade einmischen, doch die beiden Schreckgespenster des griechischen Bürgers, die Sozialversicherung und das Finanzamt, das heißt Petropoulos mit Gattin, lenken mich davon ab, indem sie mir aus der Ferne zuwinken und Kusshändchen zuwerfen. Unser Feldherr lässt seine Frau mit der Stefanakou zuerst in den Bus steigen und nimmt dann alleine drei Reihen weiter hinten Platz. In der Zwischenzeit ist auch die Mouratoglou eingestiegen, und Adriani hat sich ihrem Fenster genähert, um sich in Zeichensprache mit ihr zu unterhalten. Meine Intervention muss ich also auf später verschieben.

Ich beschließe, in den Frühstücksraum zurückzukehren, um noch einen Kaffee mit einem Käsesesamkringel zu genießen. Als ich es mir gerade am Tisch gemütlich machen will, läutet mein Handy. Auf dem Display erkenne ich Murats Nummer, und ich ärgere mich, dass ich ganz vergessen habe, ihn über meine Ermittlungen im Altersheim und im Krankenhaus von Baloukli zu informieren.

»*I was going to call you,* gerade wollte ich Sie anrufen«, sage ich und versuche, mich mit dieser stereotypen Wendung aus der Affäre zu ziehen. Bevor er die Möglichkeit hat, sich übergangen zu fühlen, bombardiere ich ihn mit allen Informationen, die ich zusammengetragen habe: Ich berichte von den beiden alten Männern, dem Tod der Schwägerin, der Käsepitta und Doktor Remzi. »Der Arzt ist so gut wie sicher, dass Maria Chambou schwer krank ist.« Es folgt eine Pause, die mehrere Sekunden anhält. »*Are you there?*«, frage ich, da ich befürchte, die Verbindung könnte unterbrochen sein.

»*Yes*«, antwortet er. »Ich weiß nicht, wie krank die Chambou ist, aber vor ihrem Tod müssen offenbar noch ein paar andere sterben.«

Ich begreife sofort, worauf er hinauswill, aber dennoch frage ich: »Was wollen Sie damit sagen?«

»Ich glaube, wir haben ein weiteres Opfer. Und diesmal ist es ein Türke.«

»Sie glauben es nur?«, frage ich mit leiser Hoffnung. »Sie sind nicht sicher?«

»Ich wurde gerade erst benachrichtigt. Aber die Beschreibung, die mir die Beamten des Streifenwagens durchgegeben haben, hat mir gar nicht gefallen.«

»Wieso?«

»Sie haben den Toten auf dem Toilettensitz gefunden. Er hatte auf den Boden gekotzt. Es stank so entsetzlich, dass ein Polizeibeamter sich ebenfalls erbrechen musste.«

»War das der Grund, warum man Sie benachrichtigt hat?«

»Ja. Ich habe Anweisung gegeben, mich umgehend zu verständigen, sobald der geringste Verdacht auf eine Vergiftung vorliegt.«

»Ja, aber warum sollte sie einen Türken umbringen? Bislang hat sie ihren Bruder und ihre Cousine getötet, also zwei nahe Verwandte. Ich glaube nicht, dass sie türkische Familienangehörige hat.«

»Sie haben recht, aber irgendetwas gefällt mir hier nicht. *There is something I don't like.*« Einen Augenblick zögert er, dann schlägt er vor: »Wollen Sie herkommen, damit wir zusammen einen Blick auf die Sache werfen?«

»Ja, klar.«

»Dann komme ich vorbei und hole Sie mit dem Streifenwagen ab.«

Ich setze mich hin, um meinen zweiten Sesamkringel zu verspeisen, ohne mir sonderlich viele Sorgen zu machen. Was hat die Chambou mit Türken zu schaffen? Bis jetzt haben wir keinen Hinweis darauf, dass sie auch bei türkischen Familien gearbeitet hätte. Möglicherweise hat das Opfer eine Lebensmittelvergiftung erlitten oder ist von jemand anderem ermordet worden. Es besteht die Gefahr, dass man ihr auch Dinge zur Last legt, die sie gar nicht begangen hat, ganz im Sinne des Sprichworts »Mit einem Popen können wir gleich mehrere Leute beerdigen«. Wie auch immer, ich freue mich jedenfalls, dass mich Murat angerufen hat, bevor er das Opfer gesehen hat. Das könnte bedeuten, dass er schon größeres Vertrauen zu mir gefasst hat und dass unser Verhältnis allmählich einer wirklichen Zusammenarbeit nahe kommt. Es könnte aber auch auf etwas anderes hinweisen – nämlich, dass er wegen der Wendung, die der Fall nun nimmt, Angst bekommen hat. Doch das wäre ebenfalls positiv, denn wenn man Angst hat, sucht man stets nach Allianzen. Das einzig Unangenehme ist, dass ich Adriani irgendwie beibringen muss, dass ich sie schon am ersten Tag, wo wir alleine sind, sitzenlasse.

Sie betritt das Restaurant, als ich gerade meinen Sesamkringel fertiggegessen habe und zum Kaffee übergehe. »Ach, hier bist du. Und ich habe dich schon auf dem Zimmer gesucht.«

»Der türkische Kollege hat mich angerufen. Wahrscheinlich gibt es ein weiteres Opfer, und ich muss hinfahren«, sage ich gepresst und beeile mich gleichzeitig, ihrer Reaktion zuvorzukommen: »Entschuldige bitte, dass ich am ersten Tag, wo wir allein sind, wegmuss. Ich sehe zu, dass ich so schnell wie möglich wieder zurückkomme.«

Zu meiner großen Überraschung entgegnet sie mir ganz entspannt: »Mach dir keine Gedanken. Ich habe mich mit Frau Kourtidou zu einem Spaziergang verabredet.«

Wie schade, dass der General nicht da ist, um seine Bemerkungen über die mangelhafte außerhäusliche Organisation der Frauen zurückzunehmen, sage ich mir. Adriani ist eine fanatische Anhängerin der alten Weisheit: »Der kluge Mann baut vor.« Sie ist zwar kein Mann, befolgt das Sprichwort aber trotzdem. Das hat auf unser Alltagsleben außergewöhnlich positive Auswirkungen, nur muss ich bisweilen mit Bedauern feststellen, dass sie dadurch immer die Nase vorn hat.

»Schade, dass ich bei eurem interessanten Rundgang nicht dabei sein kann«, sage ich traurig.

»Nicht doch, wahrscheinlich gehen wir nur einkaufen.«

»Warum so eilig? Wir sind doch morgen auch noch hier.«

»Die Einkäufe sind ja nicht für mich, sondern für Katerina. Eine gute Gelegenheit, ein paar Dinge zu besorgen, die hier wesentlich günstiger sind. Athen ist ja sündhaft teuer geworden.«

»Hast du der Mouratoglou nicht auch Einkäufe mitgegeben?«

»Nur ein paar Handtücher«, antwortet sie, ohne mit der Wimper zu zucken.

»Was, du hast der Mouratoglou Handtücher aufgehalst?«

»Weißt du, wovon die Rede ist? Von Textilien aus Bursa. Sowohl die Mouratoglou als auch die Kourtidou haben mir gesagt, dass dort die besten Handtücher gewoben werden, und sie haben ganz recht, sie fühlen sich wunderbar an, wenn man sie anfasst.«

»Na schön, aber war es nötig, sie der Mouratoglou aufzudrängen?«

»Sie hat mir doch von sich aus angeboten, sie mit einzupacken. Das sei auch eine Gelegenheit, Katerina kennenzulernen, hat sie gemeint. Das hat mich überzeugt.«

»Ich hoffe nur, du schleppst nicht auch noch ein Brautkleid nach Athen«, sage ich halb im Scherz, halb im Ernst.

Sie blickt mich an, als wäre ich von allen guten Geistern

verlassen, und bekreuzigt sich. »Aber wo denkst du hin? Hast du vergessen, dass ich es zusammen mit Katerina kaufen will, wenn wir wieder zurück in Athen sind?«

Diese Rückmeldung erleichtert mich, und ich trinke in Ruhe meinen Mokka zu Ende, bevor ich zur Rezeption gehe und auf Murat und den Streifenwagen warte.

19

Der Streifenwagen durchquert eine Gegend, die ich bereits kenne. Es ist der Boulevard, der nach Kurtuluş und zur Agios-Dimitrios-Kirche führt, wo ich mich mit der Iliadi getroffen habe. Es ist halb neun Uhr morgens, und der Stoßverkehr in Richtung Stadtzentrum – also in die entgegengesetzte Richtung – ist auf seinem Höhepunkt, doch auf unserer Fahrspur liegt die Wagendichte unter Athener Niveau.

Ehrlich gesagt begebe ich mich nur aus Pflichtgefühl zum Tatort, und nicht, weil ich wirklich glaube, dass sich Belastendes für Maria Chambou ergeben wird. Wäre der Tote Grieche, dann hätte ich keinen Zweifel, dass sie ihn auf dem Gewissen hat. Aber bei einem türkischen Opfer deutet der Mord – wenn es denn einer war – in eine andere Richtung. Sollte es sich um einen achtzigjährigen alleinstehenden Witwer handeln, ist es gut möglich, dass ihn ein Angehöriger beiseiteschaffen wollte, um an seine Wohnung, sein Geschäft oder an seine Ersparnisse zu kommen.

Wir erreichen zwar die Abfahrt nach Kurtuluş, passieren sie jedoch und erreichen ein anderes Viertel, das auf einen höheren sozialen und finanziellen Status der Einwohner schließen lässt. Die Wohnblöcke sind neueren Datums und von besserer baulicher Qualität als in Taksim, und die Geschäfte sind hübsch dekoriert und führen teurere Waren.

»*Where are we?*«, frage ich Murat.

»*This is Osmanbey*«, antwortet er und fühlt sich verpflichtet, mir eine kleine Führung angedeihen zu lassen. »Das ist eine neuere Wohngegend. Früher war es hier recht teuer, aber heute ist ihr Wert etwas gesunken. Wir fahren aber noch weiter in ein anderes Viertel, das zwar zur selben Zeit entstand, aber eher großbürgerlich ist.«

»Wie heißt es?«

»Nişantaşı.«

»Also muss das Opfer, wenn es sich überhaupt um ein Verbrechen handelt, wohlhabend gewesen sein.«

»Er besaß ein großes Fachgeschäft für Herren- und Damenmode hier in Pera, ein zweites in Ankara und ein drittes in Izmir. Die beiden Letzteren werden von seinen Söhnen geführt. Zum Schulabschluss hat er ihnen jeweils ein Geschäft eröffnet, aber immer in einer anderen Stadt.«

»Wieso?«

Er zuckt gleichgültig mit den Schultern. »Damit nicht alle in derselben Stadt leben und ständig miteinander zanken: die Söhne mit dem Vater, die Ehefrauen mit dem Schwiegervater und untereinander… Das ist der einzig logische Grund. Du verteilst deine Familie auf drei verschiedene Städte, um deine Ruhe zu haben.«

Zweihundert Meter weiter gabelt sich der Boulevard, und der Streifenwagen biegt nach rechts ab, kurze Zeit später noch mal. Der Unterschied zum Wohnviertel, das wir kurz zuvor passiert haben, ist auf den ersten Blick zu erkennen: Wir befinden uns in einer Gegend der gehobenen Mittelschicht.

Murat parkt vor einem Wohnhaus mit weitläufigem Eingangsbereich und einer mit Spiegeln verkleideten Empfangshalle. In einer Reihe mit unserem Fahrzeug stehen bereits ein weiterer Streifenwagen, ein Transporter der Spurensicherung und ein Krankenwagen. Ein Polizeibeamter bewacht die Eingangstür. Die Übrigen sitzen gemütlich im Wagen, da keinerlei Schaulustige fernzuhalten sind.

Die Besatzung des Streifenwagens springt bei Murats Anblick sofort auf die Beine. Ich bleibe diskret neben der Beifahrertür stehen und warte, bis er sich mit ihnen geeinigt hat, um dann von ihm die neuesten Informationen zu erfahren. Ein Beamter deutet zur dritten Etage hoch. Murat winkt mir von weitem zu, ich möge ihm folgen. Da das Wohnhaus über keinen Fahrstuhl verfügt, steigen wir zu Fuß die Treppen hoch.

»Ich habe gebeten, mit dem Abtransport der Leiche zu warten, damit wir zuerst noch einen Blick auf sie werfen können«, erklärt mir Murat.

Bereits in der ersten Etage steigt uns der Geruch in die Nase. In der zweiten schnellt die Tür einer der drei Wohnungen auf und eine perfekt geschminkte und gekleidete Fünfzigjährige legt sich sogleich mit Murat an. Er versucht, ruhig und höflich zu bleiben und sie mit sanfter Stimme zu beschwichtigen. In seinen Augen jedoch blitzt Ärger auf.

»Was hat sie gesagt?«, frage ich, während wir in die dritte Etage hochsteigen.

»Sie hat mich gefragt, wann wir vorhätten, die Leiche endlich abzutransportieren, da unsere Leute die Fenster zum Lichtschacht geöffnet haben und es die Anwohner aufgrund des Geruchs nicht mehr in ihren Wohnungen aushalten.« Er macht eine kleine Pause und fügt dann hinzu:

»Der Gestank hat immerhin zur Entdeckung der Leiche geführt.«

Als ich in der dritten Etage ankomme, steigt beißender Verwesungsgeruch in meine Nase, worauf ich sie mir mit einem Taschentuch zuhalte. Auf Murats Klopfen hin geht die Tür sofort auf. Auf der Schwelle steht ein Mann in grünem Kittel und überreicht uns zwei Chirurgenmasken. Dennoch verspüre ich gleich beim Betreten der Wohnung das dringende Bedürfnis nach Kölnischwasser, denn die Chirurgenmaske allein reicht nicht aus, um den Geruch zu bannen. Mit einem flüchtigen Blick stelle ich fest, dass alle Fenster der Wohnung sperrangelweit offenstehen, doch der Gestank ist so intensiv, dass mir die Tränen in die Augen schießen und mir speiübel wird.

Der Mitarbeiter der Gerichtsmedizin mit dem grünen Kittel führt uns ins Badezimmer. Ein Mann im Seniorenalter, so zwischen siebzig und achtzig, sitzt mit heruntergelassener Hose auf dem Toilettensitz. Sein Körper ist zur Seite gesunken und sein Kopf an die gekachelte Wand gelehnt. Sein kariertes Hemd ist vollgekotzt, wobei das Erbrochene bis zum Boden hinabgetropft ist. Seine Augen sind weit aufgerissen und hinaus in den Flur gerichtet. Das einzig Lebendige an ihm ist sein Gesichtsausdruck, der unendlichen Schmerz widerspiegelt. Dieser Mensch hat vor seinem Tod sehr gelitten, sage ich mir und trete aus dem Badezimmer, da ich den Gestank nicht länger ertrage. Ich beschließe, einen Blick auf den Rest der Wohnung zu werfen, aber mehr, um mir selbst Diensteifer vorzugaukeln und nicht das Gefühl haben zu müssen, bloß Däumchen zu drehen.

Die Wohnung besteht aus zwei durch einen Flur verbundenen Teilen, und ihre Weitläufigkeit beeindruckt auf den ersten Blick. Im vorderen Bereich liegt ein riesiges Wohnzimmer und daneben ein Esszimmer. Im hinteren Teil sind drei Schlafzimmer. Das eine diente offenbar dem Opfer als Schlafraum. Das zweite steht bis auf ein Doppelbett leer und wurde vermutlich als Gästezimmer genutzt. Das dritte diente wahrscheinlich als Abstellkammer, denn es ist vollgestopft mit alten Möbeln, Kleidern aus der Reinigung, die noch in ihren Plastikhüllen stecken, Pappkartons mit Schriftstücken und verschiedenem anderen Kram.
Der Gegensatz zwischen dem Wohnzimmer und dem Esszimmer ist auffallend. Das Wohnzimmer ist modern eingerichtet mit Metallrohrsesseln, Glastischchen und einem Sofa, das gut in das Büro eines Geschäftsführers gepasst hätte. Die Zimmerpflanzen lassen ihre Blätter hängen, da sich offenbar keiner um ihre Pflege kümmert.
Die Einrichtung des Speisezimmers hingegen stammt komplett aus den fünfziger Jahren, mit Tisch und Stühlen aus Nussholz, deren Füße Löwenpranken nachempfunden sind. An der Wand steht ein dreiteiliges Büfett, eng verwandt mit demjenigen, das meine altjüngferliche Patentante, Tochter eines bekannten Rechtsanwalts, in ihrem Speisezimmer stehen hatte. Alles ist blitzblank, im Wohnzimmer blinken die Fensterscheiben im hereinfallenden Sonnenlicht, und im Esszimmer glänzen die Möbel frisch versiegelt. Ansonsten erinnert der Übergang zwischen Wohn- und Esszimmer an eine Passage zwischen Orient und Okzident. Vielleicht hat ja das Opfer die Einrichtung des Speisezimmers zur Erinnerung an seine Eltern aufbewahrt.

Ich verlasse die vorderen Räume und begebe mich in die Küche. Die Spurensicherung war schon vor mir da und durchsucht gerade die Küchenkästen und Schubladen. Ein mittelgroßer, dünner Fünfunddreißigjähriger mit kräftigem Schnauzbart durchforstet den Kühlschrank. Ich trete näher heran und werfe einen Blick hinein. Im Gemüsefach liegen Tomaten, Paprika, Gurken und Orangen in Reih und Glied. Zwei weitere Tüten mit Obst, Äpfeln und Birnen, liegen zusammen mit Joghurt im Fach über dem Gemüse. Im obersten Fach sehe ich eine halbe Käsepitta, die mehr schlecht als recht in Aluminiumfolie verpackt ist. Die Hoffnung, das Opfer hätte eine banale Lebensmittelvergiftung erlitten, muss ich hiermit begraben. Der Mann der Spurensicherungstruppe bemerkt meine Miene und hebt verlegen die Schultern.

Murat kommt in die Küche und blickt ebenfalls in den Kühlschrank. »Jetzt müssen wir nicht mehr auf das Obduktionsergebnis warten«, meint er. »*I don't think that we have to wait for the post mortem.*«

»Wie war sein Name?«, frage ich, nur aus Neugier, da ich wohl keine Akte über ihn anlegen werde.

»Kemal…« und dann etwas mit »-oğlu«, das ich nicht ganz verstehe.

»Hat jemand gesehen, wie die alte Frau hereingekommen ist?«

»Nein.«

»Hat das Wohnhaus einen Portier?«

»Ja, schon, nur ist er des Öfteren nicht auf seinem Posten, da er Botengänge für die Hausbewohner erledigt.«

Nicht auszuschließen, dass die Chambou draußen abgewartet hat, bis der Portier wieder einmal weg war, um sich in das Wohnhaus zu schleichen. »Hat er allein hier gelebt?«

»Ja. Eine Aserbeidschanerin sieht nach ihm, aber sie hat sich freigenommen, um ihre Familie zu besuchen.«

»Wer hat ihr dann geöffnet?«

Murat hebt die Schultern. »Er muss ihr wohl selbst aufgemacht haben.«

Obwohl der Tathergang auf der Hand zu liegen scheint, bleiben meine Zweifel bestehen. Die Göttin des Schicksals und des Zufalls ist zwar blind, aber selbst ihr Unvermögen hat Grenzen. Wie konnte die Chambou wissen, wo dieser Kemal wohnte, und wie konnte sie nach so vielen Jahren seine Wohnung aufspüren? Vor allem, wenn sie bei niemand anderem läutete, bei keinem nachfragte und keiner sie gesehen hat? Und die zentrale Frage ist doch: Warum sollte sie einen Türken töten? War sie vielleicht mit ihm verwandt? Ich kann es zwar nicht hundertprozentig ausschließen, aber es klingt mir allzu konstruiert. Es bestärkt nur mein Gefühl, dass wir ein Phantom aus der Vergangenheit jagen, von dem wir weder wissen, wo es sich aufhält, noch wo und wann es wieder auftauchen wird.

»Haben Sie seine Angehörigen verständigt?«, frage ich Murat.

»Noch nicht. Wir wollen lieber erst unsere Arbeit hier beenden, bevor wir die Familie in Kenntnis setzen, um großes Geschrei und Wehklagen zu vermeiden.«

Wir hätten es genauso gemacht. Erfahrungsgemäß ist es besser, die Angehörigen zu Hause zu besuchen oder sie aufs Polizeirevier zu bestellen. Danach müssen sie ohnehin in die Anatomie, um die Leiche zu identifizieren.

»Haben Sie herausbekommen, was für ein Mensch er war? Hatte er Freunde oder auch Feinde?«

»Aus den ersten Vernehmungen, die das örtliche Polizeirevier durchgeführt hat, geht hervor, dass er ein friedliebender Mann war, den die Erwachsenen sympathisch fanden und den auch die Kinder gern hatten. Sie riefen ihn ›Opa‹, weil er mit ihnen spielte und Schokolade und Bonbons an sie verteilte. Das haben alle Mieter übereinstimmend ausgesagt.«

Als ich mich gerade frage, wie die Chambou darauf kam, einen harmlosen alten Knacker zu töten, läutet Murats Handy. Er lauscht, ohne zu antworten, während er mich anblickt und den Kopf hin und her wiegt.

»Jetzt wissen wir, wie sie ihm die Käsepitta hat zukommen lassen. Sie hat den Kuchen nicht hierhergebracht, sondern im Geschäft des Opfers abgegeben.«

»Und Kemal hat sie mit nach Hause genommen, um sich das Kochen zu sparen.«

»Ganz genau.«

Das mag ja alles stimmen, trotzdem bleibt die Frage bestehen: Warum sollte sie einen Türken töten? Sie musste ihn jedenfalls gut gekannt haben, wenn sie ihn in seinem Geschäft besuchte.

»Können Sie mir einen Gefallen tun? Erkundigen Sie sich diskret bei den Mietern danach, ob dieser Kemal irgendetwas mit Istanbuler Griechen zu tun hatte.«

Er liest sofort meine Gedanken. »Sie fragen sich, warum ein Türke ihr Opfer wurde?«

»Ja, genau. Ich gehe dann mal nach unten«, sage ich. »Dieser Gestank ist unerträglich.«

Ich nehme gleich zwei Treppenstufen auf einmal, um mich so schnell wie möglich vom Herd der Geruchsbelästigung zu entfernen, während Murat sich daranmacht, von Tür zu Tür zu gehen.

Unten sind die beiden Polizeibeamten aus dem Streifenwagen gestiegen, rauchen und unterhalten sich leise. Mich grüßen sie mit einem Kopfnicken. Der eine öffnet mir freundlich den hinteren Wagenschlag, doch ich bedeute ihm, dass ich mir lieber die Beine vertrete.

Ich spaziere den Bürgersteig entlang. Die Geschäfte hier sind stilvoller als in Pera. Ich zähle zwei Mobilfunkläden, zwei Modegeschäfte – eines für Herren- und eines für Damenkonfektion – und einen Laden, der Fernseher, Fotoapparate und Computer im Angebot hat. Die Handyläden und das Elektronikfachgeschäft sehen aus wie bei uns in Griechenland, und die Modegeschäfte erinnern an die Ermou-Straße in den siebziger Jahren, bevor sie von den Einkaufsstraßen der Athener Vororte in den Schatten gestellt wurde. Wesentlich interessanter erscheinen mir die Passanten. Alle sind schick gekleidet, und manche Frauen setzen modische Akzente durch ein Hündchen, ganz wie die Gattin unseres Feldherrn a. D. Kopftücher tauchen nur vereinzelt auf, und im Allgemeinen ist das Viertel hier mit dem Boulevard, den wir jedes Mal auf dem Weg von der Atatürk-Brücke zum Taksim-Platz hochfahren und dessen Name mir gerade nicht einfällt, nicht im mindesten zu vergleichen.

Als ich sehe, wie Murat aus dem Wohnhaus tritt, kehre ich zum Ausgangspunkt meines Spaziergangs zurück. An seiner Miene kann ich ablesen, dass er nichts Bedeutsames herausgefunden hat.

»Niemand weiß, ob Erdemoğlu etwas mit Istanbuler Griechen zu tun hatte. Besuch hat er nur selten bekommen. Nur seine Söhne haben mit ihren Familien jedes Mal, wenn sie nach Istanbul kamen, bei ihm gewohnt.«

Nichts Auffälliges also. Der Gedanke, das Opfer könnte griechische Verwandte haben, und diese Istanbuler Griechen könnten wiederum mit der Chambou verwandt sein, so dass sie ein Tatmotiv hätte, wirkt hier dermaßen an den Haaren herbeigezogen, dass man schon sehr verzweifelt sein müsste, um da ansetzen zu wollen.

Wieder nehmen wir im Streifenwagen Platz. »Jetzt geht's zu seinem Laden«, sagt Murat. »Vielleicht kriegen wir aus dem Personal brauchbare Informationen heraus.«

»Und wie regeln Sie die Sache mit den Angehörigen?«, frage ich ihn.

»Das habe ich einem meiner Assistenten übertragen, der das ganz gut hinkriegt. Er hat nämlich von Natur aus einen tragischen Ausdruck im Gesicht. Genau das Richtige für Beileidsbekundungen bei Angehörigen von Verbrechensopfern.«

20

Wir lassen die Wohnviertel der braven Bürger hinter uns und kehren auf ein Terrain zurück, das mir sowohl geographisch als auch sozial besser vertraut ist. Doch Murat biegt nicht wie erwartet vom Taksim-Platz nach rechts ab, sondern umrundet ganz gemütlich den Platz und biegt in die Pera-Straße ein.

»Aber sind wir denn hier nicht in einer Fußgängerzone?«, frage ich verdattert.

Murat lacht auf. »Ja schon, aber Streifenwagen dürfen das.«

»Genauso wie die Straßenbahn.«

Er lacht immer noch, fast hört er sich glücklich an. »Jedes Mal, wenn mein Vater in den Ferien nach Istanbul kommt, fährt er Straßenbahn und stellt sich ganz vorne hin, gleich neben den Fahrer.«

»Stammt er aus Istanbul?«

»Natürlich nicht«, entgegnet er verdutzt. Ich weiß nicht, ob ich ihn vielleicht beleidigt habe, doch rasch klärt er mich auf. »Leute, die in Istanbul geboren und aufgewachsen sind, enden selten als Gastarbeiter. Meine Familie stammt aus einem Dorf östlich von Sivas und hat eine doppelte Emigration durchgemacht. Mein Großvater hatte fünf Kinder, und im Dorf gab es für ihn nichts zu holen. So ist er mit seiner Familie nach Istanbul gezogen. Damals sagte man auf den

Dörfern, die Häuser und Straßen Istanbuls seien aus purem Gold, und mein Großvater glaubte es. Mein Vater war damals noch klein und freute sich, wenn er in die Straßenbahn einsteigen und neben dem Fahrer stehen durfte. Doch beide, zunächst mein Großvater und dann auch mein Vater, mussten einsehen, dass die Häuser und Straßen in Istanbul aus Stein und Asphalt bestanden, genau wie in allen anderen Städten auch. Die Suche nach Arbeit brachte meinen Vater schließlich nach Deutschland. Jetzt ist er Rentner und lebt in Bochum, aber jedes Mal, wenn er uns besuchen kommt, fährt er Straßenbahn.«

Vis-à-vis von der katholischen Kirche parkt er ein. »Hier wären wir.«

Kemal Erdemoğlus Laden ist groß und geht über zwei Etagen. Doch ein kurzer Blick in das Schaufenster genügt, um mich davon zu überzeugen, dass er nicht zu den führenden Fachgeschäften des Viertels zählt. Die Auslage ist vollgestopft und nicht einheitlich, sondern dreigeteilt. Die beiden Fenster links und rechts sind der Damenkonfektion vorbehalten, während das mittlere Herrenmode zeigt.

Murat geht voran, und ich folge ihm. Die Verkäuferin neben der Tür ahnt sogleich, dass ich Tourist sein muss, und nähert sich mit einem »*Yes, please?*«. Murat blafft sie in missmutigem Bullentonfall an, und die Verkäuferin weicht vor Ehrfurcht und Angst einen Schritt zurück. Das lässt mich vermuten, dass er mich wohl als ausländischen Kollegen vorgestellt hat, daher erachte ich es als selbstverständlich, mich an seine Fersen zu heften. Der einzige männliche Angestellte montiert gerade mit Klebeband ein handgeschriebenes Hinweisschild an die Eingangstür, die er daraufhin von innen versperrt. Vermutlich ist darauf der klassische Spruch »Wegen Trauerfalls geschlossen« zu lesen.

Murat zieht die obere Etage vor, wahrscheinlich um in Ruhe seine Befragungen vorzunehmen, und beginnt zunächst mit den weiblichen Angestellten. Haargenau dieselbe Taktik wie wir, sage ich mir. Du knöpfst dir die Frauen zuerst vor, zum Teil weil sie offener sind, zum Teil weil sie schneller einknicken, wenn man Druck ausübt. Aus ihren Gesten jedenfalls errate ich, dass keine der Angestellten vollkommen ahnungslos ist. Alle haben etwas zu erzählen, und des Öfteren unterbrechen sie einander, um etwas zu korrigieren oder zu ergänzen.

Nach zehn Minuten komme ich zum Schluss, dass es wenig Sinn macht, dem Mienenspiel und Gestikulieren der Zeugen zu folgen, und ich tauche ein in die bunte Warenwelt, wie man so schön sagt. Mir kommt der Gedanke, ein Mitbringsel für Katerina zu kaufen, doch erstaunt stelle ich fest, dass ich keine Ahnung habe, was ihr Geschmack ist. Jedes Mal, wenn wir ihr etwas schenken, kümmert sich Adriani darum und erachtet es als überflüssig, mich einzubeziehen. So nehme ich lieber Abstand davon, denn ich fürchte, ich schenke ihr vielleicht etwas, das sie dann in die unterste Schublade ihres Kleiderschranks stopft.

Murat hat die Vernehmung des Personals beendet und geht mit einem »*Let's go*« an mir vorüber. Ich folge ihm die Treppe hinunter und warte, bis der Angestellte die Tür aufschließt und uns wieder hinauslässt.

»Die alte Frau ist an einem Nachmittag vor fünf Tagen vorbeigekommen. Die Beschreibung stimmt mit der des Arztes in Baloukli überein. Sie schien erschöpft, zog die

Füße ein wenig nach und hatte Hustenanfälle. Sie fragte, ob Herr Kemal hier sei. Doch der war kurz weggegangen, und die Chambou sagte, sie würde auf ihn warten. Sie hielt eine Plastiktüte in der Hand.«

»Die Käsepitta.«

»Offenbar.«

»Stand auf der Plastiktüte irgendein Hinweis, vielleicht ein Name oder eine Adresse?«

Er sieht mich einen Augenblick lang verlegen an. »Daran habe ich nicht gedacht. Ich frage gleich noch mal nach.«

Er geht zum Modegeschäft zurück und klopft an die Fensterscheibe der Eingangstür. Er wechselt ein paar Worte mit der Angestellten, die ihm geöffnet hat. Sie dreht den Kopf nach hinten ins Geschäft und fragt etwas. Dann vergehen etwa zwei Minuten, und Murat kehrt zum Streifenwagen zurück.

»Dem Personal ist nur aufgefallen, dass auf der Tüte das türkische Wort für Supermarkt stand.«

»Das hilft uns nicht viel weiter. Supermärkte gibt es wie Sand am Meer.«

»Nicht bei uns. In den ärmeren Vierteln kaufen die Leute immer noch beim…« Er sucht nach der englischen Vokabel, wird nicht fündig und setzt die türkische an ihre Stelle: »… beim *bakkal* ein.«

»Der Krämer heißt bei uns auch *bakalis*«, bestätige ich, und wir müssen lachen.

»Man kauft beim *bakkal* ein, weil man bei ihm noch anschreiben lassen kann. Dass sie die Käsepitta in einer Supermarkttüte bei sich trägt, heißt demnach, dass sie in keinem ärmlichen Viertel wohnt.«

»Außer, sie hat die Tüte irgendwo aufgelesen.«

»Nicht auszuschließen, obwohl Hausfrauen ihre Einkaufstüten normalerweise aufbewahren.«

»Hat sie Kemal schließlich persönlich angetroffen, oder hat sie ihm die Käsepitta einfach nur dagelassen?«

»Sie hat mit ihm gesprochen. Als Erdemoğlu zurückkam, war sie noch da. Anfangs hat er sie nicht erkannt. Dann aber, als der Name eines gewissen Lefteris fiel, konnte er sich erinnern, wobei den Leuten hier nicht klar ist, ob er sich an Lefteris oder an die Chambou erinnerte. Höchstwahrscheinlich hat ihm der Männername etwas gesagt.«

»Ist sie lange geblieben?«

»Gerade mal fünf Minuten. Sie haben zwischen Tür und Angel ein paar Worte gewechselt, dann hat sie ihm die Käsepitta übergeben und ist gegangen.«

»Hat denn jemand daran gedacht, bei Erdemoğlu anzurufen, als er am nächsten Tag nicht im Laden erschienen ist?«

»Er wollte seinen Sohn in Ankara besuchen, deshalb hat sich niemand Gedanken gemacht.«

Ich zerbreche mir den Kopf, ob mir im Lauf der Ermittlungen irgendein Lefteris untergekommen ist. Nachdem ich mich kurz besonnen habe, bin ich mir sicher, dass ich den Namen zum ersten Mal höre. Für alle Fälle frage ich auch bei Murat nach, ob er sich vielleicht erinnern kann.

»*Do you remember the name Lefteris from somewhere?*«

Er schüttelt den Kopf. »*No, I heard it for the first time.*«

»Wir müssen herausfinden, wer dieser Lefteris ist, und da gibt es nur eine einzige Hoffnung.«

»Und welche?«

»Noch einmal nach Baloukli zu fahren. Diese beiden Alten könnten ihn kennen oder zumindest seinen Namen schon mal gehört haben. Sie wissen über so gut wie alle Istanbuler Griechen Bescheid.«

Kommentarlos startet er den Streifenwagen und schaltet das Martinshorn ein. Er biegt nach rechts in eine enge, abschüssige Gasse ein, durch die nur mit Mühe ein Wagen passt. Gleichzeitig kurbelt er die Fensterscheibe herunter und ruft Fahrzeuglenkern und Fußgängern zu, Platz zu machen. Die Fahrzeuge fahren auf den Bürgersteig hoch, während die Fußgänger aufgeschreckt zur Seite springen. Die Straße ist nunmehr frei, und mir bleibt nichts anderes übrig, als neidisch festzustellen, dass man die Polizisten hier mit Samthandschuhen anfasst, während man sie bei uns mit Boxhandschuhen traktiert. Kurz darauf liegt das Goldene Horn vor uns, und wir gelangen wieder in die mir bestens bekannten Gefilde, was sich sogleich durch die Anfahrt der Atatürk-Brücke bestätigt.

»Sagen Sie mal, muss man, egal wohin man möchte, eigentlich immer diese Brücke nehmen?«, frage ich.

Er lacht auf. »Fast immer. Wir folgen jetzt der Küstenstraße am Goldenen Horn entlang bis zur Ringstraße. Das ist zwar ein kleiner Umweg, aber dafür fahren wir auf den großen Boulevards und meiden die kleinen Straßen und den Verkehrsstau.«

Sein Ansatz erweist sich als richtig, denn der Verkehr auf der Küstenstraße verläuft in kontrollierten Bahnen. Und mit unserem Martinshorn und dem Blinklicht sind wir in null Komma nichts am Ziel. Es fällt ein sanfter Nieselregen, der Istanbul in einen Dunstschleier versinken lässt.

Wir parken vor dem Altersheim, finden die Tür jedoch verschlossen vor. Murat überlässt mir diskret die Initiative, und das vermittelt mir ein gutes Gefühl, denn ich spüre, dass wir endlich einen Modus der Koexistenz finden, ohne einander ständig mit einem Generalverdacht zu belegen. Ich klingle, und ein dunkelhäutiger Portier, der mir von meinem letzten Besuch her nicht bekannt ist, öffnet mir.

»Bitte sehr«, sagt er mit einem starken Akzent.

»Ich möchte gerne die Herren Keremoglou und Sefertzidis sprechen.«

»Jetzt keine Besuch«, sagt er in gebrochenem Griechisch. »Kommst du morgen nach Mittagessen.«

»Ich bin Kriminalkommissar aus Athen und möchte einige Fragen stellen.«

»Nach Mittagessen«, meint er erneut und will mir schon die Tür vor der Nase zuschlagen, doch ich kann gerade noch meinen Fuß in den Türspalt zwängen.

»Hol mir deinen Vorgesetzten her«, beharre ich, während ich mich frage, ob er das Wort »Vorgesetzter« überhaupt versteht.

»Nach Mittagessen, wie gesagt. Du taub?«

Da baut sich Murat vor ihm auf und beginnt in türkischer Sprache auf ihn einzureden. Sein heftiger Tonfall führt dazu, dass der Portier ein ganz erschrecktes Gesicht macht und endlich zu den Worten greift, die ich seit meiner Ankunft in Istanbul unzählige Male gehört habe: »*Bir daka.*« Mit dem mir angeborenen Fremdsprachentalent erahne ich, dass es unserem »Einen Moment« entsprechen muss.

»Was haben Sie ihm gesagt?«, frage ich Murat, als der Portier verschwindet.

»Dass ich ihn im Streifenwagen ins Polizeipräsidium bringen und Nachforschungen über ihn anstellen werde. Und dass er sich auf ein paar Tage Arrest gefasst machen kann, bis ich alles geprüft habe, und sollte ich auf Ungereimtheiten stoßen, er mit dem Schlimmsten rechnen kann.«

Wer nun an der Tür erscheint, ist nicht der Portier, sondern der Sekretär, den ich vom letzten Mal her kenne.

»Guten Tag, Herr Kommissar«, sagt er, gleich darauf begrüßt er Murat auf Türkisch. Ich frage ihn, ob ich mit Keremoglou und Sefertzidis sprechen könne, und er erwidert, die beiden seien bestimmt im Aufenthaltsraum. »Zu dieser Tageszeit spielen sie immer Tavli miteinander. Kommen Sie, ich führe Sie hin.«

»Hallo, so läuft das aber nicht! Zwei Viererpasch hintereinander, das gibt's ja gar nicht!« Keremoglous aufgebrachte Stimme ist bereits auf dem Flur vor dem Aufenthaltsraum zu hören. Als wir eintreten, sehen wir, wie er aufspringt und heftig gestikuliert. »So spiele ich nicht, also wirklich! Das war das letzte Mal, dass ich mich mit dir an einen Tisch setze! Du schummelst beim Würfeln! Du bist ein ewiger Falschspieler und ein Stinkstiefel obendrein!«

»So geht das jeden Tag«, flüstert mir der Sekretär ins Ohr.

Keremoglou ist drauf und dran davonzulaufen, während Sefertzidis seine nicht vorhandenen Zähne zu einem breiten Grinsen bleckt.

»Du hast bloß Angst zu verlieren und willst dich mit deinen Behauptungen aus der Affäre ziehen. Ganz die feine englische Art!«, meint er zu ihm.

»Darf ich Sie kurz unterbrechen?«, frage ich dazwischen.

»Von mir aus gern«, erwidert Keremoglou. »Der da wird was dagegen haben, weil er sich einmal in seinem Leben auf der Gewinnerstraße befindet.« Und er nimmt wieder auf seinem Stuhl Platz.

»Schön, dass Sie da sind, Komiser Bey«, begrüßt mich Sefertzidis, ohne seinem Intimfeind Beachtung zu schenken. »Gehen Sie nicht gleich, wenn Sie hier fertig sind. Bleiben Sie noch, um die Lektion mitzuerleben, die ich ihm erteilen werde.«

Ich lasse mich auf ihr Spielchen nicht ein und komme ohne Umschweife zur Sache. »Haben Sie vielleicht gehört, dass Maria Chambou oder auch Safo, ihre Schwägerin, einen gewissen Lefteris erwähnt haben?«

Die beiden Alten wechseln einen Blick. »Hast du von einem Lefteris gehört?«, fragt Keremoglou Sefertzidis.

»Ja, von demselben wie du.«

»Und wer soll das sein?«, frage ich, während mich eine innere Unruhe erfasst.

»Lefter Küçükandonyadis«, sagt Sefertzidis mit getragener Stimme. »Unser größter Fußballspieler! Er war ein dermaßen guter Dribbler, dass er alle ausgetrickst und unzählige Tore geschossen hat. Er war kaum vom Ball zu trennen.«

»Keiner war so ein Ballzauberer wie er«, ergänzt Keremoglou. »Wenn man ihm zusah, blieb einem die Spucke weg. Er stammte von den Prinzeninseln und spielte bei Fenerbahçe. Ich kann mich erinnern, Beşiktaş hatte damals einen anderen großen Spieler, Şevket hieß er. Wenn der Lefteris dribbeln sah, platzte er fast vor Neid auf den Griechen.«

Murat versteht zwar kein Wort von dem, was die beiden alten Männer erzählen, aber er hört Lefter, Şevket und die Namen der Fußballklubs und blickt mich verständnislos an. Ich erwidere seinen Blick mit einer hilflosen Geste und wende mich wieder den alten Leuten zu.

»Hören Sie zu, ich frage nach einem anderen Lefteris. Nicht nach dem Fußballer, sondern nach einem Lefteris, den Maria Chambou oder ihre Schwägerin Safo möglicherweise gekannt haben.«

Erneut wechseln sie einen Blick und zucken mit den Schultern. »Wir haben von keinem Lefteris gehört, weder von Safo noch von Maria, als sie hier war.«

Weiter gibt es nichts zu sagen, und so bedeute ich Murat, dass wir aufbrechen können. »Wo gehen Sie hin, Komiser Bey? Wollen Sie die Abreibung nicht miterleben, die ich ihm verpasse?«, höre ich Sefertzidis' Stimme in meinem Rücken, doch ich ignoriere sie und strebe dem Ausgang zu, wobei Murat mir folgt. Wie es scheint, haben wir unwillkürlich ein bestimmtes Verhaltensmuster entwickelt: Wenn er die Vernehmung vornimmt, geht er auch bei unserem Abgang voran, und wenn ich sie vornehme, folgt er mir auf dem Fuße.

»*What was this with Lefter, Fenerbahçe and Beşiktaş?*«, fragt er.

»Ich habe sie nach dem Lefteris gefragt, den die Chambou erwähnt hat, und die beiden haben mir lang und breit von einem Fußballer erzählt«, erkläre ich ihm, und er bricht in Gelächter aus.

»Zu seiner Zeit war er eine Legende, das weiß ich von meinem Vater.«

Schon möglich, aber mich interessiert das nicht im Geringsten. Meine Sorge ist, etwas über diesen Lefteris ausfindig zu machen, egal wie. Solange Maria Mitglieder ihrer Familie umbrachte, war ihr Motiv eindeutig. Durch den Mord an dem Türken verkompliziert sich der Fall. Wir müssen um jeden Preis diesen Lefteris finden, damit wir mit seiner Hilfe das Tatmotiv für den Mord an Kemal verstehen können. Andererseits ist nicht auszuschließen, dass dieser Lefteris in der Zwischenzeit verstorben ist oder sich nicht hier, sondern in Griechenland aufhält.

»Wie wollen wir weiter vorgehen?«, fragt mich Murat, der offenbar dieselben Gedanken wälzt.

»Wir müssen diesen Lefteris finden.«

»Glauben Sie, das wird einfach sein?«

»Nein, aber eine Hoffnung haben wir noch. Wir könnten Maria Chambous Foto in die Zeitung setzen, hier und in Griechenland. Das ist der einzige Weg, um an weitere Hinweise zu kommen. Vielleicht erfahren wir so, wo sie wohnt.«

Er wirft mir über den Rückspiegel einen schrägen Blick zu. »Halten Sie das wirklich für eine gute Idee?«

»Haben Sie eine bessere?«, entgegne ich gereizt, weil ich aus seiner Stimme einen gewissen Dünkel heraushöre.

»Wenn wir das Foto einer Istanbuler Griechin, die obendrein Pontusgriechin ist, in die Zeitung setzen und verlautbaren, dass sie bislang zwei Menschen in Istanbul umgebracht hat, wovon einer auch noch Türke ist, dann werden alle in der Türkei lebenden Griechen von Stund an Ziel von Übergriffen sein. Man wird sie beschimpfen, man wird sie attackieren, und kein Einziger wird sich schützend vor sie stellen. Selbst wir werden dem Volkszorn eine gewisse Berechtigung nicht absprechen können und geflissentlich wegschauen.«

Dieses Argument habe ich nicht erwartet. Gegen meinen Willen entfährt mir eine halbe Beleidigung. »Wie kommt es denn, dass Sie sich so um das Wohl der in der Türkei lebenden Griechen sorgen?«

Er antwortet mir nicht sofort, sondern lenkt den Streifenwagen an den Fahrbahnrand und parkt in zweiter Spur. »*I am a child of the Turkish minority in Germany*«, erläutert er mir. »Ich bin als Mitglied der türkischen Minderheit in Deutschland aufgewachsen. Jedes Mal, wenn ein Türke jemanden tötete, etwas stahl oder jemanden zusammenschlug, fiel das auf alle zurück, weil man uns alle gleichsetzte. Am Morgen kam ich aufs Polizeirevier, und das Erste, was ich hörte, war: ›Na, deine Landsleute haben wieder mal zugeschlagen, was?‹« Er macht eine kleine Pause und fährt dann fort: »Die Türkeitürken können das nicht verstehen. Sie meinen, immer noch in den alten Zeiten zu leben, als ihnen die Minderheiten lästig waren, und sie vergessen, dass wir heutzutage in anderen Ländern selbst zu Minderheiten geworden sind. In Deutschland, in Österreich, in England... Und dass uns dasselbe Schicksal ereilt wie alle anderen Minderheiten auch.«

Ich versuche, dem Ganzen eine scherzhafte Wendung zu geben. »Ganz so schlimm wird es schon nicht sein. Aber gut, lassen wir das mit dem Foto vorläufig bleiben.«

Ich sage das, um ihn zu beschwichtigen, doch er redet sich in Rage. »Weil Sie auch zur Mehrheit gehören und nicht begreifen können, was es heißt, Angehöriger einer Minderheit zu sein«, sagt er erregt. »Sie begreifen nicht, wie groß die Unsicherheit und die Angst sind, die sie aushalten müssen, wie groß der Hass ist, der beim kleinsten Anlass hervorbrechen kann. Keine Mehrheitsgesellschaft hat je eine Minderheit verstanden. Ich verstehe die in der Türkei lebenden Griechen besser als Sie.«

Den letzten Satz knallt er mir ins Gesicht wie eine Ohrfeige, und ich reagiere entsprechend sauer: »Das müssen Sie mir nicht erzählen! Ich weiß sehr wohl, wie und warum die Griechen aus Konstantinopel nach Griechenland gekommen sind!« In meiner Wut streiche ich den Namen »Istanbul« und nehme beim griechisch-orthodoxen »Konstantinopel« Zuflucht. »Sowohl beim Bevölkerungsaustausch im Jahr '22 als auch nach dem Septemberpogrom im Jahr '55, als auch bei der Zypernkrise im Jahr '64. Ich benötige keinen Geschichtsunterricht!«

Er begreift, dass er den Bogen überspannt hat, und lenkt ein. Langsam fährt er an und gleitet auf die mittlere Fahrspur. »Verzeihen Sie mir, ich war aggressiv«, sagt er kurz darauf.

»Keine Ursache, ich kann's verstehen.«

»Erweisen Sie mir die Ehre, mit Ihrer Frau zum Essen zu uns nach Hause zu kommen?«

Die Einladung kommt etwas plötzlich und stürzt mich in Verlegenheit, doch bald habe ich meine Fassung wiedergefunden. »Die Ehre ist ganz auf meiner Seite. Wir nehmen die Einladung gerne an.«

Da der Frieden zwischen uns wiederhergestellt ist, komme ich auf die Ermittlungen zurück, um die Situation weiter zu entspannen. »Wie wollen wir weitermachen?«, frage ich. »Wo wollen wir ansetzen?«

»Ich werde mich mit Erdemoğlus Familie in Verbindung setzen. Vielleicht weiß da jemand etwas über diesen Lefteris. Und Sie kümmern sich darum, bei den Istanbuler Griechen etwas herauszukriegen.«

»Einverstanden.«

Als wir im Hotel ankommen, zieht er seine Visitenkarte heraus. »Meine Adresse steht auf der Karte. Ich wohne in Laleli. Mit dem Taxi finden Sie leicht hin. Wir erwarten Sie morgen Abend.«

Vor dem Aussteigen reichen wir uns die Hand, wobei mir nicht klar ist, was dieser Handschlag besiegeln soll: ein Friedensabkommen oder nur einen Waffenstillstand.

21

Was für ein Sammelsurium! Frauen in bodenlangen Mänteln und mit Kopftüchern, die bis zu den Augenbrauen reichen, fröhlich-naive Touristinnen in Shorts, und Heerscharen von Männern, die einen mit Krawatte, die anderen in Sportjacken und wieder andere mit Bärten und Mützen, fliegende Händler und Ladenbesitzer, die einem hinterherlaufen und einen am Ärmel packen, und Waren, Waren, Waren überall: in Regalen, auf großen oder kleinen Stapeln, innerhalb und außerhalb der Geschäfte, verteilt in den Schaufenstern, aufgehäuft auf dem Straßenpflaster oder von den Wänden hängend – gebündelt wie an einem Schlüsselbund oder einzeln baumelnd wie Schlachtvieh.

Wir befinden uns auf dem Kapalı Çarşı, dem zentralen überdachten Basar von Istanbul, und ich befinde mich in einem Zustand völliger Orientierungslosigkeit. Ich sehe mich einem Mischmasch verschiedenster Läden gegenüber: drei Goldschmiede hintereinander und gleich darauf ein Geschäft mit Keramikwaren und Wandtellern mit arabischer Kalligraphie. Der Nachbarladen wiederum bietet baumwollene T-Shirts, Nachthemden und Kaftane feil, genug, um die gesamten NATO-Streitkräfte in Bosnien und im Kosovo einzukleiden, während das darauffolgende Geschäft Glaswaren verkauft: Wasser-, Tee- und Weingläser sowie Karaffen aller Art, aber auch Glasperlen und Colliers.

Die Kourtidou hat uns hierhergeführt, da Adriani für Katerina Einkäufe tätigen möchte: Bademäntel, Nachtwäsche, Pantoffeln sowie lange Wollstrümpfe, die sie gerne zu Hause trägt oder unter den Jeans, wenn sie unterwegs ist. Als ich ihr sage, all das gebe es ja auch in Athen, kommt ihre Reaktion wie aus der Pistole geschossen, ganz im Stil einer Gegenattacke unserer Antiterrortruppe: »Aber nicht zu diesen Preisen, lieber Kostas! Wann warst du das letzte Mal einkaufen? Hier bietet sich sogar die Gelegenheit, Fanis eine Lederjacke zu kaufen – wir wollen ja nicht mit leeren Händen nach Hause kommen. Natürlich nur zu einem vernünftigen Preis«, ergänzt sie mit einer Miene, die besagt, dass das ja wohl selbstverständlich ist.

Mich bringt die Erwähnung des vernünftigen Preises allerdings ins Grübeln, weil die Vernunft bekanntermaßen eine subjektive Angelegenheit ist und was Adriani für vernünftig erachtet, in meiner Wahrnehmung exorbitant sein kann.

»Hier werden ja auch Ikonen verkauft«, wundert sich Adriani und bleibt vor einer Wand voller Heiliger Jungfrauen mit dem Kinde und milde blickender Jesusfiguren stehen.

»Finden Sie das verwunderlich?«, fragt die Kourtidou.

»Na, wenn ich sehe, wie in einem muslimischen Land Ikonen verkauft werden... Haben die denn keine Angst?«

»Wovor denn?«

Adriani blickt sie bedeutungsvoll an. »Nun ja, ich weiß nicht...«

Die Kourtidou bricht in Gelächter aus. »Sind Sie auf der Insel Prinkipos gewesen, Frau Charitou?«

»Klar, am dritten Tag der Gruppenreise.«

»Und sind Sie zum Georgskloster hochgewandert?«

»Leider nein«, erwidert Adriani bedauernd. »Die Hälfte der Reisegruppe war gar nicht begeistert, als die Rede darauf kam, ein paar Schritte zu Fuß zu machen. So haben wir uns mit der kleinen Inselrundfahrt begnügt.«

»Bei einem Besuch im Kloster hätten Sie sicherlich Muslime beim Gebet in der Kirche angetroffen. Als ich sie zum ersten Mal sah, fragte ich verwundert den Pfarrer, ob es denn anginge, dass Muslime in einer orthodoxen Kirche ihr Gebet verrichteten. ›Mein Kind, sie suchen nach Erlösung von ihrer Armut‹, erklärte er mir. ›Mit dem Glauben ist es wie mit den Krankenhäusern. Wie man von Klinik zu Klinik pilgert, um wieder gesund zu werden, so pilgert man auch von Gotteshaus zu Gotteshaus und bittet um Erlösung von seiner Armut.‹ Auch diesen Händlern hier geht es darum, ein, zwei Groschen mehr zu verdienen, deshalb verkaufen sie Heilige Jungfrauen und sogar Buddhas.«

Wir sind an eine Wegkreuzung gelangt, und vor uns eröffnen sich drei Händlergassen. »Gehen wir links«, meint die Kourtidou. »Hier findet man hochwertige Kleidung und Stoffe.«

Ein Verkäufer, der uns griechisch sprechen hört, empfängt Adriani mit einem »*Kyria, kyria, kalimera*« und versucht bei ihr mit seinem gebrochenen Griechisch zu punkten, bis die Kourtidou ihn mit einem Schwall türkischer Ausdrücke überschüttet und er sich zurückzieht.

»Zeigen Sie niemals, dass Sie an etwas Bestimmtem besonders interessiert sind, Frau Charitou«, lautet Kourtidous Rat an Adriani. »Tun Sie einfach so, als seien Sie auf einem Spaziergang rein zufällig hereingeraten und wollten nur einen Blick auf die Sachen hier werfen. Und geben Sie dem Händler das Gefühl, Sie wollten Ihre Zeit nicht mit dem Trödel vergeuden, den er im Angebot hat. Dann geht er sofort von sich aus mit dem Preis runter, und Sie können mit dem Feilschen beim heruntergesetzten Preis ansetzen.«

Die Händlergasse ist so eng und steil wie eine Gasse in der Athener Innenstadt. Anstelle des gewohnten Anblicks von links und rechts geparkten Autos, die kaum eine Fahrspur in der Mitte frei lassen, sind hier Stoffballen, Schuhwerk und Wasserpfeifen abgestellt und geben nur einen schmalen Durchgang frei, durch den wir uns nun schlängeln. Die beiden Damen übernehmen die Führung, bleiben vor den Läden stehen, begutachten ein paar Kleidungsstücke, handeln um den Preis und lassen dann die Ladeninhaber einfach stehen, um zum nächsten weiterzuziehen. Was mich betrifft, so habe ich das Gefühl, im Bermudadreieck verschollen zu sein, einerseits weil ich mich im Menschenmeer ganz verloren fühle, andererseits weil die beiden Damen mich überhaupt nicht beachten. Ich versuche, mir einzureden, dass ich Katerina zuliebe mitgegangen bin, dass auch ich mir diese kirchliche Hochzeit sehr gewünscht habe und dass ich nicht jammern sollte. Doch das Gefühl, ein überflüssiges Anhängsel zu sein, werde ich nicht los.

Meine Gegenwart wird erst wieder erforderlich, als Fanis' Lederjacke aufs Tapet kommt. »Die guten Ledergeschäfte liegen nicht auf dieser Seite. Wir müssen den Basar verlassen und einen anderen Eingang wählen«, gibt die Kourtidou die Marschrichtung vor.

Um ehrlich zu sein, sehe ich keinen Unterschied zwischen den verschiedenen Eingängen, mir kommt es vielmehr so vor, als gingen wir im Kreis und würden wieder durch denselben Eingang in die Markthalle zurückkehren. Die Läden und die engen Gassen mit dem stets feuchten Straßenpflaster sehen für mich haargenau so aus wie vorhin. Ein kleiner Angriff aus dem Hinterhalt überzeugt mich schließlich, dass wir tatsächlich auf einen anderen Eingang zusteuern: Ein paar Schritte vor der großen Kuppel, die wieder in den Basar führt, springt plötzlich eine Horde Kinder aus den Sackgassen, umringt uns und beginnt uns in eine bestimmte Richtung zu drängen, weg von der großen Kuppel und hin zu einer Steintreppe links davon.

»*Come, mister! Nice leather jacket!*«

Eines der Kinder muss wohl deutsch sprechen, denn ich schnappe Wörter wie »Herr« und »Komm!« auf. Bevor wir wissen, wie uns geschieht, haben sie uns schon ausgetrickst und lotsen uns die enge Treppe hoch, wobei sie ständig »*leather, leather*« wiederholen, als wollten sie uns damit den langen Weg zur erquickenden Quelle verkürzen.

»Die kleinen Biester!«, ruft die Kourtidou aufgebracht und lässt eine türkische Schimpftirade los, doch zu spät, wie sich zeigt, denn inzwischen sind wir bereits in einem Innenhof angekommen, der voll mit Geschäften ist, die Lederwaren jeglicher Art auf Lager haben. Wir blicken uns um, doch die Dreikäsehochs sind verschwunden.

»Aber wo sind sie denn hin?«, fragt Adriani.

»Sie sind bloß die Lockvögel«, erläutert die Kourtidou. »Haben uns die Kinder einmal hierhergelotst, übernehmen die Ladenbesitzer das Kommando, indem sie versuchen, uns in ihr Geschäft zu locken.«

Und tatsächlich sind alle Verkäufer an den Eingang ihrer Läden geeilt und begrüßen uns. Die Kourtidou und Adriani defilieren an ausnahmslos allen Schaufenstern vorbei, werfen ein paar flüchtige Blicke hinein und gehen weiter, wobei sie sich von den Verbeugungen der Ladenbesitzer nicht beeindrucken lassen, deren Stirn jeweils fast den Boden berührt.

Ich stehe in der Mitte des Innenhofs und versuche, meinen Überdruss und meine Genervtheit zu zügeln. Lederwaren und Schaufensterbummel sind nun mal nicht meine Sache, und die Gebäude in diesem Innenhof gehören auch nicht gerade zu den Sehenswürdigkeiten dieser Stadt.

Adriani und die Kourtidou beschließen endlich, welchem Geschäft sie ihre Gunst erweisen wollen, und treten ein, um die Lederwaren – diesmal mit den Fingerspitzen – genauer zu begutachten. Ich stehe noch immer wie festgenagelt in der Mitte des Hofs und überlege mir, ob ich die beiden hier zurücklassen und eine kleine Runde drehen soll, doch ich fürchte, mich in den verwinkelten Gassen ringsumher zu verlaufen. Der Spaziergang auf eigene Faust erübrigt sich, als mir Adriani bedeutet, in den Laden zu kommen.

Sie empfängt mich mit einer Lederjacke und hält sie mir entgegen. »Hier, probier mal.«

»Lass mal, ich habe nicht vor, so etwas zu kaufen«, sage ich verärgert.

»Es ist ja nicht für dich, sondern für Fanis, ihr habt eine ähnliche Figur.« Widerstandslos ziehe ich sie an, während mir schmerzlich bewusst wird, welchen Fehler ich begangen habe: Ich hätte mich doch absetzen sollen.

»Fanis ist ein wenig kräftiger gebaut. Er braucht eine

Nummer größer«, sagt Adriani zur Kourtidou, während sie mir die Lederjacke wieder auszieht und mich in eine andere schlüpfen lässt.

Ich denke mir, dass ich den Zustand der privilegierten Arbeitslosigkeit wesentlich früher als Despotopoulos erreicht habe, da mich die beiden Damen nun hemmungslos als Schaufensterpuppe missbrauchen. Daraus ist zu schließen, dass das Stadium der Demütigung auch vor der Rente schon eintreten kann. Zum ersten Mal seit unserer Ankunft in Istanbul wünsche ich mir sehnlichst, in Athen zu sein, wo Adriani ihre Einkäufe alleine tätigt und mich in Ruhe lässt.

Im Verlauf all dieser Überlegungen durchzuckt ein plötzlicher Geistesblitz mein Hirn, und schlagartig kommt mir eine Idee, wo ich vielleicht doch noch etwas über diesen Lefteris in Erfahrung bringen könnte: nicht bei den beiden Alten in Baloukli, sondern bei der Lazaridou, Maria Chambous Cousine. Wenn die Chambou sich jemandem anvertraut hat, dann der Lazaridou, da sie immer gut mit ihr auskam und offen mit ihr reden konnte. Das Gefühl von Verdrossenheit und Demütigung ist jäh verschwunden, und ich würde am liebsten gleich lospreschen, doch Adriani und die Kourtidou schweben in ganz anderen Sphären und geben herzlich wenig auf meine seelische Verfassung.

»Wie viel kostet sie?«, fragt Adriani.

Die Kourtidou überbringt dem Ladenbesitzer die Frage. Sie hört die Antwort, wirft ihm ein langgezogenes »Waaaas?« zu und sagt zu Adriani: »Kommen Sie, wir gehen.« Sie legt einen bühnenreifen Abgang hin, wobei sie der berühmten Sängerin Vembo in nichts nachsteht, und gezwungenermaßen folgen wir ihr.

Der Ladenbesitzer eilt ihr hinterher, fragt die Kourtidou etwas, sie entgegnet, worauf der Geschäftsinhaber die Arme hebt und sich an den Kopf fasst, als hätte er etwas Haarsträubendes vernommen, und in seinen Laden zurückkehrt.

»Wie viel wollte er denn?«, wundert sich Adriani.

»Zweihundert Euro«, erwidert die Kourtidou.

Adrianis Verwunderung wächst. »Aber das ist doch nicht viel. In Athen kriegst du so eine Lederjacke nicht unter dreihundert Euro.«

»Vergessen Sie Athen, wir sind hier in Istanbul. Ich habe ihm gesagt, für hundert nehmen wir sie.«

Adriani starrt sie sprachlos an. »Also wissen Sie«, erklärt sie dann der Kourtidou leicht gereizt, »sie gefällt mir, und ich möchte mir das Schnäppchen nicht entgehen lassen.«

»Keine Sorge, das entgeht Ihnen nicht. Wir machen jetzt noch ein paar Schritte, und Sie werden sehen, wie er uns hinterherläuft.«

Sobald wir die Steintreppe erreichen, wende ich mich um und sehe, wie der Ladenbesitzer auf uns zuschnellt. Er rechtfertigt sich kurz vor der Kourtidou, sie entgegnet mit einem kategorischen »*Yok olmaz*« – was auch immer das heißt – und inszeniert einen erneuten Abgang. Der Geschäftsinhaber scheint ihr darauf ein letztes Angebot zu unterbreiten, begleitet von einer Handbewegung, die »bis hierher, zum Teufel noch mal, und nicht weiter« bedeuten könnte.

»Er geht auf hundertfünfzig Euro runter, aber lassen Sie ihn nicht merken, dass Sie mit dem Preis zufrieden sind«, vermeldet die Kourtidou.

»Warum sollen wir unsere Zufriedenheit nicht zeigen?

Wollen Sie ihn noch mehr herunterhandeln?«, frage ich sie.

»Nein, aber das wäre ungeschickt. Dann merkt er, dass wir ihm etwas vorgespielt haben, und das wäre eine Beleidigung.«

So läuft das hier also, sage ich mir. Alles, was man in den letzten Jahren in den Zeitungen über Marktstrategien und Zielgruppenforschung gelernt hat, kann man demnach in dieser Stadt getrost wieder vergessen. Noch immer funktioniert alles nach dem bewährten Rezept des orientalischen Basars, wo sich beide Seiten die Hände reiben, weil beide denken, den anderen reingelegt zu haben.

»Das Feilschen hat mir meine Mutter beigebracht«, erzählt die Kourtidou, als wir den Laden schließlich mit Fanis' Lederjacke in einer Plastiktüte verlassen. »Jedes Mal, wenn wir auf dem Basar einkaufen gingen, sagte sie immer den halben Preis dessen, was der Händler vorschlug. Der fing an mit seinem ›Aber was reden Sie da! Ausgeschlossen, da verdiene ich keinen Groschen dran!‹, worauf meine Mutter meinte: ›Wie Sie wollen, es muss ja nicht sein‹, und wegging. Am Schluss haben sie sich irgendwo in der Mitte getroffen. Anfänglich habe ich mich dafür geschämt. ›Aber Mama, wir machen uns lächerlich‹, habe ich zu ihr gesagt. ›Lächerlich machst du dich, wenn du es zu dem Preis nimmst, den er dir nennt. Dann hält er dich für eine *Taşralı*.‹ Das bedeutet Landpomeranze. Am Ende habe ich es auch gelernt. Aber man muss aufpassen, dass man ihnen nicht das Gefühl gibt, sie für dumm zu verkaufen, denn dann fühlen sie sich in ihrer Händlerehre gekränkt. Und jetzt zeige ich Ihnen noch den Bedesten, den Alten Basar.«

Doch bei mir hat sich der Gedanke an die Lazaridou festgesetzt, und der Alte Basar ist mir herzlich egal. »Liegt Fener weit von hier entfernt?«, frage ich die Kourtidou.

»Wieso?«

»Weil ich einer Cousine der Chambou noch ein paar Fragen stellen muss.«

»Das tust du morgen«, mischt sich Adriani ein, ohne Widerspruch zu dulden. »Jetzt gehen wir uns den Alten Basar anschauen, und danach laden wir Frau Kourtidou zum Essen ein.«

»Das ist doch nicht nötig. Wenn der Herr Kommissar etwas zu erledigen hat, verschieben wir das auf einen anderen Tag«, versucht die Kourtidou zu vermitteln.

»Aber nicht doch! Das war so ausgemacht. Darüber hinaus legen wir großen Wert auf Ihre Gesellschaft«, ergänzt Adriani.

Da ich nicht behaupten kann, dass mir die Gesellschaft der Kourtidou unangenehm ist, halte ich lieber den Mund.

22

Als wir uns gestern nach langem Hin und Her endlich vom Einkaufsbummel im Großen Basar losgerissen hatten, rief ich Murat an und legte ihm meinen Plan bezüglich der Lazaridou dar. Er war sofort einverstanden und bot mir sogar an, tags darauf einen Streifenwagen vorbeizuschicken.

»*Don't worry.* Ich nehme ein Taxi«, meinte ich, denn ich stand noch immer unter dem Eindruck unserer versöhnlichen Annäherung und wollte ihm nicht zur Last fallen.

»*You don't know Fener*«, entgegnete er mir leicht amüsiert. »Es besteht aus lauter verwinkelten Gässchen, und eines sieht aus wie das andere. Sie werden nicht hinfinden.«

Ehrlich gesagt kommt mir nun die Lösung mit dem Streifenwagen entgegen. Das gestrige Abendessen mit der Kourtidou, die uns in Mega Revma in eine edle Fischtaverne führte, liegt mir noch etwas im Magen. Sowohl in Sachen Essen als auch in Sachen Raki habe ich etwas über die Stränge geschlagen, unter Adrianis tadelndem Blick, die zwar auch keinen Gang auslässt, aber stets nur im Essen pickt wie ein Vögelchen.

»Ihre Essgewohnheiten sind die einer Istanbuler Griechin, Frau Charitou«, meinte die Kourtidou irgendwann bewundernd.

»Wieso?«, fragte Adriani geschmeichelt.

»Weil Sie nur kosten, ohne richtig zu essen. So machen

wir Istanbuler Griechen es auch. Wenn wir Gäste eingeladen haben, reihen wir fünfzehn Gerichte auf und naschen stundenlang davon. Und am Schluss sind die meisten Teller immer noch halbvoll.«

»Ja genau, so genießt man doch das Essen am meisten«, erwiderte Adriani und bemühte sich, ihre Befriedigung über das Lob zu unterdrücken. »Das habe ich von meinem Vater, Gott hab ihn selig. Er hat sich immer mit meiner Mutter angelegt, wenn sie ihm den Teller randvoll füllen wollte.«

Sie scheint vergessen zu haben, dass sich ihr Vater den lieben langen Tag und bei jeder Gelegenheit mit ihrer Mutter anlegte.

»Wissen Sie, was in Istanbul als kultiviertes Trinken gilt, Herr Kommissar? Es wird daran gemessen, wie lange man es vor einer Flasche Raki sozusagen ›aushält‹, mit einer Scheibe Zuckermelone, einer geviertelten Gurke oder einer Scheibe Schafskäse als Mezze. Je langsamer sich die Flasche leert, desto kultivierter ist der Trinker.«

Solche Schlückchen und solche Häppchen aus fünfzehn Tellern, die auch noch halbvoll bleiben, sind nichts für mich. Ich brauche einen vollen Teller, der mich satt und zufrieden macht, wie früher bei meiner Mutter: Sie stellte jeweils einen tiefen Teller Bohnensuppe, Kartoffeleintopf oder Spinatrisotto vor mich hin und bekreuzigte sich dankbar, wenn ihr Sohnemann satt – und nicht hungrig wie sie selbst während der Besatzungszeit – vom Tisch aufstand.

Als wir am Schluss nach der Rechnung verlangten, eröffnete uns die Kourtidou, dass sie bereits bezahlt habe, was zu einem lautstarken Protest unsererseits führte.

»So war das nicht vereinbart, wir haben Sie doch eingeladen«, rief Adriani aus. »Sie haben uns hintergangen, Frau Kourtidou.«

»Nichts da, ich war an der Reihe. Eigentlich hätte ich Sie ja zu uns nach Hause einladen wollen, aber Theodossis ist bei unserem Sohn in Frankfurt, und wenn er nicht da ist, fällt es mir ein wenig schwer, als alleinige Gastgeberin aufzutreten.«

Ich blicke aus dem Fenster des Streifenwagens auf den Dunstschleier, der über Istanbul liegt. Wir kommen an einer dreistöckigen Fischtaverne vorbei, und kurze Zeit später verlassen wir die Küstenstraße am Goldenen Horn, um nach links abzubiegen. Murats Beschreibung bestätigt sich bis ins letzte Detail. Wir tauchen in lauter enge Gässchen ein, die allesamt von schönen alten und dem Verfall anheimgegebenen Häusern gesäumt werden. Istanbul erinnert mich manchmal an ein nur unvollkommen renoviertes herrschaftliches Gebäude, dessen Fassade beeindruckt und dessen Innenleben zerbröckelt. Der Kollege am Steuer durchquert zwei Straßen, welche die Ausmaße eines Fußpfades haben, passiert dann eine dritte, durch die gerade mal ein Holzkarren passt, fährt dann an einer Moschee vorüber und bleibt ein Stück weiter stehen.

»Çimen Sokak«, sagt er zu mir und deutet auf das Straßenschild.

Die Hausnummer fünf, wo Efterpi Lazaridou wohnt, liegt zwei Türen weiter. Es ist ein zweistöckiges, in einem intensiven Pistaziengrün gestrichenes Holzhaus mit Blumentöpfen an den Fenstern der oberen Etage. Die Lazaridou zeigt sich überrascht, mich zu sehen, ohne dass ihr die angeborene Höflichkeit der Istanbuler abhandenkommt.

»Schön, Sie zu sehen, Herr Kommissar.«

»Darf ich Ihre Zeit kurz in Anspruch nehmen?«

»Aber gerne.« Und sie fügt mit einer gewissen Bitterkeit hinzu: »In meinem Alter und hier, wo ich lebe, bedeutet jeder Besuch ein wenig Zerstreuung.«

Sie empfängt mich in einem mit Steinfliesen ausgelegten Flur, der eine Tür nach links und eine andere, niedrigere nach rechts aufweist. Sie öffnet die linke Tür und führt mich in ein altmodisch eingerichtetes Wohnzimmer, das sie von ihrer Großmutter geerbt haben muss. Unter dem Fenster steht ein Diwan mit einem dicken, gewebten Überwurf, ihm gegenüber zwei Sessel mit Holzlehne und handbestickter Sitzfläche. In der Mitte des Raums befinden sich ein runder Holztisch und rundherum vier schwarze Holzstühle mit geflochtenen Sitzen.

»Kann ich Ihnen einen kleinen Mokka anbieten?«

»Gerne.«

In Erwartung des Mokkas setze ich mich auf den Diwan und beobachte durch das Fenster, wie der Streifenwagen anfährt und nach rechts abbiegt. Die Straße hat die letzte Stufe des Verfalls erreicht. Das zweistöckige Gebäude gegenüber ist zwar größer als das Haus der Lazaridou, doch sollte jemand das obere Stockwerk betreten, steht zu befürchten, dass es sogleich in sich zusammenfällt, als hätte es ein Erdbeben der Stärke sieben auf der Richterskala erschüttert. Und dennoch scheint es bewohnt zu sein, denn auf dem Balkon ist Wäsche zum Trocknen aufgehängt. Unten an der Türschwelle putzt eine dicke Frau mit Kopftuch grüne Bohnen, während drei Kinder in matschigen Wasserlachen herumspritzen.

»So sah früher ganz Fener aus«, höre ich die Stimme der Lazaridou sagen, und ich wende mich um. »Wie das gegenüberliegende Haus der Familie Michailidis, von dem Sie allerdings nur mehr die traurigen Überreste sehen. Zum Teil sind wir selbst schuld, weil wir alles stehen und liegen gelassen haben und Hals über Kopf fortgezogen sind, zum Teil die Türken, die Fener turkisieren wollten und Hinz und Kunz hier angesiedelt haben. Und schauen Sie sich das Ergebnis an...«

Sie hat mir den Mokka auf einem kleinen silbernen Tablett gebracht, daneben ein Tellerchen mit in Sirup eingelegten Früchten und ein Glas Wasser. Da kommt mir in den Sinn, dass auch Adrianis Mutter, als ich mit meinen Eltern vorsprach und um ihre Hand anhielt, uns Mokka und in Sirup eingelegte Feigen serviert hat. Ich frage mich, wie die Süßigkeit der Lazaridou zu bewerten ist: als Teil einer lebendigen Tradition, die noch aufrechterhalten wird, oder als Teil eines muffigen Konservatismus, den alle Konstantinopler Griechen an sich zu haben scheinen.

Die Lazaridou sitzt mir gegenüber, stützt ihren Ellbogen auf den Tisch und wartet ab. Zuerst einmal trinke ich einen Schluck Mokka, und dann beginne ich mit meinen Fragen.

»Können Sie sich vielleicht erinnern, ob Maria jemals über einen gewissen Lefteris gesprochen hat?«

»Lefteris? Nein, den Namen höre ich zum ersten Mal.« Sie schürft in ihrer Erinnerung auf der Suche nach einer Goldader. »Zu unserer Zeit gab es in Trabzon einen Eleftherios Santaltzidis, aber den haben die türkischen Freischärler umgebracht, weil er für die Griechen aktiv war.

Einen anderen Lefteris kenne ich nicht.« Jetzt erst kommt ihr die nächstliegende Frage auf die Lippen: »Was hat dieser Lefteris mit Maria zu tun?«

»Maria hat vorgestern einen Türken getötet.«

»Einen Türken?« Sie bekreuzigt sich.

»Ja, wieder mit einer Käsepitta, genauso wie ihren Bruder und die Adamoglou. Bevor sie ihm den Kuchen gegeben hat, erwähnte sie den Namen Lefteris. Wir versuchen nun herauszufinden, wer dieser Lefteris war und in welchem Verhältnis er zu Maria stand.«

Sie blickt fassungslos vor sich hin, als verstehe sie die Welt nicht mehr. »Ein Türke... Lefteris...«, stammelt sie. Plötzlich meint sie, als sei ihr gerade der rettende Einfall gekommen: »Ja, ist sie vielleicht verrückt geworden, Herr Kommissar?«

»Das kann ich Ihnen nicht mit Sicherheit beantworten. Jedenfalls hat keiner von denen, die Maria Chambou getroffen haben, Anzeichen von Wahnsinn bei ihr festgestellt. Sie ja auch nicht.«

Sie geht nicht darauf ein, da ihr noch etwas anderes eingefallen ist. »Und Safo?«, fragt sie besorgt. »Haben Sie erfahren, ob sie Safo besucht hat?«

»Sie war dort, aber Safo ist vor einem Jahr gestorben. Im Altersheim von Baloukli.« Ich sehe, wie sie erleichtert das Kreuzzeichen schlägt. »Jedenfalls hatte sie nicht vor, sie zu töten. Die Käsepitta, die sie ihr mitgebracht hatte, war vollkommen in Ordnung. Zwei alte Leute haben mit Genuss davon gegessen. Und sie hat Blumen auf ihr Grab gelegt.«

Sie wiegt ergeben den Kopf. »Dann hat sie also doch noch begriffen, dass Safo nur ihr Bestes wollte«, wispert sie und kommt zu dem einfachen Schluss: »Also ist sie nicht verrückt.«

Schweigen macht sich zwischen uns breit, und ich denke daran aufzubrechen, da die Lazaridou nichts Erhellendes zu berichten weiß. Hier enden die Spuren, bis der nächste Mord geschieht, sage ich mir. Außer, wir haben Glück, und es gibt keinen weiteren. Ich esse noch die Sirupfrüchte, damit sie nicht denkt, ich würde ihre Gastfreundschaft verschmähen, und bin schon drauf und dran aufzustehen, als die Lazaridou mich mit einer Frage zurückhält.

»Wie hieß denn dieser Türke, den sie umgebracht hat?«

Ich ziehe den Zettel aus meiner Jackentasche, auf dem ich den Namen notiert habe, um ihn nicht zu vergessen. »Kemal Erdemoğlu.«

»Wo hat er gewohnt?«

»In einem Viertel in der Nähe von Kurtuluş, aber weiter unten, der Name beginnt mit Ni…«

»Nişantaşı.«

»Genau.«

Sie denkt noch einmal nach. »Ich kann mich nicht erinnern, dass Maria jemals in einem türkischen Haushalt gearbeitet hätte. Sosehr ich mir auch den Kopf zerbreche, es will mir nicht einfallen. Was war dieser Erdemoğlu von Beruf?«

»Er hatte ein Fachgeschäft für Herren- und Damenmoden in Pera.«

»Wo in Pera?«, fragt sie, und wie es scheint, ist ihre Neugier geweckt.

»Gegenüber der katholischen Kirche.«

»Sant'Antonio?«

»Ja.«

Sie schlägt ein Kreuzzeichen nach dem anderen, heftiger als vor einer Heiligenikone. »Das heißt, dieser Lefteris...«, monologisiert sie.

»Kennen Sie ihn? Wissen Sie, wo ich ihn finden kann?«

»Er ist nicht mehr am Leben, Herr Kommissar. Gott hab ihn selig, er ist schon lange tot.«

Sie holt aus, um mir die ganze Geschichte zu erzählen. »Als im September '55 die Tumulte einsetzten, arbeitete Maria bei der Familie Meletopoulos. Lefteris Meletopoulos hatte eine Stoffhandlung, gleich vis-à-vis von Sant'Antonio. In der Krawallnacht hat man ihn ruiniert. Sie haben seinen Laden zu Kleinholz gemacht und sein ganzes Warenlager geplündert. Am Morgen hat Meletopoulos nur mehr ein Bild der Zerstörung vorgefunden. Dieser Erdemoğlu, von dem Sie eben sprachen, hatte nebenan ein Damenmodengeschäft. Meletopoulos kam gut mit ihm aus. Sie grüßten sich immer mit ›Guten Tag, *Komşu*. Wie geht es dir, *Komşu*?‹. Komşu heißt Nachbar, müssen Sie wissen. Ab und zu haben sie Tee miteinander getrunken. Man musste immer dafür sorgen, mit seinen türkischen Nachbarn gut auszukommen, um ruhig schlafen zu können. Meletopoulos wusste damals weder ein noch aus. Sollte er das Geschäft neu eröffnen oder nicht? Da kam Erdemoğlu auf ihn zu und bot an, es ihm abzukaufen. Zwar nicht einmal zur Hälfte des Wertes, aber Meletopoulos schätzte seine Lage als so hoffnungslos ein, dass er einwilligte. ›Besser, ich eröffne einen kleinen Laden in Kurtuluş oder in Feriköy, an einer weniger exponierten Lage‹, sagte er zu seiner Frau. Es war kaum ein Monat seit der Neueröffnung in Feriköy vergangen, als ein Komiser Bey vorbeikam, den Lefteris aus Pera kannte. ›Lefter Efendi‹, sagte er, ›ich zeige dir jetzt etwas, aber sag keinem, dass du es von mir weißt. Sonst bringst du mich in Teufels Küche.‹ Und dann zog er einige Fotografien hervor. Es waren Aufnahmen von der Krawallnacht, auf denen Erdemoğlu zu sehen war, wie er sich an der Zerstörung von Meletopoulos' Laden beteiligte. Verstehen Sie? Zuerst hat er ihn kurz und klein geschlagen, und dann hat er ihn aufgekauft. Lefteris wagte nicht, Erdemoğlu zur Rede zu stellen. Was hätte er ihm auch sagen sollen? Er konnte nichts beweisen. Der Komiser Bey hatte die Aufnahmen wieder mitgenommen. Nur seiner Frau erzählte er davon. Zwei Tage später erlitt er einen Schlaganfall und war daraufhin halbseitig gelähmt. Seine Frau musste den Laden schließen, weil sie es allein nicht schaffte. Sie verkauften all ihr Hab und Gut und lebten von den Ersparnissen. Was Maria betraf, so konnte keine Rede davon sein, sie weiter zu beschäftigen. Sie verließ die Familie, ohne die ausstehenden Monatslöhne zu bekommen. ›Hätte ich von ihnen etwas annehmen können?‹, erzählte sie mir. ›Sie hatten nichts mehr zu beißen. Das wäre eine Sünde gewesen, wo ich doch so viele Jahre an ihrem Tisch gegessen habe.‹ Das also ist Lefteris' Geschichte, Herr Kommissar.«

Wieder macht sich Schweigen zwischen uns breit. Die Lazaridou ist von der Erzählung erschöpft. Und ich weiß nun, warum Maria Erdemoğlu getötet hat, und weitere Fragen erübrigen sich.

»Sie rollt die alten Geschichten wieder auf«, sagt kurz darauf die Lazaridou zu sich selbst. »Sie rollt die alten Geschichten wieder auf, Gott steh uns bei!«

Sie sagt es: Gott steh uns bei!

»Frau Lazaridou, kannte die Chambou möglicherweise noch mehr Türken?«, frage ich in dem verzweifelten Versuch, ihr weitere Details zu entlocken.

»Bestimmt, aber wie soll ich mich daran noch erinnern, Herr Kommissar? In all den Jahren hat sie mir so viele Dinge erzählt, wie sollte ich alte Frau das alles behalten?«

Sie hat recht, aber ich habe nicht vor, so schnell klein beizugeben. »Hören Sie, versuchen Sie sich so genau wie möglich zu erinnern, notieren Sie alles, was Ihnen einfällt, auf einen Zettel und rufen mich dann an. Ich wohne im Hotel Eresin, Zimmer 302, und das ist die Telefonnummer des Hotels.«

Ich schreibe sie ihr auf meine Visitenkarte und lasse sie neben ihr auf dem Tisch liegen. Nicht dass ich große Hoffnungen hätte, aber mir fällt gerade nichts Besseres ein. Ich erhebe mich, und die Lazaridou bringt mich zur Tür.

Der Streifenwagen ist verschwunden. Ich beginne mir schon Sorgen zu machen, ob der Fahrer mich vielleicht falsch verstanden hat, mich bloß bei der Lazaridou abgeliefert hat und dann zurückgefahren ist. Ich will schon Murat anrufen, als ich den Streifenwagen um die Ecke biegen sehe. Der Fahrer macht eine kreisförmige Bewegung mit dem Zeigefinger, um mir zu verstehen zu geben, dass er keinen Parkplatz gefunden hat und im Kreis fahren musste.

Wir sind wieder auf die Küstenstraße gelangt, als mein Handy klingelt und Gikas dran ist. Er stellt die klassische Frage: »Was gibt's Neues?«

Ich erstatte ihm kurz Bericht, und als hätte er sich mit der Lazaridou abgesprochen, meint er: »Sie rollt die alten

Geschichten wieder auf. Aus der Sache kommen wir schwer wieder raus. Wie lange, glauben Sie, wird es noch dauern?«

In mir kocht plötzlich die Wut hoch, wie jedes Mal, wenn ich ihn an der Strippe habe. »Keine Ahnung, wie lange es noch dauern wird«, rufe ich gereizt. »Ich weiß nur, dass ich nicht ewig hierbleiben kann. In einer Woche muss ich zurück sein. Dann nämlich heiratet meine Tochter, und ich werde sie garantiert nicht am Arm eines Securitybeamten in die Kirche schicken noch ihre Hochzeit verschieben, nur um der Chambou hinterherzujagen.«

Nach einer kurzen Funkstille vernehme ich seine bekümmerte Stimme: »Ich verstehe Sie ja, Kostas. Es ist eine verzwickte Situation. Aber Sie haben sich mit der türkischen Polizei zusammengerauft, Sie wissen, was passiert ist, und können den Fall besser handhaben als jeder andere. Sie werden das schon in einer Woche hinkriegen. Wenn ich Sie jetzt durch einen anderen Kollegen ablösen lasse, befürchte ich das schlimmste Chaos.« Und dann fügt er noch hinzu: »Sie sind schon ein Unglücksrabe, lieber Kostas. Alle kniffligen Fälle landen bei Ihnen. Aber Sie haben eben ein Händchen dafür.«

Was nichts anderes heißt, als dass ich selbst daran schuld bin. Der gute alte Gikas!

23

Es ist halb neun Uhr abends, und wir sind zu Murats Wohnung nach Laleli unterwegs. Ich habe meine Lieblingsangestellte an der Rezeption ersucht, mir einen Taxifahrer zu finden, der über Grundkenntnisse der englischen Sprache verfügt. Es gelang ihr, einen aufzutreiben, der mir auf jede Frage stereotyp antwortet: »*Yes, yes, no problem…*«, was ich mit unserem »Keine Sorge, wir kriegen das hin« gleichsetze und was jeweils kein gutes Zeichen ist. Ich fürchte schon, wir werden am anderen Ende der Stadt landen und Murat verzweifelt per Handy um eine Wegbeschreibung bitten müssen.

Adriani sitzt neben mir, steif und schweigsam, und ihr Blick ist starr durch die Windschutzscheibe nach draußen gerichtet. Als ich ihr Murats Einladung überbrachte, verzog sie prompt das Gesicht. »Was habe ich mit der ganzen Sache zu tun, lieber Kostas? Ich spreche weder Türkisch noch Englisch, und die beiden sprechen kein Griechisch – wie sollen wir uns da verständigen? Ich sehe schon: Ihr werdet euch unterhalten, und ich sitze in einer Ecke und drehe Däumchen.«

Ich wollte ihr schon recht geben und die Verpflichtung allein auf mich nehmen, als die Kourtidou, die das mitbekommen hatte, uns vor einem Fehltritt bewahrte.

»Pardon, wenn ich mich einmische, doch das wäre nicht

richtig, Frau Charitou. Die Türken sind sehr gastfreundlich, und Sie würden sie beleidigen, wenn Sie im Hotel blieben. Sie sind als Ehepaar eingeladen, und wenn nur der Mann kommt, sieht es so aus, als würde die Frau die Einladung verschmähen.«

Dieses Argument leuchtete Adriani ein, worauf sie halbherzig beschloss, mich zu begleiten. Ich kann sie ja verstehen, denn auch mich begeistert der Gedanke wenig, den Abend mit einem unbekannten Paar und mit englischer Konversation zu verbringen.

Das Taxi fährt die Straße hinunter, die vom Taksim-Platz zum Bosporus führt, biegt dann nach rechts ab und setzt die Fahrt parallel zur asiatischen Seite fort. Mein Orientierungssinn setzt wieder ein, als ich aus der Ferne die Galata-Brücke mit der Moschee am anderen Ende erkenne. Das Taxi überquert die Brücke und fährt die Küstenstraße entlang in Richtung Flughafen. Ich erkenne die Fischtavernen und den Park direkt am Meer wieder, so dass ich zu dem Schluss gelange, Murat müsse wohl in der Nähe von Makrochori wohnen.

Die Nacht ist hereingebrochen, und man sieht nur die Lichter der dahinziehenden Schiffe. Es ist, als stünde alles andere still und nur die Lichter bewegten sich, hin zur gegenüberliegenden Küste, die ebenso punktuell erleuchtet ist. Doch wir können uns diesem Anblick nicht lange hingeben, denn kurz darauf biegt der Taxifahrer nach rechts ab und fährt eine Anhöhe hoch.

»Wo sind wir jetzt?«, fragt mich Adriani.

»Keine Ahnung. Ich dachte zuerst, wir fahren in Richtung Makrochori, doch ich habe mich wohl getäuscht.«

Jedenfalls fährt das Taxi nun große Boulevards entlang und meidet kleine Gässchen, was bei mir den Eindruck erhärtet, dass wir auf dem richtigen Weg sind und nicht herumirren werden.

»Laleli«, sagt der Taxifahrer, während er in einen breiten Boulevard einbiegt.

Auf den ersten Blick wirkt die Wohngegend neuer als Pera und die Viertel um den Taksim-Platz. Die älteren Wohnblocks scheinen mir aus den fünfziger Jahren zu stammen, doch die Mehrzahl ist jüngeren Datums. Das Taxi biegt nach rechts ab und kommt vor der Hausnummer zwölf zum Stehen. Ich prüfe die Nummer anhand der Adresse nach, die mir Murat gegeben hat, und stelle fest, dass der Taxifahrer uns zuverlässig zum Ziel gebracht hat.

Das Wohnhaus hat sechs Stockwerke mit zwei großen Fenstern in jeder Etage. Bei den Klingelschildern suche ich nach dem Namen »Murat Sağlam« und werde auch gleich fündig, wobei unter dem Namen die Zahl vier und daneben das Wort »*kat*« stehen. Dann drücke ich auf die Klingel, und die Tür springt sofort auf.

Murat empfängt uns in Hemd und Strickjacke. Da bereue ich, dass ich mich in Anzug und Krawatte geworfen habe, doch dann denke ich, dass wir in der Fremde zu Besuch sind und ein förmliches Auftreten vermutlich zu unseren Gunsten spricht.

»*My wife*«, sage ich zu Murat und stelle ihm Adriani vor. Murat sagt »*Welcome*« auf Englisch, Adriani »Sehr erfreut« auf Griechisch, und damit ist die Vorstellungsrunde beendet. Murat führt uns ins Innere der Wohnung, und ich frage mich schon, wann wohl seine Frau erscheinen wird. Das

Rätsel löst sich, als wir das Wohnzimmer betreten. Dort erwartet uns eine fünfunddreißigjährige Schönheit – dunkelhaarig, schlank, mittelgroß, mit pechschwarzen und leicht schrägstehenden Augen. Wenn sie lächelt, so wie jetzt bei unserem Eintreten, zeigen sich in ihren Wangen zwei kleine Grübchen. Das Einzige, was nicht ganz ins Bild passt, ist das Tuch, das ihren Kopf verhüllt. Obgleich es aus Seide, geschmackvoll und sorgfältig um das Haar drapiert ist, ist es dennoch in jedem Fall ein Kopftuch.

»Ich möchte Sie ersuchen, meiner Frau nicht die Hand zu geben«, wispert mir Murat zu. »Ihre Religion verbietet es ihr.«

»*Good evening, I'm Nermin*«, stellt sie sich vor und drückt Adriani die Hand, während ich und sie eine leichte Verbeugung andeuten, wobei sie auf Türkisch zu mir sagt: »*Hoş geldiniz.*« Gleich bei ihren ersten Worten wird mir klar, dass ihre englischen Sprachkenntnisse den meinen und denen ihres Mannes Lichtjahre voraus sind, was sich bestätigt, sobald wir zu den Förmlichkeiten übergehen: Gefällt Ihnen Istanbul? Wo sind Sie überall gewesen? Haben Sie die Prinzeninseln und die Museen besucht?

Adrianis Verlegenheit ist offensichtlich, und sie flüchtet sich in ein Dauerlächeln, das ihr Rückhalt verleiht wie ein Stützkorsett, das man gegen Rückenbeschwerden trägt. Mir wird bewusst, dass der Löwenanteil der Konversation auf mich fallen wird, doch nur, was die griechischen Teilnehmer betrifft, denn ansonsten beherrscht Nermin die Diskussion, während ich mich darauf beschränke, Adriani ein paar Brosamen zu übersetzen, und sie sich darauf beschränkt, freundlich dazu zu nicken.

Nach ein paar Minuten habe ich erfahren, dass sie einen Abschluss im Fach Computergraphik in Deutschland gemacht hat und nun in einem großen Unternehmen als Leiterin der IT-Abteilung arbeitet, dass sie hier zwar weniger gut verdient als in Deutschland, jedoch bessere und raschere Aufstiegsmöglichkeiten hat. All das erzählt sie mir vollkommen locker gleich am Anfang unserer Bekanntschaft, während ich heimlich Murat mustere. Er muss die Geschichte seiner Frau in- und auswendig kennen, dennoch hört er mit Interesse und heimlichem Stolz zu. Das kommt wohl noch aus seiner Zeit in Deutschland. Ein griechischer Bulle wäre – wie vermutlich auch sein türkisches Pendant – eher stolz auf die Kochkünste als auf den beruflichen Werdegang seiner Ehefrau.

Nach einer halben Stunde erhebt sich Nermin und lädt uns ein, ins Esszimmer hinüberzukommen. Ich bin beeindruckt, dass in Istanbul die Wohnungen noch ein eigenes Speisezimmer aufweisen, was bei uns seit Jahrzehnten nicht mehr üblich ist. Was mich außerdem beeindruckt, ist die moderne Wohnungseinrichtung, eine Kombination aus Aluminium, Plexiglas und Stehleuchten, die vielleicht zum Geschmack einer Computerfachfrau, aber weniger zu einem Bullen passt, dessen Frau noch dazu Kopftuch trägt.

Am Esstisch finden sechs Personen Platz, doch nur für vier ist gedeckt. Der erste Gang stellt im Hinblick auf Istanbuler kulinarische Gewohnheiten eine Überraschung dar: Lachs mit Spargel. Auf dem Tisch stehen Weißwein und Bier.

»*What would you like to drink?*«, fragt mich Murat. »*Wine or beer?*«

Ich entscheide mich für Wein, während Adriani und Murat Bier den Vorzug geben. Nermin trinkt alkoholfreies Bier.

»Meine Frau trinkt keinen Alkohol. Das verbietet ihre Religion«, erklärt mir Murat.

»Das macht nichts. Es ist ohnehin besser für die Gesundheit.« Zum zweiten Mal stelle ich fest, dass er über die religiösen Anschauungen seiner Frau in distanzierter Weise spricht, als teile er sie nicht.

»Sie wundern sich über mein Kopftuch, doch Sie möchten es sich nicht anmerken lassen, *am I right?*«, fragt Nermin lachend. »Oder, besser gesagt, Sie fragen sich, wie eine Frau, die Computergraphik in Deutschland studiert hat, Deutsch und Englisch spricht und in einem großen Unternehmen arbeitet, Kopftuch tragen kann.«

Sie hat mich in die Enge getrieben, und ich versuche mich aus der Affäre zu ziehen, indem ich Adriani, die mich neugierig anblickt, nichts übersetze, um sie nicht in dieselbe Verlegenheit zu stürzen. Da springt mir Murat helfend bei.

»Verstehen Sie jetzt, was ich Ihnen vorgestern über Minderheiten erzählt habe? Das Kopftuch meiner Frau war der Auslöser, warum wir aus Deutschland weggegangen sind. Eines Nachmittags tauchte sie zu Hause mit verhülltem Kopf auf und verkündete mir, sie würde von jetzt an Kopftuch tragen. Ich traute meinen Augen nicht und wusste nicht, was ich sagen sollte. Nermin war nie religiös gewesen. Wie war sie plötzlich auf diese Idee gekommen? Ich versuchte, mit ihr darüber zu diskutieren und sie davon abzubringen, aber sie war unbeugsam. ›Das ist mein Kopf und auch meine Entscheidung, ob ich mit oder ohne Kopftuch in die Öffentlichkeit gehe‹, sagte sie zu mir. ›Ich bin niemandem Rechenschaft schuldig.‹ Begreifen Sie, was das für mich bedeutet hat? Ein deutscher Polizeibeamter mit einer Frau, die Kopftuch trägt? Wissen Sie, in Deutschland legt man das Kopftuch dem Einfluss des Vaters oder des Ehemanns zur Last. Der unterdrücke seine Tochter oder seine Frau, der zwinge sie dazu. Wie sollte ich da jemandem erklären, dass es Nermins eigener Entschluss war und ich ihr nicht vorschreiben konnte, es wieder abzulegen? Ganz im Gegenteil, ich musste ihr das Recht zugestehen, nach ihrem Gutdünken in der Öffentlichkeit aufzutreten. So haben wir immer gelebt: im gegenseitigen Respekt. Wir sind ein türkisches Paar mit deutschen Grundsätzen. Als wir eines Abends aus dem Kino kamen, haben wir zufällig einen meiner deutschen Kollegen getroffen. Am nächsten Tag fing man auf der Polizeiwache an, mich schief anzuschauen. Einer fragte mich ironisch, ob ich vorhätte, mir einen Bart wachsen zu lassen. Da wurde mir klar, dass ich entweder meinen Beruf wechseln oder Deutschland verlassen musste. Nach Absprache mit Nermin sind wir zum Entschluss gekommen, die zweite Lösung zu wählen.«

Ich übersetze Adriani die Geschichte in groben Zügen, worauf sich Schweigen breitmacht. Allerdings scheinen vor allem Adriani und ich befangen zu sein, denn Nermin beobachtet uns offenbar amüsiert.

»Das ist gar kein Problem, wir sprechen offen mit unseren Freunden darüber«, erklärt sie uns. »Übrigens war eine Griechin der Grund, warum ich mich für das Kopftuch entschieden habe.«

»Eine Griechin?«, fragt mich Adriani verdutzt.

»Ja. Einen Augenblick, ich bringe das Essen, und dann erkläre ich es Ihnen.«

Sie bedeutet Murat, mit ihr zu kommen, und sie lassen uns kurz allein. »Stört es dich, dass sie Kopftuch trägt?«, frage ich Adriani.

»Warum sollte es mich stören? Ist deine Mutter auf dem Dorf je ohne Kopftuch außer Haus gegangen? Meine jedenfalls nicht.«

Das Ehepaar tritt mit zwei Servierplatten ein. Auf der einen liegen Fleischrouladen und auf der anderen Kartoffeln und anscheinend Rotkohl. Nermin übernimmt das Servieren.

»An meiner ersten Arbeitsstelle hatte ich eine griechische Kollegin«, erzählt sie, als sie fertig aufgetragen hat, und nimmt Platz. »Sie war das Kind von Gastarbeitern und in Deutschland geboren. Eines Mittags haben wir zusammen gegessen, und sie hat mir eine Geschichte erzählt. Ihre Großmutter hatte als politischer Flüchtling lange Jahre in Moskau gelebt. Eines Tages kam eine russische Nachbarin zu ihr nach Hause, ganz verheult und völlig aus dem Häuschen. Als sie fragte, was denn los sei, antwortete sie, es sei etwas Furchtbares passiert. Ihr Sohn Sergej habe sich taufen lassen. Er würde also nicht studieren können, keine gute Arbeit finden und in der Sowjetunion wie ein Aussätziger behandelt werden. Und das Verrückte war: Er hatte es nicht aus Frömmigkeit getan, sondern aus Widerstand gegen das Regime. Als ich diese Geschichte gehört hatte, kaufte ich mir noch am selben Abend nach der Arbeit ein Kopftuch und legte es an. Seit damals habe ich es nie mehr abgelegt. Fragen Sie mich nicht, ob ich es aufgrund des Glaubens trage oder aus Widerstand. Ich könnte es Ihnen nicht sagen. Und das hat jetzt auch keine Bedeutung mehr.«

»In Deutschland würde man Sergej heute als Helden feiern und ihm zu seiner Widerstandshandlung gratulieren«, sagt Murat. »Mich und Nermin mit ihrem Kopftuch hat man jedoch nur misstrauisch beäugt.«

Schweigen tritt ein, und alle widmen sich dem Essen. Es schmeckt lecker, doch es ist nicht die Istanbuler Küche, an die wir uns in all den Tagen gewöhnt haben. Offenbar trifft Adriani dieselbe Feststellung, denn sie lässt Nermin durch mich fragen: »Ihr Essen ist wirklich köstlich, Frau Nermin, aber es ist ganz anders als alles, was wir bislang hier gegessen haben.«

Nermin lacht auf. »Es ist anders, weil es keine türkischen Speisen sind, *Mrs Haritos*. Es sind deutsche. Kalbsrouladen mit Salzkartoffeln und Rotkohl. Murat mag die deutsche Küche sehr. Sehen Sie, er ist in Deutschland geboren und aufgewachsen. Ich bin hingekommen, als ich sieben war.« Sie macht eine Pause und fügt dann mit einer gewissen Bitterkeit hinzu: »Ich habe sogar deutsch kochen gelernt. Die Deutschen haben jedoch nichts von mir gelernt.«

»Genau das meine ich. Minderheiten stehen immer unter Generalverdacht und tragen immer eine Kollektivschuld. Sowohl hier als auch in Deutschland«, sagt Murat zu mir. »Deshalb habe ich Ihnen erklärt, dass ich die Istanbuler Griechen besser verstehe als Sie. Weil ich die Erfahrung am eigenen Leib gemacht habe.«

Nun tritt dasselbe wie in Griechenland in solchen Fällen ein: Traurige Geschichten bringen die Menschen einander näher. Adrianis Zunge löst sich zu meinem großen Leidwesen, da ich nun als Dolmetscher in die Pflicht genommen werde. Sie fragt Nermin, ob sie Kinder hätten, und als sie eine verneinende Antwort erhält, beginnt sie von Katerina, von Fanis und der bevorstehenden Hochzeit zu erzählen.

Ich denke, der größte Gewinn, den ich von meiner Reise nach Istanbul mitnehme, werden meine verbesserten Sprachkenntnisse sein. Noch zwei Wochen, und ich spreche akzentfreies Oxfordenglisch.

Erst gegen Ende des Abends gelingt es mir, Murat von meinem Besuch bei der Lazaridou zu berichten. Er hört mir kopfschüttelnd zu. »Wenigstens wissen wir jetzt, warum sie ihn umgebracht hat. Viel nützt es uns jedoch nicht«, meint er.

Zum Abschluss des Abends besteht Murat darauf, uns zum Hotel zu fahren. Sein Wagen ist ein deutsches Fabrikat, ein Opel Corsa. Nun, alles andere hätte mich auch sehr gewundert.

24

Das sicherste Mittel, mir die morgendliche Laune zu verderben, ist das Schrillen des Telefons, während ich mir noch völlig benebelt den Schlaf aus den Augen reibe. Selbst im Fall eines erfreulichen Anrufs hält meine Verdrießlichkeit dann stets den ganzen Tag über an. Vlassopoulos und Dermitsakis, meine beiden Assistenten auf der Dienststelle, haben das begriffen, und jedes Mal, wenn sie mich misslaunig ins Büro stürmen sehen, fragen sie: »Hat Sie ein Anruf geweckt, Herr Kommissar?«

Es schrillte um acht Uhr morgens, als ich gerade beim Rasieren war, und Gikas war dran. »Ich wollte nur sagen, dass ich mich um die Bezahlung der Rückfahrt gekümmert habe, auch für die Ihrer Frau. Ebenso ist der Hotelaufenthalt Ihrer Frau für den ganzen Zeitraum gedeckt, den Sie beide noch in Istanbul bleiben.«

Er verstummt und wartet auf meine Reaktion. Wir beide wissen, dass sein plötzlicher Aktionismus meinem gestrigen Wutanfall geschuldet ist und mich ruhigstellen soll. Gleichzeitig jedoch verlangt er Dankbarkeit für seine Geste, da er unsere Städtereise zur Hälfte in eine Dienstreise umwandelt und meine finanzielle Belastung mildert.

»Na schön, nicht schlecht«, sage ich halbherzig, um ihm von meiner Warte aus zu zeigen, dass ich sein Entgegenkommen zwar schätze, ihm dafür aber kein Denkmal setze.

»Wann ist Katerinas Hochzeit?«

»Am übernächsten Sonntag. Haben Sie keine Einladung bekommen?«

»Die wird bei Koula liegen.« Es folgt eine Pause, und danach ergreift er in dienstlicherem Tonfall das Wort. »Es gäbe natürlich auch noch eine andere Variante.«

»Und zwar?«

»Sie kommen zur Hochzeit Ihrer Tochter nach Athen und kehren danach für weitere Ermittlungen nach Istanbul zurück.«

Mir ist klar, dass das eine indirekte, aber wirkungsvolle Drohung ist: Wenn du jetzt aufmuckst, mein Lieber, schick ich dich gleich noch mal nach Istanbul. Soll er doch »mit dem Säbel rasseln«, wie meine altjüngferliche Patentante zu sagen pflegte, denn wenn sich der Fall nicht innerhalb der nächsten vierundzwanzig Stunden klärt, erübrigt sich meine Anwesenheit vor Ort ohnehin. Wie lange soll ich der Chambou denn noch nachjagen? Früher oder später wird Murat notgedrungen alleine weitermachen müssen. Und wenn er sie schnappt, wird sich unser Konsulat um alles Weitere kümmern. Da ist es doch durchaus erfreulich, dass die griechische Polizei die zusätzlichen Reisekosten von mir und meinem Eheweib übernimmt, ohne dass ich im Gegenzug unangenehmen Pflichten nachkommen muss.

»Schauen wir erst mal, wie sich die Sache entwickelt, und reden in ein paar Tagen weiter«, sage ich und verbanne ihn damit in die Warteschleife.

Als ich in den Frühstücksraum hinuntergehe, schwanke ich zwischen zwei Stimmungen: Aufgrund von Gikas' spendablem Geschenk könnte ich guter Dinge sein, aufgrund des morgendlichen Telefonterrors sind meine Nerven jedoch zum Zerreißen gespannt. Nach wie vor greife ich zum Sesamkringel mit Hartkäse, dazu bestelle ich den bewährten mittelsüßen Mokka, doch seit der Abfahrt unserer Reisegruppe fühle ich mich beim Frühstück irgendwie seltsam. Adriani und ich sitzen einander gegenüber und kauen wortlos vor uns hin, während ein babelsches Tohuwabohu von Sprachen – Türkisch, Französisch, Deutsch und Russisch – an unsere Ohren dringt.

Ich erzähle ihr von Gikas' Anruf und seinem entgegenkommenden Angebot, unsere Aufenthaltskosten zu übernehmen. »So kommst du in den Genuss der Gastfreundschaft der griechischen Polizei«, lache ich.

»Das sollte dir eine Lehre sein!«, ist ihre trockene Antwort.

»Mir? Wieso?«

»Du weißt nicht, was du wert bist, lieber Kostas. Sowie du mit dem Fuß aufstampfst, gibt Gikas klein bei, weil ihm klar ist, dass er es ohne dich nicht hinkriegt. Du nützt das aber nicht aus, weil es dir an Selbstvertrauen mangelt.«

Ich stehe kurz davor, aus der Haut zu fahren. Sie hat es geschafft, mir mein bisschen gute Laune ganz zu verderben, und mir bleibt nur noch meine Verdrießlichkeit. Ich weiß sehr wohl, dass Gikas mich braucht, doch andererseits habe ich ihn mindestens genauso nötig. Denn – Holz anfassen – sollte ich je in eine andere Abteilung versetzt werden, würde mich mein neuer Chef vermutlich kaum so wie Gikas meinen Kopf durchsetzen lassen. Okay, vielleicht gibt mir Gikas aus Eigennutz freie Hand, doch wer sagt mir, dass auch der neue Chef wüsste, was ihm nützt? Deshalb finden ich und Gikas immer einen gemeinsamen Nenner, weil wir trotz unseres Gegrummels beide wissen, dass wir aufeinander angewiesen sind. Und diese Abhängigkeit ist nicht einseitig, sondern gegenseitig.

»Entschuldigung, kommen Sie aus Griechenland?«

Die Frau, die uns diese Frage stellt, ist eine vollschlanke Fünfzigjährige, die Jeans, eine rote Jacke, silberfarbene Sportschuhe und den Inhalt einer ganzen Schmuckvitrine an ihren zehn Fingern trägt.

»Ja«, entgegnet ihr Adriani.

»Sind Sie schon länger hier?«

»Fast zwei Wochen.«

»Entschuldigen Sie meine aufdringliche Frage, aber kennen Sie vielleicht ein gutes Lederwarengeschäft?« Sie merkt, dass wir überrascht auf ihre Frage reagieren, und so liefert sie uns die nötigen Erläuterungen. »Wir sind gestern mit dem Reisebus aus Thessaloniki angekommen, und ein Besuch in einem Lederwarengeschäft ist natürlich auch in unserer Gruppenreise vorgesehen, nur verstehen Sie, die Fremdenführer kriegen von den Geschäften Prozente, und ich weiß überhaupt nicht, wo sie uns hinführen werden. Deshalb wollte ich fragen, ob Sie möglicherweise...«

»Also«, meint Adriani zurückhaltend, »wir haben für unseren Schwiegersohn etwas gekauft, aber uns hat eine Bekannte hingeführt, und ich habe keine Ahnung mehr, wo dieses Geschäft liegt.«

»Könnte Ihre Freundin vielleicht...«

»Leider ist sie schon wieder in Athen. Sie ist vor uns abgereist«, wimmelt Adriani sie ab, da sie ihre Istanbuler Informantin nicht preisgeben möchte.

»Alles klar. Vielen Dank jedenfalls ...« Der Dame steht die Enttäuschung ins Gesicht geschrieben, und sie kehrt an ihren Tisch zurück, um die restliche Reisegruppe zu informieren. »Ich werde trotzdem auf eigene Faust ein Geschäft suchen. Dieser Betrüger wird an mir nichts verdienen«, erklärt eine entrüstete Frauenstimme.

»Nicht zu fassen, kommen die nur auf Schnäppchenjagd nach Istanbul, um günstige Lederwaren einzukaufen?«, frage ich Adriani.

»Hundertmal besser, als auf Verbrecherjagd zu gehen«, wirft sie mir an den Kopf.

»Mister Haritos, a visitor is waiting for you in the lobby.« Während ich aufstehe, denke ich zuerst an Murat und wappne mich innerlich gegen schlechte Neuigkeiten.

»Denk dran, dass gleich Frau Kourtidou vorbeikommt, um mit uns eine Spazierfahrt auf dem Bosporus zu unternehmen.«

Doch ich ignoriere sie und gehe in die Lobby. Meine Augen suchen nach Murat, doch es ist die Lazaridou, die mich hat rufen lassen. Sie sitzt vis-à-vis der Rezeption auf dem äußersten Rand eines Sessels – mit flachen Schuhen, schwarzen Strümpfen und zusammengepressten Beinen.

»Frau Lazaridou, was machen Sie denn hier?«, frage ich verdutzt.

Sie stützt sich auf die Sessellehnen und hievt sich etappenweise hoch. »Mir ist etwas eingefallen, aber ich wollte es Ihnen nicht am Telefon erzählen. Wissen Sie, ich habe mich immer noch nicht daran gewöhnt, und wenn ich lange am Telefon spreche, komme ich immer durcheinander«, ergänzt sie entschuldigend.

»Kommen Sie, setzen wir uns und unterhalten uns in aller Ruhe.«

Ich führe sie in die Cafeteria, die gleich neben der Rezeption liegt. Ich vermute, dass sie etwas Wichtiges zu erzählen hat, wenn sie persönlich hierherkommt, und meine gute Laune kehrt zurück.

»Darf ich Sie zu etwas einladen?«

»Nein, nein, nur keine Umstände. Ich habe schon zu Hause einen Tee getrunken.« Ich bedränge sie nicht und lasse ihr Zeit, ihre Gedanken zu ordnen. »Wissen Sie, seit vorgestern, als Sie mir sagten, ich solle noch einmal darüber nachdenken, habe ich versucht, mich an eine Geschichte zu erinnern, die mir Maria über *varlık vergisi* erzählt hat.«

»Was ist das? Meinen Sie die Vermögenssteuer?«, frage ich.

»Ja, die Steuer, die Inönü im Jahr '42 den Minderheiten auferlegt hat.« Ich kann mir noch keinen Reim auf diese Erklärung machen, deshalb warte ich darauf, dass sie fortfährt. »Maria hat damals bei der Familie Dağdelen gearbeitet. Herr Dağdelen konnte die Vermögenssteuer nicht bezahlen, und so kam es zur *haciz*.«

»Entschuldigen Sie, Frau Lazaridou. Was bedeutet *haciz*?« Zum ersten Mal seit unserer Ankunft in Istanbul verspüre ich das Bedürfnis nach einem guten Griechisch-Türkisch-Wörterbuch. Wer weiß, vielleicht kaufe ich mir noch eins vor meiner Abreise.

»Wie sagt man bei euch dazu?« Die Lazaridou plagt sich mit der Erläuterung des Begriffs. »Also, wenn man nicht zahlen kann und einem alles, aber auch alles, was man besitzt, weggenommen wird.«

»Pfändung?«

»Ja, genau. Wenn du nicht zahlen konntest, wurden zunächst einmal alle deine Sachen gepfändet und dann in deiner eigenen Wohnung versteigert. Die Türken kamen zu dir nach Hause und haben sich vor deinen Augen alles für einen Pappenstiel unter den Nagel gerissen. Dağdelen konnte die Steuer nicht bezahlen, und so kam alles unter den Hammer. Ich weiß, dass die Türken, die nebenan wohnten, etwas damit zu tun hatten, aber ich kann mich nicht mehr erinnern, was es war.«

»Können Sie sich vielleicht erinnern, wo sie gewohnt haben?«

»In Cihangir, aber wo bloß? Ich weiß noch, dass Maria immer sagte: ›Ich gehe jetzt nach Cihangir...‹« Sie bemüht sich redlich, jedoch ohne Ergebnis. »Das Alter, Herr Kommissar. Ich bin schon ganz begriffsstutzig, mein Gedächtnis ist zu nichts mehr zu gebrauchen.«

»Frau Lazaridou, machen Sie sich keine Gedanken. Ich setze die türkische Polizei darauf an.« Die Wahrscheinlichkeit, die Adresse herauszukriegen, ist freilich nach so vielen Jahren minimal. In diesem Fall haben wir wirklich sehr wenig in der Hand...

Ich erhebe mich, um das Ende der Unterredung anzudeuten und sie nicht weiter zu ermüden. Die Lazaridou jedoch bleibt beharrlich sitzen und denkt nach. »Warten Sie mal, jetzt ist mir etwas eingefallen. Ich erinnere mich, dass ich zu Ostern des Jahres '51 oder vielleicht auch '52, ich kann's nicht beschwören, mit Maria an der Auferstehungsfeier in der Dreifaltigkeitskirche teilgenommen habe, und danach sind wir nicht nach Pera, sondern nach Sıraselvi und dann nach Tophane hinuntergegangen. In der ersten Gasse nach dem Deutschen Krankenhaus sagte Maria zu mir: ›Genau an dieser Ecke hier hat die Familie Dağdelen gewohnt.‹ Es war die erste Gasse links, ich erinnere mich ganz deutlich, ich sehe sie noch vor mir.« Sie holt tief Luft und denkt weiter nach. »Aber welche Rolle die türkische Familie aus der Nachbarwohnung spielte, kommt mir nicht in den Sinn. Maria hat es mir erzählt, lieber Herr Kommissar, aber ich weiß es nicht mehr«, sagt sie rechtfertigend, als fürchte sie, ich könnte ihr eine schlechte Zensur verpassen.

»Das macht nichts, Sie haben mir sehr weitergeholfen.«

Höchstwahrscheinlich haben die benachbarten Türken das ganze Hab und Gut dieses Dağdelen für einen Apfel und ein Ei aufgekauft, und Maria trägt es ihnen, wie im Fall von Erdemoğlu, bis zum heutigen Tag nach. Wenigstens gibt es jetzt, da wir ihren damaligen Wohnort kennen, einen Anhaltspunkt, um sie ausfindig zu machen. Die Geschichte reicht zwar weit in die Vergangenheit zurück, bis ins Jahr '42, doch wer alte Rechnungen hervorkramt, muss eben vergilbte Bücher durchblättern.

Ich gehe an die Rezeption und bitte darum, auf meine Rechnung ein Taxi zu rufen, das die Lazaridou nach Fener fährt.

»Das ist doch nicht nötig, Herr Kommissar«, protestiert sie, als ich es ihr ankündige. »Ich fahre mit dem Bus. Es gibt gute Verbindungen zwischen dem Taksim-Platz und Fener.«

Die junge Frau an der Rezeption kommt hinter ihrem Tresen hervor, fasst sie am Oberarm, sagt etwas zu ihr, das mit »*Hanım efendi*« endet, und geleitet sie aus dem Hotel hinaus zum wartenden Taxi.

Ich rufe sofort Murat an und informiere ihn. »*This is great!*«, ruft er, als ich geendet habe. »*You did a wonderful job.* Das haben Sie toll hingekriegt. Keine Sorge, bald sehen wir Land.«

»Hauptsache, neue Leichen bleiben uns erspart.«

»Das kann ich nicht garantieren. Ich rufe Sie an, sobald ich Neuigkeiten habe.«

»In Ordnung. Und schönen Gruß an Ihre Frau.«

Er legt mit einem Dankeschön und einem Gegengruß auf. Die Lazaridou ist fort, und die junge Angestellte hat wieder ihren gewohnten Platz eingenommen. Ich werfe ihr ein »*Thank you!*« zu, als ich in den Speisesaal zurückkehre.

Die Kourtidou und Adriani erwarten mich bereits zur Spazierfahrt. Nebenan können sich die Teilnehmer der Reisegruppe aus Thessaloniki nicht über den Besichtigungsablauf einigen. Bei ihrem Anblick erinnere ich mich schon fast etwas nostalgisch an die Machtkämpfe zwischen Stefanakos, Despotopoulos und der Mouratoglou.

25

Wir sitzen im Sonnenschein auf dem Oberdeck, und es weht eine leichte Brise, die nach Meer und Benzin duftet. Die beiden Damen haben mich in die Mitte genommen und unterhalten sich über mich hinweg. Gerne würde ich sie nebeneinander platzieren und einige Meter weiter meinen eigenen Gedanken nachhängen, doch die Damen gehören der alten Schule an und rücken stets den Mann in den Mittelpunkt.

Immer wieder kommen mir die Nachbarn der Familie Dağdelen in den Sinn. Ich weiß nicht, ob sie noch leben oder schon tot sind, wo sie sich aufhalten und ob Maria sie bereits gefunden hat. Murat hat sich noch nicht gemeldet, und so sitze ich verständlicherweise auf glühenden Kohlen. Sollte es keinen weiteren Mord geben, könnte ich getrost innerhalb der kommenden Tage nach Athen zurückkehren. Sollte Maria jedoch weitere Überraschungen in petto haben, wird wohl Gikas recht behalten. Dann fahre ich zu Katerinas Hochzeit nach Athen und kehre gleich am nächsten Tag wieder in die ›Königin der Städte‹ zurück.

Ich versuche, die unerfreulichen Gedanken zu verscheuchen und die kleine Bosporustour zu genießen. Das Schiff nähert sich einmal dem europäischen, dann wieder dem asiatischen Ufer, wobei es sich zwischen Lastkähnen und kleinen Ausflugsbooten, aber auch großen Frachtern und

Tankern hindurchschlängelt. An jedem Pier steht ein hölzernes, direkt am Meer gelegenes Wartehäuschen. Diese Bauten müssen uralt sein, doch sie wurden renoviert und in auffälligen Farben neu gestrichen, hauptsächlich in der Lieblingsfarbe der türkischen Maler und Anstreicher – in Pistaziengrün.

»Früher, als es die Bosporusbrücken noch nicht gab, wurde der ganze Verkehr zwischen den beiden Istanbuler Ufern per Schiff abgewickelt«, erläutert uns die Kourtidou. »Wollte man nach Moda, Üsküdar oder Kuzkuncuk, musste man den Wasserweg wählen. Durch die Brücken haben sich die Verkehrsverbindungen fraglos vereinfacht, aber die Dampferfahrten waren einfach romantischer«, fügt sie hinzu. »Ganz abgesehen von den Männerrunden, die sich tagtäglich auf derselben Strecke trafen. Nun, das ist lange her…«

Das Schiff legt am Ostufer in der Nähe einer Burg an, die kleiner als die gegenüberliegende byzantinische Festung wirkt. Ich blicke daran vorbei und sehe, wie weiter hinten der Bosporus ins Schwarze Meer übergeht.

Als mein Handy klingelt, bin ich dermaßen sicher, Murat in der Leitung zu haben, dass ich die Nummer auf dem Display gar nicht beachte. Ich melde mich mit einem knappen »*Yes*«.

»Sind Sie es, Herr Kommissar?«, höre ich eine Männerstimme auf Griechisch sagen.

Diesmal antworte ich mit einem »Ja«, wobei mir nicht ganz klar ist, ob ich erleichtert oder enttäuscht sein soll.

»Markos Vassiliadis am Apparat. Kommt mein Anruf ungelegen?«

Ich entferne mich ein paar Schritte von Adriani und der Kourtidou, um ungestört sprechen zu können. »Ganz und gar nicht, Herr Vassiliadis.«

»Ich wollte nur wissen, ob es etwas Neues gibt.«

»Ja, aber nur Unerfreuliches.« Und ich lege ihm in groben Zügen dar, was sich seit unserem letzten Treffen zugetragen hat.

»Und Sie haben sie immer noch nicht aufgespürt?«

»Nein, leider konnten wir sie noch nicht ausfindig machen. Zurzeit sind wir auf der Suche nach dieser türkischen Familie und hoffen inständig, dass wir das Schlimmste verhindern können.«

Er seufzt und dankt mir, und dann seufzt er noch einmal, bevor er auflegt und ich zu meinen Begleiterinnen zurückkehre.

»Morgen Abend sind wir eingeladen«, sagt Adriani zu mir. »Frau Kourtidou gibt ein Abendessen.«

»Wir wollen aber keine Umstände machen«, wende ich sofort ein, um die Form zu wahren.

»Das macht mir keine Mühe. Theodossis, mein Mann, ist gestern aus Deutschland zurückgekehrt, und wir freuen uns sehr auf ein gemeinsames Essen, damit auch er Sie kennenlernen kann. Es kommen auch noch ein paar Freunde.«

»Nur die Adresse bräuchten wir«, meint Adriani.

»Nicht nötig. Theodossis holt Sie auf dem Nachhauseweg von seiner Arbeit ab. Passt es Ihnen so gegen acht?«

»Wunderbar«, versichert ihr Adriani.

Das Schiff hat die Rückfahrt angetreten. Gemächlich fährt es am Ufer entlang, zwischen Kuttern, auf denen jeweils immer zwei Fischer ihre Netze auswerfen. Kurz danach legt es in der Nähe der großen Festung am europäischen Ufer an.

Murats Anruf erreicht mich schließlich, als wir uns Mega Revma nähern und ich vom Schiff aus die Fischtaverne Efthalia erkennen kann, wo wir vor einigen Tagen zum Essen waren.

»*What news?*«, frage ich und mache erst gar nicht den Versuch, meine Angst zu verhehlen.

»*No news, good news*«, entgegnet er heiter.

»Und was heißt das? Dass ihr sie noch nicht gefunden habt?«

»Wir wissen jetzt: Es handelt sich um die Familie Tayfur. Sie wohnt nicht mehr in Cihangir, sondern in einem entlegenen Viertel namens Esentepe.«

»Und?«

»Scheinbar ist nichts vorgefallen. Wir haben beim Polizeirevier der Gegend nachgefragt, und dort wurde nichts gemeldet. Also müssen wir annehmen, dass Maria entweder gar nicht dort war oder ihre Adresse noch nicht in Erfahrung gebracht hat. Für alle Fälle habe ich beim Polizeirevier eine diskrete Überwachung des Wohnhauses veranlasst. Sowie eine alte Frau auftaucht, auf die Chambous Beschreibung passt, wird sie unverzüglich festgenommen.«

»Haben Sie mit der Familie schon gesprochen?«

»Nein. Ich möchte sie gemeinsam mit Ihnen besuchen. Sie haben mir zwar berichtet, was Sie von der Istanbuler Griechin erfahren haben, aber mir ist lieber, Sie sind auch dabei, weil Sie sich in der Sache besser auskennen und Ihnen möglicherweise Dinge auffallen, die mir entgehen könnten. Wo sind Sie gerade?«

»Ich mache eine Bosporusrundfahrt.« Nach einem Blick auf das Schild am Pier, dem wir uns gerade nähern, sage ich: »Wir sind auf dem Weg zurück zum Hafen und gerade an einer Haltestelle namens Arnavutköy.«

»Schön, ich hole Sie mit einem Streifenwagen ab. Sollte ich noch nicht da sein, warten Sie bitte.«

Erleichtert setze ich mich auf meinen Platz. Nun, da ich einigermaßen beruhigt bin, kann ich wenigstens auf der Rückfahrt die Aussicht und die milde Brise genießen.

26

Erneut unternehme ich eine Bosporustour, nur diesmal auf dem Landweg und am Westufer entlang – und in einem Streifenwagen. Wir passieren die Landungsbrücke für die Katamarane, dann den Dolmabahçe-Palast und gelangen zu einem zweiten, kleineren Palast, der zu einem Hotel der Sonderluxusklasse umgebaut wurde und vorwiegend Unternehmer – die Sultane der Moderne – beherbergt.

»Sollte es noch einen Mord geben, bestehe ich darauf, Chambous Fotografie in die Zeitung zu setzen, selbst wenn es, wie Sie meinen, für die Istanbuler Griechen ein Risiko darstellt.«

Murat wendet sich mir zu und blickt mich an. »Diese Frau ist ein Phantom. Und Phantome kann man auf Fotografien nicht festhalten.«

Er biegt jetzt in einen breiten, ansteigenden Boulevard ein. Auf beiden Straßenseiten ragen Wohnblöcke in die Höhe, teils Neubauten und teils in die Jahre gekommene Gebäude. Der Verkehr ist rege, doch der Boulevard ist ›autofahrerfreundlich‹, wie es neuerdings heißt, und ich brauche nicht ungeduldig zu werden.

»Als mein Vater jung war, war hier nur Ackerland«, erläutert Murat. »Ich habe die Gegend nie anders gesehen, als sie heute ist, doch mein Vater kennt sie noch von damals her. Immer wenn er nach Istanbul kommt, bittet er mich, hn herzufahren. Dann parke ich am Straßenrand, und er steigt aus, blickt sich um und murmelt vor sich hin: ›Bei Allah, all das waren Äcker. Wie sich die Gegend verändert hat!‹ Ich habe ihn vermutlich schon zehnmal hierhergebracht, aber er hat es immer noch nicht verdaut.«

Entlang der Strecke werden die Wohnblöcke immer höher und breiter. Am Scheitelpunkt der Anhöhe biegt der Streifenwagen links in einen weiteren großen Boulevard ab.

»Das ist die Ringstraße«, erklärt Murat. »Wenn man die weiterfährt, kommt man wieder nach Şişli, in die Istanbuler Altstadt.«

Doch wir begeben uns nicht in den alten Stadtteil, sondern biegen nach rechts in eine schmalere Straße ein. Murat fährt langsam und liest die Nummernschilder, bis er das richtige Gebäude gefunden hat und davor einparkt. Nachdem er den Namen »Tayfur« gefunden hat, drückt er auf den Klingelknopf. Auf die Frage, die ihm durch die Sprechanlage gestellt wird, entgegnet er einsilbig *»police«*, worauf die Tür sogleich aufspringt.

»Fünfte Etage«, meint Murat.

Die Tür wird von einer Dame geöffnet, deren Alter in der Grauzone zwischen fünfzig und sechzig liegt. Das Damenhafte ihrer Erscheinung ergibt sich aus dem Gesamteindruck, der sich aus einfacher, aber gepflegter Kleidung, einem ungeschminkten Gesicht, unlackierten Fingernägeln und einem Blick zusammensetzt, der Respekt gebietet und jedes Bullengepolter unangemessen erscheinen lässt.

Murat passt sich sogleich den Erfordernissen des Augenblicks an und erläutert ihr manierlich den Grund unseres Besuchs. Anfänglich scheint ihr der Name Maria Chambou nichts zu sagen, doch plötzlich erinnert sie sich, und mit einem »Ach so, Maria!« bittet sie uns einzutreten. Murat und ich wechseln einen Blick, und er nickt befriedigt, da Maria – wie es scheint – zwar hier war, aber kein Unheil angerichtet hat.

Sie führt uns in ein Wohnzimmer, das in einen modernen und einen altmodischen Part unterteilt ist. Der moderne Part besteht aus einer Sitzgruppe mit Ledersofa und zwei Ledersesseln, während der altmodische Teil eine Sitzecke mit Sofa und Sesseln beherbergt, die aus dunklem Holz gedrechselt sind.

Die Dame platziert uns im modernen Bereich des Wohnzimmers. Murat und ich nehmen in den Sesseln, sie selbst auf dem Sofa Platz. Murat beginnt mit den Fragen auf Türkisch, und die Dame antwortet in derselben Sprache, während ich mich darauf einstelle, ein weiteres Mal den stummen Komparsen zu geben, den Murat nur ab und zu durch eine Erläuterung ins Rampenlicht rückt. Glücklicherweise jedoch legt die Dame hohe Maßstäbe an eine Unterhaltung, denn sie fühlt sich unbehaglich, weil ich dasitze und so tue als ließe ich meinen Blick unbeteiligt durch die Gegend schweifen.

»I'm Selma Tayfur and I'm a professor of English literature at the University of Istanbul«, stellt sie sich mir in so tadellosem Englisch vor, dass es mir vor Schreck fast die Sprache verschlägt. Und als Nächstes konfrontiert sie mich mit der irritierenden Frage: »Und, wie läuft's auf Samos?« Sie merkt, dass ich außerstande bin, ihr zu antworten, und fährt fort: »Im letzten September habe ich an einem Kongress auf Samos teilgenommen. Was für eine wunderschöne

Insel! Ich war hingerissen, und mein Mann und ich haben uns fest vorgenommen, unseren Urlaub dieses Jahr dort zu verbringen.«

Danach fragt sie Murat etwas auf Türkisch, worauf er antwortet, und Selma wendet sich wieder mir zu. »Herr Sağlam sagt, dies sei ein inoffizieller Besuch. Dann halte ich es für besser, wenn wir englisch sprechen, damit Sie auch folgen können.« Sie hält inne, um ihre Gedanken zu ordnen, und hebt an: »An einem Nachmittag vor etwa zehn Tagen, wenn ich mich recht erinnere, läutete es an der Tür. Draußen stand eine sehr alte und sehr erschöpfte Frau. Sie fragte mich, ob Madame Emine hier wohne. Emine ist der Name meiner Mutter. Ich bejahte, und sie fragte mich, ob sie sie besuchen könne. ›Sagen Sie Madame Emine, Maria von Zoë und Minas sei hier‹, fügte sie hinzu. Die Namen sagten mir zwar nichts, aber ich habe meiner Mutter Bescheid gegeben. Und ihr ist dann eingefallen, dass die junge Frau, die bei ihren Nachbarn Dienstmädchen war, Maria hieß, damals, als unsere Familie noch in Cihangir wohnte.« Sie hält abrupt inne und scheint zu zögern. »Das ist eine lange Geschichte«, meint sie dann. »Ich hole besser meine Mutter, damit sie sie Ihnen selbst erzählt. Ich kenne sie nicht in allen Einzelheiten.«

»Nur keine Umstände, wir möchten Ihrer Mutter nicht zur Last fallen«, interveniert Murat, der offenbar allen Regeln des Anstands folgt, da es sich bei Selma Tayfurs Mutter nur um eine sehr betagte Person handeln kann.

Selma lacht auf. »Wissen Sie, Herr Sağlam, meine Mutter ist in einem Alter, wo sie nur mehr in alten Geschichten schwelgt. Bei jeder sich bietenden Gelegenheit erzählt sie längst Vergangenes, das keiner von uns miterlebt hat oder woran sich keiner mehr erinnert. Alte Geschichten auszugraben bereitet ihr also keine Anstrengung, sondern Freude.«

Mit diesen Worten steht sie auf und geht hinaus, um ihre Mutter zu holen.

»Bislang läuft alles prima«, sagt Murat befriedigt.

»Ja, und ich gehe davon aus, dass wir eine erfreuliche Geschichte hören werden.«

»Wieso?«, fragt er mich überrascht.

»Weil es offenbar keinen Mord gibt. Und immer wenn es bei einem Besuch Marias nicht zum Mord kommt, steckt eine schöne Geschichte dahinter.«

Das Gespräch wird unterbrochen, da eine etwa achtzigjährige Dame in Begleitung von Selma Tayfur in der Wohnzimmertür erscheint. Sie hält einen Stock in der Hand und hat ihr weißes Haar zu einem Knoten hochgesteckt. Das Gehen fällt ihr zwar etwas schwer, doch sie hält sich aufrecht. Sie wirkt wie aus dem Ei gepellt, als sei sie gerade von einem Stadtspaziergang zurückgekehrt.

»Meine Mutter, Emine Kaplan«, stellt ihre Tochter sie vor.

Emine Kaplan nimmt auf dem Sofa Platz und lehnt den Stock neben sich. Kurz darauf erscheint ein Dienstmädchen mit einem Tablett, auf dem eine Teekanne und vier Tassen stehen. Ich fasse mich in Geduld, bis die Teezeremonie beendet ist und Emine das Wort ergreift. Von da an verläuft das Gespräch auf zwei Ebenen: auf Türkisch im Original und auf Englisch in Selmas Übertragung.

»Als Ihnen Selma Hanım den Namen Maria nannte, haben Sie sich da sofort erinnert, wer das sein könnte?«, fragt Murat Emine.

»Erst als ich die Namen von Zoë und Minas hörte. Sie waren unsere Nachbarn, als wir noch in Cihangir wohnten. Maria war ihr Dienstmädchen gewesen. Sie war jung damals, vielleicht zehn Jahre älter als ich. Alle mochten sie gern, nicht nur ihre Herrschaften, auch meine Mutter. In jungen Jahren schon konnte sie herrliche Pittas zubereiten. Meine Mutter, die auch eigenhändig Blätterteig auszog, hat sie immer wieder geneckt. ›Maria, heute gelingt mir die Pitta bestimmt besser als dir‹, sagte sie zu ihr. Und Maria lachte. ›Ihre ist immer leckerer, Melek Hanım‹, antwortete sie, aber aus reiner Höflichkeit. Denn Marias Pitta war unübertrefflich.«

»Wissen Sie, warum sie ihre Stellung aufgegeben hat?«

»Weil die Familie durch die Vermögensabgabe ruiniert war. Ich kann mich an den Namen nicht mehr erinnern, er fing mit Da… an, wenn ich mich nicht täusche. Wir kannten sie als Monsieur Minas und Madame Zoë. So war das damals üblich. Die Türken redeten einander mit ›Hanım‹ und ›Bey‹ oder ›Efendi‹ an, die Mitglieder der Minderheiten wurden mit ›Madame‹ und ›Monsieur‹ angesprochen. Monsieur Minas wurde mit einer so exorbitant hohen Vermögenssteuer belegt, dass er sie unmöglich zahlen konnte. Das Finanzamt pfändete seine Wohnung, und Zoë und Minas mussten warten, bis alles unter den Hammer kam.« Sie denkt kurz nach und meint dann: »Das muss Ende '42 oder Anfang '43 gewesen sein, aber eher '43, weil damals die Versteigerungen losgingen, wie ich aus den Erzählungen meiner Mutter weiß.«

Sie verstummt, lehnt sich auf dem Sofa zurück und drückt mit der Handfläche gegen ihre Stirn, als berichte sie von einem Übel, das erst gestern vorgefallen sei. Ihre Tochter blickt sie besorgt an, doch Emine winkt beschwichtigend ab.

»Der Gerichtsvollzieher hat sie am Vortag der Versteigerung benachrichtigt. An jenem Morgen war Madame Zoë kaum zu beruhigen. ›Die können mich auch gleich mit verkaufen, vielleicht tilgt das unsere Schulden‹, rief sie. Monsieur Minas war zwar zu Hause geblieben, doch er war außerstande, seiner Frau Trost zu spenden. Wie ein Geist schlich er durch die Wohnung. Irgendwann stürmte meine Mutter zu ihnen hinein und begann damit, zwei große Teppiche einzurollen, den einen im Salon und den anderen im Esszimmer. Madame Zoë sah ihr dabei zu und meinte: ›Nimm sie mit, Melek Hanım, nimm sie mit! Besser du als fremde Leute!‹ Meine Mutter ließ die Teppiche sinken, ging zu ihr hin und schüttelte sie, damit sie zu sich komme. ›Zoë, diese beiden Teppiche sind handgeknüpfte Exemplare aus Isparta. Die sind ein kleines Vermögen wert. Ich nehme sie mit und verstecke sie für euch. Und auch deinen Schmuck. Dann habt ihr wenigstens etwas für den Neuanfang. Damit sie euch nicht alles wegnehmen!‹« Emine wendet sich an ihre Tochter. »Dein Großvater war außer Haus gegangen, weil er es nicht ertragen konnte«, meint sie. »›Ich halte das nicht aus‹, sagte er und ging fort.« Diesmal wendet sie sich an Murat und mich. »So war das damals. Und das Recht, sich aus dem Staub zu machen, hatte nur der Mann. Die Frauen konnten sich nicht einfach so davonstehlen.« Sie atmet tief durch und fährt fort: »Als der Gerichtsvollzieher mit den Interessenten ankam, nahm Mama Zoë und Minas mit hinüber in unsere Wohnung, damit sie das Ganze nicht mit ansehen mussten. Wenn ich mich nicht irre, war nur Maria bei der Versteigerung dabei. Ich hatte mich in eine Ecke gekauert und beobachtete das Geschehen voller Angst, ohne es wirklich zu begreifen. Madame Zoë weinte lautlos in sich hinein, Monsieur Minas starrte reglos auf den Fußboden. Und meine Mutter lief die ganze Zeit auf und ab und murmelte immer wieder ›So eine Schande!‹ und ›So eine Sünde!‹«

Ich höre, wie sie wiederholt die Wörter »*ayıp*« und »*günah*« verwendet, kann jedoch die Bedeutung nicht eindeutig zuordnen. Was auch egal ist, denn die Kombination der beiden ergibt den Sinn, der zählt.

»Als der Gerichtsvollzieher ein paar Stunden später mit den Käufern gegangen war, gingen Madame Zoë und Monsieur Minas in ihre Wohnung hinüber, um nachzusehen, was man ihnen übriggelassen hatte«, fährt Emine fort. »Es waren noch ein Holztisch, vier Stühle, das Doppelbett und die kahlen Wände da. Zoë sagte zu ihrem Mann: ›Sie haben uns nichts weggenommen, wir sind einfach umgezogen, nicht wahr, Minas? Einfach umgezogen.‹ Dann ist sie zusammengebrochen.« Sie wendet sich erneut an ihre Tochter: »Deine Großmutter war eine sehr fürsorgliche Frau. Sie hatte Kölnischwasser dabei und versuchte, Zoë wieder zu sich zu bringen. Sie schickte mich ein paar Häuser weiter zu einem griechischen Arzt. Der hat Madame Zoë dann eine Beruhigungsspritze gegeben.«

Sie hält inne und greift nach ihrem Stock, als sei sie müde und bräuchte eine Stütze. Dann sagt sie zu Murat und mir:

»Zu alledem hat Maria damals kein einziges Wort gesagt. Sie schlüpfte in die Küche und begann Kaffee zu kochen, für meine Mutter, Monsieur Minas und den Arzt, die sich miteinander unterhielten. Und dann hat sie die Ärmel hochgekrempelt und begonnen, eine Käsepitta zuzubereiten, damit wir etwas im Magen hatten.«

Emine hat ihre Erzählung beendet und holt tief Luft. Murat blickt mich an und schüttelt den Kopf. Als wollte er mir in Erinnerung rufen, was er mir während unseres Wortgefechts gesagt hatte, nämlich, wie schlimm es sei, einer Minderheit anzugehören.

»*It was a terrible time*«, bemerkt Selma. »Es war eine schreckliche Zeit. Man erinnert sich immer nur an die großen Kriege und nicht an den Kleinkrieg, der gleichzeitig wütete.«

»Darf ich Sie auch etwas fragen?«, wende ich mich mit Hilfe ihrer Tochter an Emine. »Kam Maria bei ihrem Besuch mit leeren Händen oder hat sie Ihnen etwas mitgebracht?«

»Sie hatte eine Käsepitta dabei«, entgegnet sie. »›Für den Seelenfrieden deiner Mutter, die ein guter Mensch war‹, meinte sie zu mir. ›Und damit du siehst, dass ich immer noch gute Käsepittas mache.‹ Und ich muss sagen, dass der Kuchen sogar noch leckerer schmeckte als damals, als sie noch jung war. Gesegnet seien ihre Hände!« Sie hält kurz inne und fügt dann zögernd hinzu: »Sie hat mir noch etwas mitgebracht. ›Das sollst du für mich aufbewahren‹, sagte sie. ›Das habe ich all die Jahre bei mir getragen, doch jetzt möchte ich, dass du es behältst – als Andenken.‹«

»Und was war es?«, fragt Murat.

Emine wendet sich an ihre Tochter. »Es liegt auf dem Nachttischchen neben meinem Bett.«

Selma tritt aus dem Zimmer, und als sie zurückkehrt, sind Murat und Emine gerade in eine türkische Unterhaltung vertieft. Sie hält eine Fotografie in Händen. Anstandshalber überreicht sie sie erst ihrer Mutter, die sie Murat weitergibt. Ich stehe auf und trete neben ihn. Die Aufnahme zeigt ein altes Schiff mit einem hohen Schornstein. Es liegt vor Anker, während am Heck etliche Boote warten. Die See liegt ruhig da, und an der Küste im Hintergrund sind die Häuser der Uferpromenade zu erkennen. Hinter dem Schiff ragt ein mit Kiefern bewachsener Hügel auf. Nur schwer kann ich den Namen des Schiffes entziffern: Neveser. Damit muss Marias Familie aus dem Ponusgebiet nach Istanbul gekommen sein, sage ich mir. All die Jahre hatte sie die Fotografie bei sich, und nun hat sie sie Emine übergeben, weil sie ihr Ende nahen fühlt. Um welchen Hafen am Schwarzen Meer handelt es sich wohl?

»Können wir die Aufnahme behalten, um eine Kopie zu machen?«, frage ich Murat. »Wir bringen sie ihr morgen zurück.«

»Selbstverständlich«, entgegnet Emine ohne Zögern.

Doch ihre Tochter ist etwas misstrauischer. »Entschuldigen Sie die Frage, aber was ist mit dieser Maria? Warum wird sie gesucht?«

»Sie wird vermisst, und wir versuchen sie zu finden. Sie ist alt und zudem krank, soweit wir wissen.«

Selma nickt. »Das stimmt, man sieht auf den ersten Blick, dass sie sehr erschöpft ist.«

Da wir keine weiteren Fragen haben, erheben wir uns.

Wir verabschieden uns von Emine Kaplan, und ihre Tochter begleitet uns hinaus.

»Darf ich Sie noch etwas fragen?«, sage ich zu Selma, als wir an der Wohnungstür anlangen. »Wie hat Maria Sie nach so vielen Jahren ausfindig gemacht?«

»Sie hat bei den Mietern unserer alten Wohnung nachgefragt. Wir sind wegen meiner Mutter aus Cihangir fortgezogen. Sie hat Herzbeschwerden, und hier ist die Luft vergleichsweise sauber. Mama wollte aber die Wohnung in Cihangir nicht aufgeben. ›Die Wohnung meiner Eltern, in der ich geboren bin, verkaufe ich nicht‹, meint sie, deshalb haben wir sie vermietet, mit dem Nebeneffekt, dass sie eigene Einkünfte hat und sich unabhängig fühlt.«

»*It's unbelievable*«, sagt Murat, als wir unten beim Eingang ankommen. »Unglaublich, aber sie geht genauso vor wie wir. Auch wir haben bei den Mietern nachgefragt, wo Familie Tayfur wohnt.«

»Welche Schlüsse ziehen Sie aus dem Foto mit dem Schiff?«

»Höchstwahrscheinlich zeigt es den Dampfer, mit dem sie aus dem Pontusgebiet nach Istanbul gekommen ist. Es ist ihr einziges Erbstück, und das hat sie nun Emine überlassen.«

»Sagt Ihnen der Hafen darauf etwas?«

»Nein. Die Aufnahme ist sehr alt, und ich kenne mich in der Türkei nicht so gut aus. Aber das sollte kein Problem sein, das kriegen wir heraus.«

Wir steigen in den Streifenwagen, um zurückzufahren. Bevor Murat Gas gibt, wendet er sich mir zu und blickt mich an. »Fahren Sie ruhig zur Hochzeit Ihrer Tochte nach Athen«, meint er. »Hier können Sie nichts weiter tun. Es ist fraglich, ob wir Maria Chambou noch lebend aufgreifen, aber selbst wenn, so bezweifle ich, dass sie ihren Prozess noch erlebt.«

27

Papa, ich will ja nicht drängeln, aber wann hattet ihr denn vor, nach Athen zurückzukehren? Es sind nur noch zehn Tage bis zur Hochzeit. Ist es denn so toll dort, dass ihr euch gar nicht losreißen könnt?«

»Es geht nicht darum, wie toll Istanbul ist, mein Schatz. Mit dieser Frau habe ich mich auf etwas eingelassen... Weißt du, was mein türkischer Kollege sagt? Wir jagen ein Phantom.«

»Ich verstehe, aber sollten wir dann die Hochzeit nicht verschieben?«

»Auf gar keinen Fall! Zum Wochenende sind wir in Athen. Dann haben wir noch eine ganze Woche Zeit.«

»Einverstanden, und mit dem Kauf des Brautkleids warte ich auf Mama. Es ist allerdings unwahrscheinlich, dass es mir auf Anhieb wie angegossen passt. Wir werden es ändern lassen müssen, und ich befürchte, dass dafür die Zeit nicht mehr reicht.«

»Warum kaufst du es nicht alleine?«

»Hast du vergessen, dass ich Mama versprochen habe, es mit ihr gemeinsam auszusuchen?«

»Hab ich nicht, aber du sagst deiner Mutter einfach, du hättest ein auf die Hälfte reduziertes Sonderangebot gefunden. Es sei das letzte Stück, und wenn du es nicht nimmst, sei das Schnäppchen weg.«

Eine kurze Stille folgt. »Papa, findest du es richtig, dass wir uns gegen Mama verschwören und hinter ihrem Rücken paktieren?«

»Nein, es ist absolut nicht korrekt, und ich schäme mich dafür. Aber gegen deine Mutter kann man nur mit gezinkten Karten gewinnen.«

Sie lacht auf. »In Ordnung, du hast mich überzeugt.«

Dieses Gespräch fand am Morgen nach dem Frühstück statt. Danach ging ich mit Adriani ins Reisebüro, um die Rückflugtickets zu reservieren. Es gab noch freie Plätze für den Samstagabend-Flug, doch Adriani wies diese Möglichkeit von sich.

»Nachts reise ich nicht. Ich will aus dem Fenster schauen, die Wolken und die Erde sehen und nicht in die pechschwarze Finsternis starren.«

Dummerweise waren die beiden Sonntagsflüge ausgebucht. Als ich ihr sagte, dass wir so bis Montag warten müssten und einen ganzen Tag verlören, sah sie mich schief an.

»Deinetwegen haben wir eine ganze Woche verloren, und jetzt störst du dich an dem einen Tag, den wir meinetwegen länger bleiben müssen?«

Wie gesagt, gegen Adriani kann man nur mit gezinkten Karten gewinnen. Ich meldete mich bei Murat, um ihm den Termin unserer Abreise bekanntzugeben und mich nach Neuigkeiten zu erkundigen, doch er war noch nicht viel weitergekommen. Und so sitzen wir nun an der Rezeption und warten auf Theodossis Kourtidis.

Ich weiß nicht, ob er uns – inmitten des Kommens und Gehens in der Lobby – an unserer erwartungsvollen Körperhaltung oder an der Schachtel Süßigkeiten auf Adrianis Schoß erkannt hat. Jedenfalls betritt er um Punkt acht das Hotel und steuert zielstrebig auf uns zu.

»Wenn ich nicht irre, sind Sie Herr und Frau Charitos«, sagt er. »Theodossis Kourtidis.«

Er ist an die sechzig, beleibt, Anzugträger und glatzköpfig. Sein noch verbliebenes schütteres Haar schart sich um den Schläfenbereich. Er vermittelt den Eindruck eines Mannes, der sein Leben bislang in vollen Zügen genossen hat, und zwar nicht nur in seiner Jugend, sondern auch und noch mehr im Laufe der Jahre.

»Wir wohnen in Maçka, nicht weit von hier«, sagt er, als wir in seinen BMW steigen. »Das liegt auf dem Hügel hinter dem Dolmabahçe-Palast.«

Das Appartement ist riesig. Aus einem geräumigen Flur tritt man in zwei ineinander übergehende Räume, Salon und Speisezimmer, deren Fläche allein in etwa einer Athener Dreizimmerwohnung von siebzig Quadratmetern entspricht. Adriani blickt sich beeindruckt um. Kann sein, dass die Konstantinopler Griechen von vielen tragischen Ereignissen heimgesucht wurden, doch an Komfort mangelt es ihnen nicht. Die Mouratoglou hatte es einmal so ausgedrückt: Wer von Tragödien verschont bleiben wollte, verließ die Stadt, wer sich für den Wohlstand entschied, der blieb.

Die Kourtidou empfängt uns mit einem »Herzlich willkommen!« und einem breiten Lächeln. Sie nimmt das Gastgeschenk mit dem üblichen »Aber, das war doch nicht nötig!« entgegen und reicht uns umgehend zur Begrüßungsrunde weiter. Der Salon ist prunkvoller möbliert als das Wohnzimmer der Familie Tayfur. Er ist genauso geschmackvoll, doch hier blitzt das Tafelsilber aus dem Vitrinenschrank, und an den Rückenlehnen und Tischbeinen leuchtet das Blattgold.

Die Kourtidou stellt uns einem Ehepaar vor, das beide Sofaenden besetzt und etwa derselben Altersgruppe angehört wie die Gastgeber. »Herr und Frau Meimaroglou.« Wir wechseln ein »Sehr erfreut«, und die Kourtidou führt uns zu einem jungen Paar, das noch keine dreißig ist.

»Und hier unsere Frischvermählten«, sagt sie stolz. »Eleni und Charis Dikmen. Eleni und Charis sind Freunde meiner Tochter Marika. Sie hätte so gerne an der Hochzeit teilgenommen, doch leider konnte sie nicht.« Eleni erhebt sich und schüttelt mir herzlich die Hand, und Charis' »Angenehm« hört sich an, als hätte Murat beschlossen, griechisch zu sprechen.

Die letzte Station in der Begrüßungsrunde bildet eine Mittfünfzigerin, die allein in einem Polstersessel sitzt und raucht. »Nur keine Umstände mit der Vorstellung, liebe Aleka. Das übernehme ich selbst«, sagt sie zur Kourtidou und wendet sich dann Adriani und mir zu.

»Ioanna Saratsoglou, Lehrerin an der Zappeio-Mädchenschule«, sagt sie und steckt sich eine weitere Zigarette an.

Der Esstisch ist mit einer weißen gestärkten Tischdecke, einem Porzellanservice, drei verschiedenen Sorten von Kristallgläsern, Silberbesteck und mit Monogramm versehenen silbernen Serviettenringen gedeckt, die ich in Athen höchstens bei einer – unwahrscheinlichen – Einladung zum Abendessen beim Staatspräsidenten zu Gesicht bekommen hätte. Die Sitzordnung sieht stets einen Herrn neben einer Dame vor, wobei mir das Los zufällt, neben der Gymnasiallehrerin Platz zu nehmen.

Die Lobesworte der Kourtidou bezüglich Adrianis zurückhaltenden Essgewohnheiten fallen mir wieder ein, als ich sehe, dass etwa ein Dutzend verschiedener Teller mit kalten und warmen Mezze auf dem Tisch steht. Was bei uns gerade mal für ein Büffet mit Häppchen reichen würde, gilt hierzulande als normales Abendessen. Und das macht einen gewaltigen Unterschied, denn am Büffet häuft man alles turmhoch auf seinen Teller, während man hier stückchenweise probiert. Die Gäste loben nacheinander die Kochkünste der Kourtidou, doch mit der entwaffnendsten Ehrlichkeit äußert sich Adriani.

»Tagelang habe ich mir eingebildet, liebe Aleka, die Istanbuler Küche inzwischen zu kennen«, sagt sie vertraulich. »Doch erst jetzt habe ich begriffen, was sie wirklich so einzigartig macht.«

Die Kourtidou dankt ihr entzückt, obwohl sie die Tragweite des Lobs gar nicht abschätzen kann, da sie nicht weiß, wie sehr Adriani damit geizt, die Kochkünste anderer zu loben.

Von da an nimmt die Konversation eine Wendung, der ich nicht folgen kann, da sie sich um Kirchen und Kirchensprengel, das Patriarchat, das Hospital und das Altersheim von Baloukli, die Zografeio-Oberschule, die Zappeio-Mädchenschule und das Gymnasium des Ökumenischen Patriarchats dreht, wobei sich sechs Personen angeregt unterhalten, während zwei Ahnungslose, nämlich ich und Adriani, sich aufs Essen beschränken, da wir nichts Besseres zu tun haben. Nur die Saratsoglou hält sich zurück und beteiligt sich nicht am Gespräch.

»Wir betreiben wieder mal Nabelschau und lassen Sie außen vor«, sagt die Saratsoglou plötzlich zu mir.

»Das macht nichts, es ist nur zu verständlich«, entgegne ich, obwohl sich bei mir langsam ein Völlegefühl einstellt, sowohl im Hinblick auf das Essen als auch auf meine wachsende Langeweile.

»Wissen Sie, als ich mich vorhin vorgestellt habe, war ich etwas ungenau. Ich arbeite eigentlich gar nicht mehr als Lehrerin an der Zappeio-Mädchenschule, dieses Jahr bin ich in Rente gegangen.«

»Ist Ihnen der Abschied schwergefallen?«, frage ich, denn das würde erklären, warum sie qualmt, was das Zeug hält, und nicht einmal zum Essen eine Pause einlegt.

»Ja und nein. Ja, weil die Zappeio-Schule mein Lebensinhalt war und ich noch keinen neuen gefunden habe. Und nein, weil ich keine Lust mehr hatte, unsere großen Lyriker Palamas und Kavafis vor kleinen Syrerinnen zu unterrichten, die mit Mühe fünf griechische Sätze herausbringen.« Sie hält inne und schiebt die erwartbare Frage nach: »Haben Sie Kinder, Herr Kommissar?«

»Eine Tochter. Sie hat in Thessaloniki Jura studiert und macht jetzt ihr Referendariat in Athen.«

»Hatte sie noch Altgriechisch an der Schule?«

»Nein, als Katerina zur Schule ging, war Altgriechisch bereits aus dem Lehrplan der Oberschulen gestrichen.«

»Manchmal dachte ich mir, es würde keinen Unterschied machen, wenn ich im Unterricht altgriechisch redete. Diese Kinder hätten Alt- genauso wenig wie Neugriechisch verstanden.« Sie sinnt kurz nach und fährt fort: »In der letzten Zeit meinte ich sogar, an einem fremdsprachigen Lyzeum zu unterrichten, am St.-Benoît-Lyzeum, an der Deutschen Schule oder am Notre-Dame-de-Sion. Die Kinder, die zu uns kommen, lernen die griechische Sprache und Grammatik, und wenn es nötig ist, sprechen sie auch griechisch in der Klasse, aber sobald sie zu Hause sind, kehren sie zu ihrer arabischen Muttersprache zurück. Genauso wie die Schüler an den fremdsprachigen Lyzeen.«

»Gibt es keine Kinder aus griechischen Familien an den Schulen?«

»Doch, so wie es französische Kinder im St. Benoît oder deutsche Kinder an der Deutschen Schule gibt. Aber sie bilden die Minderheit.«

Das Essen ist vorüber, und wir kehren in den Salon zurück, um Kaffee zu trinken. Ich folge der Saratsoglou und setze mich an ihre Seite. Zum Teil, weil sie mir sympathisch ist, und zum Teil, weil die übrigen Gäste weiterhin ihre Nabelschau betreiben und ich mir dabei überflüssig vorkomme.

»Auch das ist Teil des Kampfes«, meint die Saratsoglou.

Ich denke sofort an das Naheliegende. »Des Überlebenskampfes?«

»Nun, Teil eines Kampfes, der nur mit einer Niederlage enden kann, Herr Kommissar. Deshalb tun wir, was in unserer Macht steht, damit er nicht endet. Denn solange er fortdauert, ist die Niederlage noch nicht Gewissheit.« Plötzlich wird ihr bewusst, dass sie das Gespräch damit abgewürgt hat, und sie bemüht sich, das Thema zu wechseln. »Aber jetzt habe ich Ihnen mit meinen Angelegenheiten die

Stimmung verdorben. Bitte, verstehen Sie mich nicht falsch. Als Rentnerin bin ich noch Neuling.« Auf einmal erinnere ich mich an Despotopoulos, der mir erzählt hat, das Rentnerdasein sei ein Zustand privilegierter Arbeitslosigkeit.

»Und warum sind Sie hier? Eine Städtereise?«, fragt sie mich.

»Anfänglich ja, aber die Dinge haben sich anders entwickelt.«

»Unerfreulich, wollen Sie sagen?«

»Nein, nur wurde die Urlaubsreise zu einer Dienstreise.« Ich weiß auch nicht, warum ich mit der Saratsoglou plötzlich so vertraut rede. Vielleicht deshalb, weil sie sich zuerst mir gegenüber geöffnet und mir so ihr Vertrauen gezeigt hat. Vielleicht, weil ich mich verunsichert fühle, da Istanbul nicht wie Athen, die Istanbuler Minderheit nicht wie die Griechen in Griechenland und Murat nicht wie Gikas ist. Vielleicht auch deshalb, weil sie wie verrückt pafft und mich an gute alte Zeiten erinnert, die jedoch unwiederbringlich dahin sind, was unter anderem an der Tatsache abzulesen ist, dass meine Tochter meinen Kardiologen heiratet.

»Wir sind auf der Suche nach einer Frau, einer gewissen Maria Chambou«, erzähle ich der Saratsoglou. »Sie ist aus Drama hierhergekommen, augenscheinlich schwer krank, und will hier einen Schlussstrich unter ihr Leben ziehen. Zunächst einmal hat sie in Drama eine offene Rechnung mit ihrem Bruder beglichen und ihn vergiftet. Hier hat sie mit einer Cousine, einem Türken und einer türkischen Familie abgerechnet.«

»Sie hat also erst ihren Bruder getötet und dann hier weitergemordet?«, fragt sie, und ihr Blick spiegelt zwei Gefühle wider: Fassungslosigkeit und Schrecken.

»Nun, die einen tötet sie, die anderen belohnt sie für das Gute, das sie ihr erwiesen haben.« Und ich erzähle ihr die Geschichte, die gestern die türkische Nachbarin von Minas und Zoë berichtet hat.

Sie hört mir bis zum Schluss aufmerksam zu. »Das hat Ihnen die Nachbarin ganz richtig erzählt«, meint sie, als ich geendet habe. »Genauso hat es sich damals zugetragen. Zoë hatte jedes Mal Tränen in den Augen, wenn der Name von Melek Kaplan fiel.«

Verdattert und sprachlos starre ich sie an. »Kannten Sie die Familie Dağdelen?«, frage ich.

Sie lacht auf und deutet auf die beiden Frischvermählten. »Sehen Sie das junge Paar?«, meint sie zu mir. »Sie sind zusammen aufgewachsen. Unsere Kinder wachsen wie Geschwister auf und werden schließlich Ehepaare, und Sie fragen mich, ob ich Zoë und Minas kenne?« Die Saratsoglou sieht meine Ratlosigkeit und lächelt. »Zoë war meine Tante mütterlicherseits«, erklärt sie. »Aber ein Detail kannte die Türkin nicht. Es waren nicht nur die Teppiche und der Schmuck. Minas besaß auch ein Haus, das er gerade noch auf seine Schwester übertragen konnte, bevor die Eintreibung der Vermögensabgabe begann und das Fallbeil auf ihn niedersauste. Nachdem sie alles verloren hatten, zogen sie in dieses Haus ein, und Minas fing an, nach und nach seine Existenz wiederaufzubauen. Doch dann kamen die Septemberkrawalle, und von diesem Schlag hat er sich nicht mehr erholt. Er hat alles verkauft und ist fortgegangen, aber nicht nach Griechenland, sondern nach Kanada. All das weiß ich von meiner Mutter, die bis zu ihrem Tod mit Zoë korrespondiert hat.«

»Und was geschah mit dem Haus, das auf die Schwester überschrieben wurde?«

»Das hat er nicht verkauft, sondern ihr überlassen. Aber auch sie ist schon vor Jahren gestorben. Minas und Zoë waren kinderlos. Ich nehme an, dass ihr Erbe an die nächsten Verwandten gefallen ist. Wer weiß, vielleicht bin auch ich darunter«, fügt sie amüsiert hinzu. »Aber würde ich das Erbe annehmen? Das Haus wird eine Ruine sein, und man bräuchte eine Stange Geld, um es wieder herzurichten.«

»Wissen Sie, wo das Haus liegt?«

»In Psomathia.«

»Wie heißt das Viertel auf Türkisch?«, frage ich, denn inzwischen habe ich begriffen, dass die Istanbuler Griechen und die Türken verschiedene Namen für dieselben Wohngegenden verwenden.

»Samatya.«

»Besteht die Möglichkeit, dass Maria von diesem Haus wusste?«

»Mit großer Wahrscheinlichkeit. Es waren turbulente Zeiten damals, und die Leute haben unter Weinen und Wehklagen von ihren Sorgen erzählt.«

Und mit einem Mal wird offenbar, wo sich Maria versteckt haben könnte: im verlassenen Haus von Minas' Schwester. Doch anstelle von Erleichterung und Freude beschert mir die Entdeckung ein neues Dilemma. Soll ich Murat davon erzählen oder mich taub, blind und unwissend stellen?

Wenn ich nichts sage, steige ich am Montag mit Adriani

ins Flugzeug und bin rechtzeitig zur Hochzeit meiner Tochter in Athen. Wenn ich etwas sage, muss ich weiterermitteln, wobei ich nicht weiß, wohin das führen wird.

Das Dilemma quält mich auch im Wagen des Ehepaars Dikmen, das uns ins Hotel fährt. Schließlich siegt der anständige Trottel in mir, und ich rufe Murat an, als Adriani im Bad ist. Denn wenn sie mich mit dem Telefonhörer sieht, fällt bei ihr der Groschen.

Ich höre Murats verschlafenes »*Evet*« am anderen Ende.

»*Did I wake you?*«, frage ich.

»Sie haben mich aufgeweckt, aber ich nehme an, es handelt sich um etwas Wichtiges.«

Ich erzähle ihm die ganze Geschichte, die ich von der Saratsoglou erfahren habe. »Kann sein, dass sich Maria im Haus von Minas Dağdelens Schwester verborgen hält.«

»Morgen um acht Uhr bin ich im Hotel«, sagt er.

Als Adriani aus dem Bad kommt, habe ich das Gespräch bereits beendet. Sie schläft den Schlaf des Gerechten, während mich die Alpträume des Sünders plagen.

28

Mir liegt ein Stein im Magen, so groß wie einer der Mühlsteine, die man sich früher, wenn man lebensmüde war, um den Hals hängte, um sich zu ertränken. Mein Magen ist jedenfalls seit dem gestrigen Gelage im Wohn- und Speisezimmer der Familie Kourtidis in den Streik getreten. Die Folge war stundenlanges Magendrücken, wobei ich vor mich hin stöhnte und Adriani sich beschwerte, dass ich sie nicht schlafen ließ.

»Was war das auch für eine Gier, Herr im Himmel!«, rief sie empört irgendwann im Morgengrauen. »Bei Istanbuler Griechen nascht man vom Teller und haut nicht rein wie auf dem Dorf in Griechenland.«

»Woher willst du eigentlich wissen, wie man in Istanbul isst? Bist du vielleicht in Tatavla, Modi, Mega Revma oder auf den Prinzeninseln zur Welt gekommen, ohne dass ich was davon weiß?« Ich wundere mich selbst, wie mir auf Anhieb all diese Namen von Istanbuler Wohnvierteln und Vororten in den Sinn kommen. Eine gezielte Wut im Bauch hilft dem Gedächtnis eben mehr auf die Sprünge als eine diffuse Gereiztheit, die eher zur Lähmung des Erinnerungsvermögens führt.

Nun sitze ich neben Murat und gähne an jeder Ampel, während er mir heimliche Blicke zuwirft.

»Habe ich Sie zu früh geweckt?«, fragt er dann.

»Nein, Sie haben mich nicht geweckt, weil ich die ganze Nacht kein Auge zugetan habe. Wir waren gestern Abend zum Essen eingeladen, und ich habe etwas über die Stränge geschlagen.«

Er lacht auf. »Warum, glauben Sie, bestehe ich auf deutschem Essen? Die deutsche Küche verführt nicht zur Völlerei.«

Der Wagen fährt die Küste entlang, die bekannte Strecke Richtung Flughafen. Es ist nicht schwer, sich in Istanbul zurechtzufinden, solange man auf den Hauptverkehrsadern bleibt. Kompliziert wird es erst, wenn man von den breiten Boulevards in die engen Gassen gerät. Dort wird's kritisch, dort hilft weder Stadtplan noch Kompass weiter.

Nach einer Weile biegt Murat nach rechts in eine Straße ein, die von der Küstenstraße durch ein Grundstück mit hohen Bäumen getrennt ist, eine Art Erholungsgelände oder Spielplatz. Die Häuser auf der anderen Straßenseite sind jedes in einer anderen Farbe gestrichen. Davon werde ich wieder munter, nachdem mich der monotone Anblick des Meeres von der Küstenstraße aus eingelullt hat. Das Seltsame an den Istanbuler Armeleutevierteln ist, dass sie zwar billig und schnell hochgezogen, aber bunt sind, und nicht wie bei uns billig, schnell hochgezogen und von langweiligem Grau.

Kurze Zeit später sind wir vor einem großen Krankenhaus angelangt. Linkerhand führt eine Straße mit wenig geschmackvollen Wohnblöcken bergauf, rechterhand stehen ein paar wenige Bäume, die vermutlich zum Krankenhauspark gehören. Murat biegt jedoch nicht in die Straße ein, sondern steigt auf die Bremse und blickt mich an.

»So weit, so gut. Und was nun?«

»Ich schlage vor, wir wenden uns zuerst an die Kirche. Dort wird man das Haus der Familie Dağdelen kennen und Bescheid wissen, ob es überhaupt noch existiert.«

Die Kirche liegt an einer zentralen Straße, und zusammen mit dem Vorhof erstreckt sie sich über ein ziemlich großes Gelände. Es gibt keinen Zugang vom Haupteingang her, und so wandern wir um den Block herum, bis wir eine zweite schmiedeeiserne Tür finden, die jedoch ebenfalls versperrt ist. Murat drückt auf den Klingelknopf. In Kürze ist das Klicken eines Schlüssels zu hören, der sich in dem altmodischen Schloss dreht, und die schwere Eisentür öffnet sich halb. Darin taucht ein dunkelhäutiger Mann auf, wer weiß, vielleicht ein Vater einer von Saratsoglous Schülerinnen, und äugt uns misstrauisch an. Ich überlasse Murat das Gespräch, da er sich mit mir wohl nur schwer verständigen kann. Wie allerorten in Istanbul steigt das Entgegenkommen enorm, sobald das Zauberwort »*police*« fällt. Der Syrer benimmt sich nun zwar zuvorkommender, doch jede seiner Gesten verrät seine völlige Ahnungslosigkeit. Schließlich sagt er etwas zu Murat und stößt die Eisentür ganz auf.

»Was gibt's?«, frage ich Murat, der dem Wächter einen grimmigen Blick zuwirft.

»Er stiehlt mir nur meine Zeit«, entgegnet er. »Er ist Syrer, er kennt niemanden, aber er spielt sich auf und hält die ganze Zeit mit der Tatsache hinter dem Berg, dass ein Pfarrer drinnen sitzt, der uns möglicherweise weiterhelfen kann.«

Der Wächter führt uns in einen kleinen Raum, in den

man einen riesigen hölzernen Schreibtisch und zwei billige Besucherstühle aus Metall gepfercht hat. Ein vierzigjähriger Pope, dünn und mit gepflegtem Vollbart, erhebt sich vom Schreibtisch, um uns zu begrüßen.

»*Your turn*«, flüstert mir Murat zu. »Sie sind dran.«

Der syrische Wächter ist jedoch wild entschlossen, keinem anderen den Vortritt zu lassen. Er hebt an, dem Pfarrer alles ohne Punkt und Komma auf Türkisch herunterzuleiern.

Mit einem »Hören Sie, Pater« trete ich dazwischen, da der Syrer auch mir langsam auf den Senkel geht, nachdem meine Nerven bereits wegen der durchwachten Nacht blankliegen. »Wir halten Sie nicht lange auf. Wir haben nur zwei Fragen, die aber dringlich sind. Haben Sie vielleicht gesehen oder wissen Sie vom Hörensagen, ob in der letzten Zeit eine unbekannte Griechin in Psomathia aufgetaucht ist?«

»Mein Lieber, die Istanbuler Griechen haben Psomathia schon seit gut zehn Jahren verlassen. Es gibt nur noch ein paar armenische Familien, aber Griechen wohnen hier keine mehr. Ich komme nur in die Kirche, um Büroarbeiten zu erledigen, nicht um die Messe zu lesen.«

»Vielen Dank. Und nun die zweite Frage: Wissen Sie eventuell, wo das Haus einer gewissen Frau Dağdelen liegt?«

»Von Ekaterini Dağdelen? Natürlich weiß ich das. Ekaterini ist vor zehn Jahren verstorben. Es war eines meiner ersten Begräbnisse, kurz nach der Priesterweihe. Kommen Sie, ich zeige Ihnen das Haus, es ist nicht weit von hier.«

Er erhebt sich von seinem Schreibtisch. Der Wächter will

ihm schon folgen, doch ich bedeute ihm zu bleiben. Wir treten gemeinsam auf die Straße, und er zeigt mir ein Holzhaus schräg vis-à-vis, nur einen Häuserblock von der Kirche entfernt. Es handelt sich um eine dreistöckige hölzerne Ruine, eingeklemmt zwischen zwei billigen Betonklötzen. Das Erdgeschoss weist drei Fenster auf, die erste Etage nur zwei und eine Art Erker, der als Balkon dient, während die zweite wieder auf drei Fenster kommt.

»Darf ich Sie noch etwas fragen, Pater? Wenn kürzlich jemand in das Haus von Frau Dağdelen eingezogen wäre, hätten die Nachbarn da möglicherweise die Kirche oder die Polizei benachrichtigt?« Er blickt mich befremdet an. »Ich weiß, die Frage muss Ihnen seltsam erscheinen, aber lassen Sie sich davon nicht irritieren. Sagen Sie mir einfach Ihre Meinung.«

»Wie sollte hier noch irgendjemandem etwas auffallen? In diesem Viertel kommen jeden Tag Familien aus Anatolien, aus Turkmenistan, aus Aserbeidschan an. Wer misst hier einem neuen Gesicht Bedeutung bei, wenn alles Zuzügler sind?«

Wir überqueren die Straße und erreichen Dağdelens Haus. Die Tür ist verschlossen, doch ein kräftiger Tritt von Murat genügt, um sie aufzustoßen.

Ekliger Gestank schlägt uns entgegen. Wir wechseln einen Blick und wissen beide, was uns erwartet: eine weitere Leiche. Gleich gegenüber der Eingangstür führt eine Treppe in die oberen Etagen. Links liegt eine geschlossene Tür, während ich weiter hinten, neben der Treppe, eine zweite, offenstehende Tür ausmache, von der aus die Küche zu sehen ist. Dorthin wenden wir uns zuerst. Sie blitzt vor

Sauberkeit, als hätte jemand vor kurzem ein Großreinemachen veranstaltet. Murat öffnet einen der Küchenschränke.

»Sie haben recht, sie wohnt hier«, sagt er und zieht eine Packung Blätterteig heraus, dann eine Flasche Öl und ein Stück Schafskäse, noch eingeschlagen in das Butterbrotpapier, aus dem nächstgelegenen Lebensmittelladen.

»Noch etwas?«, frage ich.

»Nein.«

»Wir kommen zu spät, sie ist fort.«

»Woher wollen Sie das wissen?«, fragt er mich baff.

»Das Pflanzenschutzmittel fehlt. Sie hat es mitgenommen.«

»Nicht so schnell. Kann sein, dass wir es anderswo finden.«

Kann sein, aber mein Gefühl sagt mir, dass wir weder das Gift noch die Chambou finden werden.

Das Zimmer im vorderen Teil des Erdgeschosses muss vor Zeiten das Wohnzimmer gewesen sein. Nun sind nur mehr ein Tisch und zwei klapprige Stühle davon übrig. Sollte es noch weitere Möbelstücke gegeben haben, was anzunehmen ist, so wurden sie, da keine Erben da waren, von anderen Interessenten in Besitz genommen.

Im ersten Stockwerk liegt nur ein Schlafzimmer. Darin steht ein Doppelbett aus Eisen, und darüber liegt ein Überwurf, der mit hausfraulicher Sorgfalt glattgestrichen wurde.

»Hier hat sie übernachtet«, sagt Murat.

Dem pflichte ich zwar bei, doch meine Aufmerksamkeit richtet sich auf etwas anderes. An der Wand neben dem Bett ist eine Etagere befestigt, auf der zwei verblasste Heiligenikonen stehen. Auf der einen kann ich mit Mühe die Heilige

Jungfrau mit dem Kind erkennen, auf der anderen muss ein Heiliger abgebildet sein, dessen weitere Personalien nicht zu eruieren sind. An die Ikonen waren vier Fotografien gelehnt. Die eine zeigt ein in die Kamera lächelndes Paar, die übrigen drei sind Porträts zweier Frauen und eines Mannes. Zwei der Aufnahmen, das Paar und die eine Frau, lehnen am unteren Rand der Marienikone, die anderen beiden, der Mann und die zweite Frau, am unteren Rand der Heiligenikone, während vor den Fotografien ein Öllämpchen brennt.

»Haben Sie eine Ahnung, wer das ist?«, fragt mich Murat.

»Nein, die Gesichter sagen mir nichts.«

Die Leiche befindet sich in der zweiten Etage. Es handelt sich um eine ältere, gepflegte und gutgekleidete Frau. Letzteres ist allerdings eine pure Annahme, da das eingetrocknete Erbrochene ihre Bluse zur Gänze bedeckt. Es bietet sich dasselbe Bild wie bei Kemal Erdemoğlu. Die Frau liegt auf einem Diwan, der unter den Fenstern des zweiten Stockwerks steht. Von hier aus kann man in den Vorhof der Kirche blicken. Ich sehe mich im Raum um, aber selbst auf dem in der Mitte stehenden Tisch gibt es keine Reste einer Käsepitta, auch keine benutzten Teller. Die Wohnung ist piksauber.

»Sie hat alles aufgeräumt«, bemerkt Murat ungläubig.

»So hat sie es ihr Leben lang gemacht. Bei jedem Abschied hat sie stets eine blitzblanke Wohnung hinterlassen.«

Murat befasst sich überhaupt nicht mit dem Opfer, sondern zieht sein Handy hervor und erledigt ein paar Telefonate. Ich brauche kein Türkisch zu können, um zu wissen, dass er die Spurensicherung und die Gerichtsmedizin ruft.

Doch nun überfällt mich plötzlich Panik. Dieser Mord wirft alle meine Pläne über den Haufen, vielleicht verpasse ich die Abreise oder kann nur kurz zur Hochzeit bleiben und muss gleich wieder zurück. Meine erste Sorge ist, dass Katerina enttäuscht sein wird, und meine zweite, dass Adriani zur Furie wird. Und in diesem Fall retten mich auch keine gezinkten Karten, denn die hat die Chambou für sich reserviert.

Möglicherweise ist es dieser Panikattacke geschuldet, dass ich händeringend nach einer Lösung suche. Wie auch immer, jedenfalls beginnt mein Hirn auf Hochtouren zu arbeiten. »Ich möchte, dass Sie die Lazaridou herholen«, sage ich zu Murat und ziehe mein Notizbuch aus der Tasche. »Sie wohnt in der Çimen Sokak in Fener. Der Fahrer, der mich vor ein paar Tagen hingebracht hat, kennt die Adresse.«

Er blickt mich grübelnd, doch wortlos an. Erneut holt er sein Handy heraus, während auch ich nach meinem angle und Adriani anrufe. »Ich brauche die Handynummer der Kourtidou.«

»Wozu denn?«

»Jetzt ist keine Zeit für lange Erklärungen«, antworte ich knapp. »Wir haben hier noch ein Opfer, und die Zeit läuft uns davon. Gib mir die Handynummer der Kourtidou.«

Sie begreift, dass jede Diskussion überflüssig ist, und gibt mir die Nummer durch.

Ich versuche, meine Erregung im Zaum zu halten und höflich zu bleiben. »Frau Kourtidou, können Sie mir die Telefonnummer von Ioanna Saratsoglou geben?«

»Ja, Sie haben sich gestern Abend ja angeregt unterhalten«, meint sie leichthin. »Ioanna ist ein wundervoller Mensch. Marika, meine Tochter, war bei ihr in der Klasse.«

Ich würde ihr gerne sagen, dass ich nicht auf Brautschau bin, spare mir jedoch den Kommentar und rufe die Saratsoglou an. »Frau Saratsoglou, ich möchte Sie um einen Gefallen bitten. Könnten Sie nach Psomathia kommen, zum Haus von Ekaterini Dağdelen? Es liegt gleich vis-à-vis der Kirche, eine alte dreistöckige Holzruine. Sollen wir einen Streifenwagen bei Ihnen vorbeischicken?«

Nach einer kurzen Pause sagt sie: »Nur keine Umstände, ich komme mit meinem eigenen Wagen.«

»Was haben Sie vor?«, fragt Murat.

»Wenn die Chambou die Fotografien mit einem Öllämpchen vor den Ikonen aufstellt, muss es sich um Personen handeln, die ihr sehr nahe stehen. Die Lazaridou und eine Lehrerin, die ich gestern Abend kennengelernt habe, können sie vielleicht identifizieren.«

»Einverstanden, aber gehen wir hier lieber raus, denn gleich wird mir kotzübel.«

Beim Verlassen des Zimmers bleibt mein Blick an einem türkischen Schriftstück hängen, das auf dem Tisch liegt. »Was ist das?«, frage ich Murat.

Er wirft einen kurzen Blick darauf, ohne es zu berühren. »Der Vordruck einer notariellen Vollmacht«, erklärt er.

»Das heißt, das Opfer muss Rechtsanwältin sein.«

»Ja, und die Chambou hat sie unter dem Vorwand hierhergelockt, für sie den Verkauf des Hauses abzuwickeln. Und sie hat sie im dritten Stockwerk vergiftet, damit sie es nicht mehr die Treppe runterschafft, um Hilfe zu holen.«

Ich muss Vlassopoulos und Dermitsakis, meine beiden Assistenten, zu Murat zur Weiterbildung schicken. Wäre er an unserer Dienststelle, würde kein Verbrechen unaufgeklärt bleiben.

»Stimmt, sie ist fort«, sagt Murat, als wir wieder auf die Straße treten, um dem üblen Geruch zu entgehen. »Nicht nur das Pestizid, auch ihr Koffer fehlt.«

Innerhalb der nächsten zehn Minuten fahren der Transporter der Spurensicherung und der Krankenwagen in Begleitung eines Streifenwagens vor. Der Gerichtsmediziner kommt mit dem eigenen Auto. Murat gibt ihnen Anweisungen, woraufhin sie im Haus verschwinden. Die Polizeibeamten bemühen sich indes, ein paar Schaulustige, die sich vor dem Haus versammelt haben, zum Weitergehen zu bewegen. Unter ihnen ist auch der Pfarrer, der aus der Kirche getreten ist und nun auf mich zukommt.

»Ist etwas passiert?«, fragt er besorgt.

»Das werden Sie alles morgen erfahren.«

Er blickt mich verwundert an, ohne zu beharren, und überquert die Straße, um zur Kirche zurückzukehren.

Als Erste trifft die Lazaridou ein. Der Fahrer des Streifenwagens hält ihr höflich den Wagenschlag auf und hilft ihr heraus. Sobald sie mich erkennt, eilt sie auf mich zu.

»Ist noch ein Unglück passiert?«, fragt sie entgeistert.

Ich weiß, dass der Anblick, den ich ihr zumute, grausam ist. Und einer Frau ihres Alters wird er noch brutaler erscheinen als mir. »Frau Lazaridou, Sie müssen jetzt tapfer sein«, sage ich zu ihr. »Was Sie jetzt sehen werden, ist kein angenehmer Anblick. Eines kann ich Ihnen jedoch sagen: Wenn ich mich nicht völlig täusche, handelt es sich um keinen Ihrer Angehörigen. Zunächst aber möchte ich Ihnen noch etwas anderes zeigen.«

Ich führe sie ins Haus und helfe ihr die Treppe hoch, die sie nur mit Mühe erklimmt. Murat folgt uns. Als wir im ersten Stockwerk ankommen und ich die Tür zum Schlafzimmer aufstoße, kneift die Lazaridou unwillkürlich die Augen zusammen, da sie das Schlimmste befürchtet. Als sie sieht, dass sich kein übler Anblick bietet, beruhigt sie sich wieder.

»Erkennen Sie eine der abgebildeten Personen?«

Sie studiert sie aufmerksam. »Der hier ist Lefteris«, sagt sie, womit sie wohl Lefteris Meletopoulos meint. »Die Frau kenne ich nicht, aber das muss seine Ehefrau sein. Das Alter kommt hin.« Ihr Blick fällt auf die Aufnahme der zweiten Frau. »Und das ist Safo, Marias Schwägerin.« Sie bekreuzigt sich und murmelt: »Groß bist du, o Herr, und wunderbar sind deine Werke.«

»Jetzt müssen Sie stark sein, Frau Lazaridou«, sage ich und führe sie in die zweite Etage hoch.

Als sie die Leiche auf dem Diwan erblickt, schlägt sie die Hände vor den Mund, um nicht laut aufzuschreien. »Wie konntest du nur, Maria? Wie konntest du nur!«, würgt sie hervor.

»Kennen Sie sie?«, frage ich.

Ihre Miene ändert sich schlagartig. »Wer in Istanbul hat diese falsche Schlange nicht gekannt, Herr Kommissar? Die halbe Stadt hat sie verflucht und ihr ein schlimmes Ende gewünscht, und Maria hat es ihr schließlich bereitet.«

Ich fasse sie am Oberarm und geleite sie aus dem Zimmer. »Wer ist es?«, frage ich.

»Die Rechtsanwältin Eftychia Aslanidou. Eftychia... Was für eine Ironie des Schicksals: Glück, wie ihr Name sagt, hat sie nur sich selbst gebracht, und allen anderen nur Unglück«, fügt sie hinzu.

»Was hatte Maria mit ihr zu tun?«

»Maria? Gar nichts. Aber Lefteris, soviel ich weiß. Der Türke hatte die Aslanidou vorgeschickt, damit sie Lefteris dazu brachte zu verkaufen. Böse Zungen behaupten, ihre Provision sei der halbe Kaufpreis gewesen.«

»Gibt es Beweise dafür?«

»Beweise?«, stößt sie in einer Aufwallung von Zorn hervor. »Beweise? Die Hälfte der Griechen, die auswanderten, hat sie um den Finger gewickelt. Wie ein Geier ist sie über sie hergefallen, schleimte sich ein mit ›verständnisvollen‹ Trostworten und unehrlichen Versprechungen, und dann hat sie ihre Häuser und Geschäfte für einen Kanten Brot an ihre Kunden verscherbelt. Nur verbrannte Erde hat sie hinterlassen.« Sie holt Luft und fährt etwas ruhiger fort. »Maria hat mir erzählt, dass Lefteris' Frau, nachdem das abgekartete Spiel rausgekommen war und Lefteris den Schlaganfall hatte, zu ihr hinging, um sie zur Rede zu stellen. Die Aslanidou hat sie angeschrien: ›Reicht es denn nicht, dass ich euch geholfen habe, was wollt ihr denn noch?‹, sagte sie und warf sie aus ihrem Büro. Damals hatte sie gerade ihre Kanzlei eröffnet. Denken Sie nur, durch welche unrechtmäßige Bereicherung sie sich ein Vermögen erwirtschaftet hat!«

Ich will ihr gerade die Treppe hinunterhelfen, als Murat uns anhält. »Kann ich auch etwas fragen?«, meint er und zieht die Fotografie aus der Tasche, die er von Emine erhalten hat. »Fragen Sie, ob sie diesen Ort kennt.«

Die Lazaridou wirft einen Blick auf die Aufnahme und sagt prompt: »Das ist Kerasounta.« Und zu Murat meint sie auf Türkisch: »Giresun.«

»*Teşekkür ederim, Madame*«, sagt Murat und klopft ihr freundlich auf die Schulter. »*Sağ ol*«, ergänzt er. Ich weiß zwar nicht, was das heißt, aber ich nehme an, es handelt sich um eine Steigerungsform von »*Teşekkür*«, was »Danke« bedeutet.

»Stammt Maria aus Kerasounta?«, frage ich die Lazaridou.

»Ja, aber sie wohnten in Trabzon. Lambros, ihr Vater, hat in einer von Konstantinidis' Firmen gearbeitet. Ich weiß nicht, ob Sie je von ihm gehört haben, er war der reichste Kaufmann und Bankier in Kerasounta. Lambros hatte eine sehr gute Stellung, und er war überall hoch angesehen. Doch dann hat er sich in die Politik hineingesteigert, wollte das Pontusgebiet befreien und ist in die Berge gegangen. Daran war freilich auch Konstantinidis schuld, der ihm mit dem Gerede von der ›Schwarzmeer-Republik‹ den Kopf verdreht hatte. Bevor er in den Kampf zog, schickte er seine Frau und Maria zu seinem Bruder nach Kerasounta. Von dort aus sind sie dann nach Istanbul aufgebrochen.«

»Erinnern Sie sich vielleicht, wo sie wohnten?«

»Irgendwo in der Nähe der Festung, aber ich kann's nicht beschwören.« Sie ist mit ihrer Erzählung zu Ende, und ich geleite sie langsam die Treppe nach unten. Draußen wartet der Streifenwagen, um sie nach Hause zu bringen. »Vielen Dank, Frau Lazaridou, Sie haben mir sehr geholfen«, sage ich, während sie in den Wagen steigt.

»Möge der Herr in seiner Güte sich Marias erbarmen, Herr Kommissar. Möge der Herr in seiner Barmherzigkeit ihr vergeben. Kann sein, dass sie getötet hat, aber sie hat niemandem Unrecht getan«, sind ihre letzten Worte.

In dem Augenblick, als die Lazaridou abfährt, trifft die Saratsoglou ein. Sie lässt die Begrüßung weg und fragt mich ohne Umschweife, was los sei.

»Ich werde Ihnen jetzt etwas zeigen, was Ihnen nicht sehr gefallen wird, Frau Saratsoglou, aber es muss sein.«

Sie ist offensichtlich vorbereitet, denn sie folgt mir wortlos in die erste Etage. Sobald sie die Aufnahmen an der Ikonenwand sieht, ruft sie aus: »Zoë und Minas! Sie sind das Paar auf der Fotografie! Die anderen kenne ich nicht.« Sie wendet sich um und blickt mich fragend an: »Gehörte die Aufnahme Maria? Woher hatte sie sie, Herr Kommissar?«

»Keine Ahnung, sie hatte sie jedenfalls bei sich.«

Ihre Reaktion beim Anblick der Aslanidou ist zwar beherrschter, doch ähnlich wie die der Lazaridou. Erst beim Verlassen des Zimmers bricht es aus ihr heraus: »Das hat sie verdient! Gott vergib mir, aber das hat sie verdient!« Sie wendet sich mir zu, da sie das Bedürfnis verspürt, mir ihren Ausbruch zu erläutern. »Ich habe studiert, Herr Kommissar. Ich bin Lehrerin, jahrelang habe ich Schüler und Schülerinnen unterrichtet. Ich glaube nicht an Selbstjustiz, aber ich glaube an göttliche Gerechtigkeit.«

»Es ist nicht nötig, dass Sie mich nach Giresun begleiten«, meint Murat, als die Saratsoglou sich verabschiedet hat. »Sie haben ohnehin alles in Ihrer Macht Stehende getan.«

Er hat recht, und dennoch will ich mitfahren. Nicht weil ich glaube, dass mir der türkische Kollege ein Bein stellen will, wie Gikas meint, noch weil ich fürchte, dass mir die Türken im letzten Moment in den Rücken fallen werden, wie Despotopoulos glaubt. Ich will die Frau einfach kennenlernen, die im unteren Stockwerk fromm ein Öllämpchen entzündet und im oberen Stockwerk gnadenlos einen Mord begeht.

29

Da sitze ich nun im Flugzeug, doch die Reise geht nicht nach Athen, sondern nach Trabzon. »*Fasten your seat belts, please*« war jedoch schon vorher das Gebot der Stunde gewesen, da mir aufgrund ehelicher Turbulenzen eine steife Brise ins Gesicht blies.

»Also so was, jetzt hast du jedes Augenmaß verloren«, brach es aus Adriani heraus, als sie erfuhr, dass ich nach Kerasounta fliegen wollte. »Wir sind dir alle piepegal, sowohl deine Tochter als auch ich, genauso wie Fanis und seine Eltern. Du hast nur diese Kinderfrau im Kopf. Hätte ich gewusst, dass uns diese Maria über den Weg laufen würde, hätte ich einen Urlaub am Amazonas gebucht.«

Ich beschwichtigte sie in gemäßigtem Ton, weil mir klar war, dass ich Dreck am Stecken hatte. »Deine Sorge ist unbegründet. Spätestens am Sonntagabend bin ich wieder zurück. Vielleicht auch schon früher.«

»Das ist deine Sache, wann du wieder hier bist. Ich erkläre hiermit nur, dass ich Montag früh ins Flugzeug der Olympic Airlines steige und nach Athen zurückkehre. Ob allein oder in Begleitung, hängt von dir ab.«

Und damit würgte sie jede weitere Diskussion ab und wünschte mir auch keine gute Reise für den Flug nach Trabzon.

Trotz der ehelichen Turbulenzen konnte ich zeitgerecht

Markos Vassiliadis benachrichtigen, nachdem ich mich vorab mit Murat verständigt hatte. »Maria Chambou wird Hilfe brauchen«, sagte ich zu ihm. »Wenn wir sie festnehmen, muss jemand einen Rechtsbeistand organisieren und sie im Gefängnis besuchen. Und wenn sie bald sterben sollte, muss sich jemand um das Begräbnis kümmern. Die Lazaridou kann das unmöglich alles übernehmen.«

So sitzt nun Markos Vassiliadis zwei Sitzreihen vor uns und blickt aus dem Fenster. An meiner Seite hat Murat die Augen geschlossen, und es sieht aus, als sei er eingenickt. Da ich einen Gangplatz habe, kann ich nicht aus dem Fenster schauen und genauso wenig eindösen, da mir – trotz meiner Versicherungen Adriani gegenüber – die Angst im Nacken sitzt, Katerinas Hochzeit zu verpassen.

Kurz nach der Landung zieht Murat die Augenlider halb hoch und lächelt mir zu. »Ich mag Flugzeuge nicht«, meint er. »In der Luft fühle ich mich unsicher, daher verlege ich mich aufs Schlafen.«

Glücklicherweise haben wir kein Gepäck und wenden uns direkt dem Ausgang zu. Ich habe nur mein Rasierzeug und meine Zahnbürste eingepackt, vor allem um Adriani zu überzeugen, dass die Reise tatsächlich nur ein Abstecher sein würde. Was mir nicht gelungen war. Sie hatte nur einen verächtlichen Blick für mich übrig gehabt und geätzt: »Hemden und Unterhosen gibt's überall zu kaufen, auch am Ende der Welt in Trabzon!«

Am Ausgang erwartet uns ein höherer Polizeioffizier in Uniform. Er begrüßt Murat und schüttelt auch mir die Hand, Vassiliadis jedoch ignoriert er. Nach den Höflichkeitsfloskeln informiert er Murat.

»Sie haben den Linienbus ausfindig gemacht«, erklärt mir Murat, während wir auf den Streifenwagen zusteuern. »Maria Chambou ist vor drei Tagen mit dem Nachtbus direkt nach Giresun gereist. In Trabzon sei sie gar nicht gewesen. Die Polizei von Giresun versucht nun, sie zu finden. Vielleicht wissen sie schon mehr, wenn wir dort ankommen.«

Der höhere Offizier in Uniform verabschiedet sich von uns und reicht uns an den Chauffeur des Streifenwagens weiter. Wir fahren auf einen Boulevard, der genauso gesichtslos und nichtssagend ist wie alle Autostraßen, die Flughäfen und die zugehörigen Städte verbinden. Während wir uns der Stadt nähern, wachsen immer mehr acht- bis zehnstöckige Wohnblöcke aus dem Boden, in derselben schrillen Vielfarbigkeit, die ich schon in Istanbul erlebt habe, wobei hier nicht Pistaziengrün, sondern ein dunkles Ziegelrot vorherrscht.

Wir blicken alle aus dem Fenster, ein jeder von uns mit seinen eigenen Gedanken beschäftigt. Murat mustert die Gegend mit der Neugier des Neuankömmlings, da er noch nie hier gewesen ist; Vassiliadis scheint daran zu denken, was ihm bei der Begegnung mit seiner alten Kinderfrau bevorsteht; und mich treibt die Angst um, nicht rechtzeitig zur Hochzeit zu kommen.

»Nehmen wir mal an, wir finden sie. Was machen wir dann?«, frage ich Murat, um das Schweigen zu brechen.

»Das entscheiden wir, wenn wir sie gefunden haben.«

Der Streifenwagen biegt nach rechts ab und fährt auf einen Boulevard, der parallel zum Meer verläuft. Der Himmel ist grau und dicht bewölkt, die See tiefschwarz, wild und aufgewühlt.

»Sieht ganz nach Schlechtwetter aus«, sage ich in meiner ganzen Naivität zu Murat.

Er lacht auf und überbringt meine Vorhersage dem Chauffeur, der sich seinerseits herzlich amüsiert. »Wissen Sie, warum man Schwarzes Meer sagt?«, fragt mich Murat.

»Nein. Bei uns heißt es von alters her ›Pontos Euxeinos‹, das gastliche Meer.«

»Dieses Meer heißt Schwarzes Meer, weil es tatsächlich eine sehr dunkle Farbe hat.«

»Die alten Griechen nannten es auch schwarz, wenn sie es besänftigen und an seinen gastlichen Ruf erinnern wollten«, erläutert Vassiliadis.

»Kann sein, aber heute können wir froh sein, dass es schwarz ist«, entgegnet ihm Murat.

»Wieso?«

»Weil man so nicht sieht, wie dreckig es ist. Fünf Länder verwenden es als Müllkippe, und der Name passt allen in den Kram. Warum sollte man es sauber halten, wenn es Schwarzes Meer heißt.« Er hält inne und sagt dann ruhig zu mir: »Nehmen Sie mich nicht ernst. Ich bin aus Deutschland, also ein Außenstehender.«

Der Verkehr auf der Küstenstraße wird dichter, und Murat weist den Chauffeur an, das Martinshorn einzusetzen. Pkws und Lastwagen fahren zur Seite, um uns vorbeizulassen. Der Chauffeur sagt etwas zu Murat, was er mir in der Folge übersetzt.

»Es dauert nicht mehr lange. In einer Stunde sind wir am Ziel.«

Die Gegend ist dicht besiedelt, vergleichbar mit der Nordküste Kretas. Wir passieren eine Kreisstadt nach der anderen. Das Ziegelrot der Wohnblöcke hat hier überall einen haushohen Sieg über das Grün der Wälder davongetragen.

»Wir haben sie«, verkündet Murat freudig nach einem Anruf auf seinem Handy. »Sie wohnt in einem Viertel namens Zeytinlik.«

»Auf Griechisch: Olivenhain«, erläutert mir Vassiliadis.

»Die Mieter des Hauses haben das örtliche Polizeirevier verständigt. Deshalb haben wir sie gefunden.«

»Macht man das hier so? Sobald ein Fremder ins Haus kommt, informiert man die Polizei?«, frage ich Murat überrascht. »Bei uns ist so etwas nur während der Diktatur vorgekommen.«

»Auch bei uns hat es, so heißt es wenigstens, unter Evrens Diktatur angefangen. Diese Gegend wurde in Evrens Regierungszeit besonders hart gemaßregelt, und der Terror steckt den Leuten noch in den Knochen. Man meldet hier lieber einmal etwas zu viel, um seine Ruhe zu haben.«

Auf der einen Seite liegt das Meer, auf der anderen breiten sich Erdnussfelder aus. Nach ein paar weiteren Kilometern liegt eine Küstenstadt vor uns, hingegossen in eine große Bucht. Dem Hafen gegenüber liegt eine kleine Insel, die an die Thodorou-Inseln vor Chania erinnert, nur dass sie über und über bewaldet ist. Eine Schar Möwen kreist über ihr. Die Wolken sind nach wie vor schwer und die offene See grob und unruhig.

»Wir sind da«, meint der Chauffeur zu Murat und deutet auf einen Hügel vor uns.

Wir halten darauf zu, und ich kann nun auf seiner Kuppe die Stadtfestung erkennen. Der Streifenwagen nähert sich der Festung, doch dann biegt er in südöstlicher Richtung ab und fährt eine weitere Anhöhe hoch. Es ist eine Gegend mit älteren zwei- und dreistöckigen Wohnbauten. Sie müssen wohl unter Denkmalschutz stehen, dann alle Häuser sind gepflegt, und nirgendwo leuchtet uns das vulgäre Ziegelrot entgegen.

Der Streifenwagen bleibt in einer Kurve stehen, und der Chauffeur deutet ein Stück den Hügel hoch auf ein zweistöckiges Gebäude. Wir steigen aus, um zu Fuß weiterzugehen. Der Chauffeur macht Anstalten, uns zu begleiten, doch Murat weist ihn an, im Streifenwagen zu warten.

Das Haus ist renoviert und gut erhalten. Scheinbar werden wir erwartet, denn die Tür springt gleich beim ersten Klingeln auf. Auf der Türschwelle erscheint eine Frau an die sechzig mit Kopftuch. Murat spricht kurz mit ihr, worauf die Frau die Tür mit einem »*Hoş geldiniz*« weit aufmacht, das sie für jeden Einzelnen von uns wiederholt.

Der geräumige Flur ist quadratisch und mit Steinplatten ausgelegt. Am Tisch sitzt ein Mann mit weißem Haar und weißem Schnurrbart, der älter wirkt als die Frau, doch vielleicht ist er auch nur vorzeitig gealtert. Der Mann heißt uns ebenfalls willkommen, und danach unterhalten sich beide mit Murat. Da ich das Gespräch nicht unterbrechen will, bitte ich Vassiliadis zu dolmetschen.

»Maria hat so gegen Mittag an ihre Tür geklopft«, beginnt Vassiliadis. »Als sie ihr öffneten, meinte sie, in diesem Haus sei sie geboren und ob sie es sehen könne. Sie wurde hineingelassen und begann sich umzusehen. ›Wir hatten keinen Tisch im Flur‹, sagte sie. ›Und an der Wand hatten wir eine Konsole mit einem Spiegel darauf.‹ Nun war das Ehepaar überzeugt, dass es tatsächlich ihr Geburtshaus war.« Vassiliadis unterbricht, um den Worten der Frau zu lauschen. »Sie führt uns nach oben, damit wir sie sehen können«, ergänzt er.

Die Frau führt uns über eine hölzerne Treppe in das Obergeschoss und öffnet eine der beiden Türen auf dem Flur. In dem ansonsten leeren Zimmer steht ein einzelnes Bett. Darauf liegt eine Frau mit schneeweißem Haar, vollen Lippen und einem Damenbärtchen. Sie ist auf Haut und Knochen abgemagert, und ihre Wangen sind hohl und eingefallen.

Ich höre, wie die Türkin mit Vassiliadis und Murat spricht, doch ich kann meine Augen nicht von Maria lösen. Ihr starrer Blick ist auf die gegenüberliegende Wand gerichtet. Als wir ins Zimmer getreten waren, hatte sie sich umgewandt, uns einen gleichgültigen Blick zugeworfen und danach ihre ganze Aufmerksamkeit wieder der Wand gewidmet, als sei unsere Anwesenheit völlig irrelevant für sie.

»Maria ist in die obere Etage hochgeklettert, als müsste sie einen Berg erklimmen«, dolmetscht mir Vassiliadis die Worte der Türkin. »Sie ist sofort auf diese Tür zugegangen mit den Worten: ›Das ist mein Zimmer, hier habe ich geschlafen.‹ Dann hat sie sich hingelegt, als sei es ihr eigenes Bett, und ist seitdem nicht mehr aufgestanden. Das Ehepaar begriff, dass sie schwer krank war, bekam es mit der Angst zu tun und rief den Arzt. Der meinte, sie müsse unverzüglich im Krankenhaus untersucht werden, doch Maria lehnte ab, und die gastfreundlichen Hausbesitzer bestanden nicht darauf. Sie haben nur die Polizei informiert, damit sie keine Unannehmlichkeiten bekommen, falls ihr etwas zustößt.«

Vassiliadis hat zu Ende gedolmetscht, dann geht er auf

Maria zu und sagt zärtlich zu ihr: »Maria, ich bin Markos. Markos Vassiliadis. Erkennst du mich?«

»Drei Täg nur Himmel und Meer«, sagt Maria, ohne dass klar wird, ob sie Vassiliadis antwortet oder bereits in anderen Sphären schwebt. »Drei Täg nur Himmel und Meer.«

»Die Türkin sagt, das und weitere unverständliche Dinge murmle sie ständig vor sich hin«, erklärt mir Vassiliadis. »Sie antwortet nicht, wenn man sie anspricht, sondern wiederholt sich nur.« Er macht eine kurze Pause und fügt dann hinzu: »Ich weiß, wovon sie spricht. Davon hat sie uns auch erzählt. Von ihrer Reise von Kerasounta nach Istanbul. Drei Tage lang hat sie nur den Himmel und das Meer gesehen.«

»Maria, kein groß' Stück, die andern woll'n auch noch essen.«

Plötzlich wird ihr schmächtiger Körper von einem Hustenanfall geschüttelt, wobei sie nur aus völliger Entkräftung nicht noch heftiger hustet.

»Maria, tu die Händ' weg von der Pitta! Maria, tu die Händ' weg von der Pitta!«, sagt sie immer und immer wieder zwischen zwei Atemzügen. Dann überkommt sie wieder der Husten.

»Was sagt sie?«, fragt Murat, der neben mir steht.

»Wie mir Vassiliadis erzählt, beschreibt sie ihre Reise von Kerasounta nach Istanbul. Sie waren drei Tage und Nächte unterwegs. Scheinbar hatte ihre Mutter als Wegzehrung eine Käsepitta zubereitet.«

Murat hört zu und schüttelt den Kopf. »Jetzt wissen wir also, warum für sie der Blätterteigkuchen einmal Tatwaffe und einmal Gastgeschenk war«, sagt er und geht aus dem Zimmer.

»Maria, kein groß' Stück, die andern woll'n auch noch essen.«

Vassiliadis nähert sich dem Bett, er ergreift ihre Hand und macht noch einen Versuch: »Maria, hier ist Markos.«

»Drei Täg nur Himmel und Meer.«

»Ja, ich weiß. Drei Tage und Nächte seid ihr von Kerasounta nach Istanbul gefahren. Ich bin's, Markos. Markos Vassiliadis. Erkennst du mich, Maria?«

Sie wendet ihm nur den Blick, nicht das Gesicht zu und sagt: »Süßes kleines Scheißerchen.«

Ich sehe, wie Vassiliadis die Hände vors Gesicht schlägt und in Tränen ausbricht. »Das hat sie immer zu meiner Schwester gesagt, wenn sie ihr die Windeln wechselte«, sagt er zu mir. »Sie hat ihr die Händchen geküsst und zu ihr ›Süßes kleines Scheißerchen‹ gesagt.«

Er versucht die Tränen zurückzuhalten, doch es gelingt ihm nicht. Die Türkin blickt Maria an und wiegt den Kopf hin und her, wie es alle alten Frauen tun, wenn sie sich dem Schicksal gegenüber machtlos fühlen.

»Wie ist es nur möglich, dass sie sich an all das erinnert?«, fragt mich Vassiliadis. »Sowohl an den pontischen Dialekt als auch an ihre Worte zu meiner Schwester, als sie noch ein Baby war, einfach an alles?«

Ich klopfe ihm freundschaftlich, aber kommentarlos auf die Schulter. Ich will ihm nicht sagen, dass es sich vielleicht um das letzte Aufbäumen vor dem Tod handelt. Mein Vater hatte am Ende seines Lebens die Orientierung verloren. Er bat meine Mutter um Wasser, und als er es getrunken hatte, schimpfte er sie aus, dass sie ihm kein Wasser brachte. Ein paar Stunden vor dem Ende erinnerte er sich plötzlich an die Schlachten auf dem Vitsi-Massiv und dem Grammos und zählte die von ihm erlegten Kommunisten auf.

Die Türkin geht auf Murat zu, bleibt neben ihm stehen und erklärt ihm etwas.

»Was hat sie gesagt?«, frage ich ihn.

»Sie hat mir gesagt, dass sie und ihr Mann, wenn wir es wünschen, für ein paar Tage zu ihrer Tochter nach Tirebolu gehen würden, damit Maria sich ganz zu Hause fühlen und von Vassiliadis betreut werden kann.«

»In ihrem Zustand wäre es sicher besser, sie würde im Krankenhaus gepflegt«, sagt Vassiliadis, der den Vorschlag der Türkin gehört hat.

Murat fasst ihn am Oberarm und führt ihn aus dem Zimmer. Ich bleibe mit Maria allein zurück. Sie hat ihren Blick wieder starr auf die Wand gerichtet. Bei ihrem Anblick frage ich mich, wo dieser spindeldürre Leib die Energie hergenommen hat, in ganz Istanbul herumzustreifen, Käsepittas zuzubereiten, vier Menschen zu töten und uns immer einen Schritt voraus zu sein? Es ist, als hätte sie ihre Kräfte haargenau eingeteilt, so dass sie gerade noch ausreichten, um in ihr altes Bett zu finden und dort zusammenzubrechen.

»Maria, tu die Händ' weg von der Pitta! Maria, tu die Händ' weg von der Pitta!«

Murat und Vassiliadis kehren ins Zimmer zurück. »In Ordnung, ich bleibe hier in Kerasounta, im Hotel«, sagt Vassiliadis. »Aber die Leute sollen hierbleiben. Sie haben schon genug Opfer gebracht.«

Dazu äußere ich mich nicht. Mir ist klar, dass Murat ihn dazu gebracht hat, seine Meinung zu ändern. Ich werfe einen letzten Blick auf Maria, die wieder von einem Hustenanfall gequält wird, und trete aus dem Zimmer.

»Was haben Sie zu Vassiliadis gesagt?«, frage ich Murat.

»Ich habe ihn gefragt, ob er sich das mit dem Krankenhaus gut überlegt hat, denn dort würde Maria Tag und Nacht von einem Polizeibeamten bewacht. Und wie sich wohl die Ärzte und Schwestern ihr gegenüber verhalten würden, wenn sie erfahren, was sie getan hat. Und ob es keine schönere Art und Weise für einen Menschen gäbe, seine letzten Stunden zu verbringen.«

»Ja, aber eigentlich wäre das polizeilich korrekt«, antworte ich, während ich gleichzeitig den Bullen in mir verfluche. Erzählt er mir das alles vielleicht absichtlich, um mich auf die Probe zu stellen? Ach was! Dass ich das überhaupt in Erwägung ziehe, ist nur Gikas und Despotopoulos zu verdanken! Ich schicke alle beide zum Teufel, um die Verantwortung von mir auf sie abzuwälzen.

Murat blickt mich an. Kann sein, dass er mich innerlich auch zum Teufel schickt, doch er lässt sich nichts anmerken. »Ich habe mit dem Arzt gesprochen«, sagt er gelassen. »Seiner Einschätzung nach hat sich der Krebs im ganzen Körper ausgebreitet. Deshalb hat er nicht darauf bestanden, sie zu untersuchen und eine Computertomographie durchzuführen. Er war der Ansicht, das würde sie nur unnötig quälen. Ganz abgesehen davon, dass man die Untersuchungen hier gar nicht durchführen könnte und sie nach Trabzon ins Krankenhaus transportieren müsste.« Er pausiert und fügt dann entschlossen hinzu: »Gehen wir, es gibt Dinge, die man sich selbst überlassen kann. In ein paar Stunden, höchstens ein paar Tagen, wird sie vor dem höchsten Richter stehen. Besser, Er spricht das Urteil.«

»Entschuldigen Sie, ich wollte Sie mit meinen Worten nicht beleidigen«, sage ich. »Ich wollte einfach nicht, dass Sie meinetwegen Unannehmlichkeiten bekommen. Denn was wollen Sie morgen Ihrem Vorgesetzten sagen?«

»Dasselbe wie Sie Ihrem Vorgesetzten: dass wir zu spät gekommen sind und dass sie schon tot war. Ich habe mit dem Arzt vereinbart, den Totenschein auf das heutige Datum auszustellen. Warum, glauben Sie, habe ich den Chauffeur des Streifenwagens zurückgehalten, als er mitgehen wollte?«

Wir lassen Vassiliadis bei seiner alten Kinderfrau zurück und gehen das Stück zum Streifenwagen hinunter. Nur mit Mühe und erst, als wir mit dem Auto hinunter zum Hafen kommen, gelingt es mir, Maria Chambous Bild vor meinem inneren Auge verblassen zu lassen und mir stattdessen Katerina und Fanis in Erinnerung zu rufen.

30

Ein letztes Mal fahren wir über die Atatürk-Brücke, und an ihrem Ende biegt das Taxi nach links ab. Da mich Maria Chambou zu Touren kreuz und quer durch Istanbul genötigt hat, kenne ich mich mittlerweile besser aus als der Durchschnittsbesucher. Und daher weiß ich, dass wir in Richtung der Küstenstraße unterwegs sind und gleich am Ägyptischen Basar vorüberfahren werden. Es ist halb acht Uhr morgens, und zum ersten Mal erblicke ich ein anderes Gesicht Istanbuls: Die Verkaufsbuden sind geschlossen und die Rollläden heruntergelassen, und von den einstöckigen Baracken, die sich aneinanderdrängen, blättert die Farbe. Auf dem Gehsteig entlang der Küstenstraße stehen – ganz wie in Thessaloniki – Salep- und Sesamkringelverkäufer.

Erst jetzt, kurz vor meiner Abreise, stelle ich fest, dass diese Stadt einen Teil ihrer Schönheit der pulsierenden Geschäftigkeit verdankt, die jeden Morgen wie eine Fieberkurve steil ansteigt und erst tief in der Nacht wieder absinkt. Diese Lebendigkeit übertüncht das Hässliche, denn im Fiebertaumel achtet man nicht darauf. Nun, da die Straßen wie leergefegt sind und weder Menschen noch Fahrzeuge die Aufmerksamkeit beanspruchen, kommt das ungeschönte Antlitz der Stadt zum Vorschein.

Sobald das Taxi zum Flughafen abbiegt, wird dieser Eindruck vom Anblick der großen Einkaufszentren, der byzantinischen Stadtmauern und des Meeres verdrängt. Ich werfe einen letzten Blick auf die Schiffe, welche die Hafeneinfahrt passieren, und auf die asiatische Seite gegenüber, während sich ein riesiger Tanker im Schritttempo durchs Bild schiebt.

Adriani blickt durch die Windschutzscheibe. Mit der linken Hand hält sie krampfhaft die Tragegriffe einer Reisetasche fest, die aus allen Nähten zu platzen droht. Ich hatte im Hotelzimmer dabei zugeschaut, wie sie sich damit abmühte, den Inhalt hineinzupressen, es jedoch vorgezogen, mich mit Kommentaren zurückzuhalten, um vor unserer Abreise aus Istanbul Streit zu vermeiden.

»Deine Unkenrufe waren ungerechtfertigt«, sage ich. »Wie du siehst, fliegen wir pünktlich ab.«

»Dank der Kerze, die ich in der Kirche zur Heiligen Dreifaltigkeit angezündet habe, gleich nachdem du ins Pontusgebiet abgerauscht warst«, gibt sie mir kühl zurück.

»Das war eine gute Idee. Aber den Flug hätte ich – mit oder ohne Hilfe der Heiligen Dreifaltigkeit – nicht verpasst.«

Sie wirft mir einen schrägen Blick zu. »Das glaube ich dir sogar, aber ich ermahne dich lieber einmal zu viel, schon allein um mit gutem Gewissen sagen zu können, dass ich meine Pflicht getan habe.«

Ach so ist das! Zumindest weiß ich jetzt, dass sie mir die Leviten nur aus Pflichtgefühl liest. Also brauche ich mir ab sofort keine Gedanken mehr darüber zu machen.

Die Gepäckkontrolle am Eingang des Flughafens kostet uns eine gute Viertelstunde, da man Adriani dazu anhält, ihre Reisetasche zu öffnen. Die Kontrollbeamten räumen sie komplett leer und durchsuchen alles, werden jedoch nicht fündig. Adriani benötigt – unter größter Nervenanspannung – weitere zehn Minuten, um den Inhalt wieder reinzupressen, da die anderen Fluggäste ihre Sachen ständig beiseiteschieben, um sich selbst Platz zu verschaffen. Schließlich springe ich ihr leise vor mich hin fluchend bei.

»Wenn ich vorher gewusst hätte, dass du halb Istanbul aufkaufst, hätte ich dafür gesorgt, dass wir ein Extrazimmer für die Gepäckkontrolle bekommen«, meine ich zu ihr, als wir endlich fertig sind.

Sie wirft mir einen eisigen Blick zu, doch sie hütet sich, Öl ins Feuer zu gießen. Als wir uns dem Abfertigungsschalter der Olympic Airlines nähern, bleibt sie plötzlich überrascht stehen. »Dein Kollege und seine Frau sind da, um sich zu verabschieden«, flüstert sie mir zu. »So etwas ... Das hätte ich nicht erwartet. Eine äußerst höfliche Geste ...«

Auch ich kann meine Überraschung kaum verbergen. Ich hatte mich am Vorabend von Murat verabschiedet, Telefon- und Handynummern mit ihm ausgetauscht und seine Frau von mir grüßen lassen, und nun bereiten uns die beiden am Abfertigungsschalter den ganz großen Bahnhof.

»*We said good-bye yesterday*«, meine ich, als ich ihm die Hand schüttle.

»*Yes, but Nermin wanted to say good-bye, too.*«

Nermin umarmt zunächst Adriani und tritt danach auf mich zu. Ich erinnere mich an die Einladung zum Essen bei ihnen zu Hause und an Murats Warnung, seiner Frau nicht die Hand zu reichen. Und so beschränke ich mich auf eine leichte Verbeugung. Während Nermin meinen Gruß erwidert, überreicht mir Murat ein riesiges Paket.

»*What is this?*«, frage ich verwundert.

»Das ist für Ihre Tochter«, erläutert Nermin. »Ein Hochzeitsgeschenk. *A wedding gift.*«

»Es ist ein handgeknüpfter Teppich«, erklärt Murat. »Man kann ihn an die Wand hängen oder auf den Boden breiten.«

»Ein Andenken aus Istanbul für die neue Wohnung Ihrer Tochter«, ergänzt Nermin. »Damit Sie sich immer gerne an Ihre erste Reise nach Istanbul erinnern, weil ihr ein so erfreuliches Ereignis folgte.«

»Vielen, vielen Dank«, erwidert Adriani gerührt. Sie umarmen einander noch einmal, und diesmal küssen sie sich sogar auf die Wangen, während ich die Dankesbezeigungen unter Männern übernehme.

»Sie haben zwanzig Kilogramm zu viel«, erklärt mir die Istanbuler Griechin im Dienst der Olympic Airlines, als unser Gepäck auf der Waage steht. »Fünf kann ich Ihnen erlassen, aber mehr nicht. Können Sie nicht umpacken, um das Gewicht zu reduzieren?«

Ich blicke mich suchend nach Adriani um, ob sie vielleicht eine Idee hat, aber sie hat sich zu Nermin geflüchtet, um den Unannehmlichkeiten zu entgehen, und unterhält sich angeregt mit Händen und Füßen.

»Das klappt nicht, die fünfzehn Kilogramm passen auch nicht ins Handgepäck, die müsste ich hierlassen«, meine ich zu der Angestellten.

»Dann müssen Sie das Übergepäck bezahlen.«

»Und wo?«

»Am Schalter der Olympic Airlines.«

»*What is it?*«, fragt mich Murat, als ich mich vom Abfertigungsschalter entferne.

»*I have to pay for overweight.*«

Er hält mich zurück und tritt auf die Angestellte zu. Er beugt sich zu ihr hinüber und flüstert ihr etwas ins Ohr. Die Angestellte blickt zunächst prüfend auf Murat, dann auf mich und meint dann: »Also gut, für Sie machen wir eine Ausnahme.«

»Was haben Sie zu ihr gesagt?«, frage ich, als wir uns vom Schalter entfernen.

Er reagiert amüsiert. »Hier bei uns ist der Polizist wie die Kreditkarte. Er öffnet alle Türen. Nur dass man irgendwann die Zinsen abstottern muss.«

Ich blicke zu Adriani und seiner Frau hinüber, die sich immer noch ohne viele Worte glänzend unterhalten.

»Morgen bin ich schon wieder hier«, sagt er. »Nermin fliegt nach Deutschland, um ihre Familie zu besuchen.« Seufzend fährt er fort: »Jedes Mal wenn sie aus dienstlichen oder familiären Gründen verreist, vermisse ich Deutschland.«

»Wieso?«, frage ich verblüfft.

»Weil in Deutschland die Einsamkeit erträglicher ist. In der Türkei leben alle in Großfamilien. Überall hört man Lärm, Gespräche, Kinderweinen, kreischende Mütter. Das macht das Alleinsein schwer erträglich. In Deutschland jedoch leben sehr viele Menschen allein. Es ist tröstlich, sie ständig um sich zu haben, denn dadurch spürt man die eigene Einsamkeit weniger.«

Und so – Adriani mit ihrer Reisetasche in der Hand und ich mit dem Teppich unterm Arm – erreichen wir die Passkontrolle, wo wir erneut zum Abschied schreiten.

»*You are always welcome to stay with us. We have a big flat*«, sagt Nermin.

»Sag ihnen, dass auch sie bei uns in Athen willkommen sind, wann immer und so lange sie möchten«, betont Adriani ausdrücklich, als ich ihr die Einladung dolmetsche.

Es folgen neuerliche Umarmungen. Murat drückt mir einen Kuss auf die Backe. »Der ist von Nermin«, lacht er. »Sie kann Sie nicht in der Öffentlichkeit küssen, daher hat sie es mir aufgetragen.«

Auch wenn ich den Kuss nur indirekt über ihren Ehemann bekommen habe, so ist er, von einer solchen Schönheit stammend, auf jeden Fall ein Genuss. Wir winken noch ein letztes Mal, bevor wir uns zur Handgepäck-Kontrolle begeben.

»Hast du bei deiner Einladung in unsere Wohnung daran gedacht, wo wir sie unterbringen sollen?«, frage ich Adriani, während wir warten, bis wir an der Reihe sind.

»In Katerinas Zimmer. Es steht ja leer.«

Diesmal passiert die Reisetasche die Prüfung ohne jegliche Beanstandung. »Kannst du mir erklären, warum man uns am Eingang gefilzt hat, und hier winkt man uns einfach durch?«, wundert sich Adriani.

»Keine Ahnung. Eines weiß ich jedoch ganz genau: Dein ganzer Kram, der das Übergepäck verursacht, hätte uns ganz schön viel gekostet. Glücklicherweise hat Murat eingegriffen und die Sache geregelt.«

»Alles lässt sich regeln, man muss nur wollen«, wirft sie mir einen jener Sinnsprüche an den Kopf, die mich auf die Palme bringen.

Beim Start bekreuzigt sich Adriani, während ich aus dem Fenster blicke. Istanbul erstreckt sich unendlich weit, und erst das Meer gebietet den Häusern Einhalt. Ich versuche einen der Orte, die ich in den vergangenen Tagen besucht habe, wiederzuerkennen, doch von oben sieht alles gleich aus. Je mehr das Flugzeug an Höhe gewinnt, desto ferner rückt für mich schon Istanbul. Gleichzeitig denke ich, dass wir in einer Stunde und zehn Minuten Katerina und Fanis in die Arme schließen werden. Ich lehne mich zurück und mache die Augen zu.

Ob Maria wohl noch lebt?

Petros Markaris im Diogenes Verlag

Hellas Channel
Ein Fall für Kostas Charitos
Roman. Aus dem Neugriechischen
von Michaela Prinzinger

Er liebt es, Souflaki aus der Tüte zu essen, dabei im Wörterbuch zu blättern und sich die neuesten Amerikanismen einzuverleiben. Seine Arbeit bei der Athener Polizei dagegen ist kein Honigschlecken.
Besonders schlecht ist Kostas Charitos auf die Journalisten zu sprechen, und ausgerechnet auf sie muss er sich einlassen, denn Janna Karajorgi, eine Reporterin für *Hellas Channel*, wurde ermordet. Wer hatte Angst vor ihren Enthüllungen? Um diesen Mord ranken sich die wildesten Spekulationen, die Kostas Charitos' Ermittlungen nicht eben einfach machen. Aber es gelingt ihm, er selbst zu bleiben – ein hitziger, unbestechlicher Einzelgänger, ein Nostalgiker im modernen Athen.

»Eine Entdeckung! Mit Kommissar Charitos ist eine Figur ins literarische Leben getreten, der man ein langes Wirken wünschen möchte.«
Hans W. Korfmann/Frankfurter Rundschau

Nachtfalter
Ein Fall für Kostas Charitos
Roman. Deutsch von Michaela Prinzinger

Kommissar Charitos ist krank. Eigentlich sollte er sich ausruhen und von seiner Frau verwöhnen lassen. Doch so etwas tut ein wahrer Bulle nicht. Eher steckt er bei Hitze und Smog im Stau, stopft sich mit Tabletten voll und jagt im Schritttempo eine Gruppe von Verbrechern, die die halbe Halbwelt Athens in ihrer Gewalt hat.

Charitos nimmt den Leser mit durch die Nachtlokale, die Bauruinen und die Müllberge von Athen. Keine Akropolis, keine weißen Rosen weit und breit.

»Kostas Charitos ist eine extrem glaubwürdige Figur. Und seine Fälle sind dito realistisch. Petros Markaris revitalisiert den Kriminalroman als realistischen Querschnitt durch eine Gesellschaft zum Zeitpunkt X. Markaris hat Geschichten zu erzählen, für die der Polizeiroman die ideale Form hergibt. Pragmatische Sujets eben, die die inhaltliche Essenz von Kriminalliteratur sind.« *Thomas Wörtche/Freitag, Berlin*

Live!
Ein Fall für Kostas Charitos
Roman. Deutsch von Michaela Prinzinger

Ein in ganz Griechenland bekannter Bauunternehmer, dessen Geschäfte olympiabedingt florieren, zückt mitten in einem Interview eine Pistole und erschießt sich vor laufender Kamera. Natürlich ruft ein solch spektakulärer Abgang Kostas Charitos auf den Plan. Seine Ermittlungen führen ihn zu den Baustellen des Olympischen Dorfs, zu den modernen Firmen hinter Fassaden aus Glas und Stahl, zu den Reihenhäuschen der Vororte, wo die Bewohner noch richtigen griechischen Kaffee kochen und Bougainvillea im Vorgärtchen blüht. Mit der ihm eigenen Bedächtigkeit irrt Kostas Charitos durch das Labyrinth des modernen Athen, unter der prallen Sonne – und dem Schatten der Vergangenheit.

»*Live!* ist ein Krimi, ein Geschichtsbuch, ein Migrantenroman, die Geschichte einer Ehe und ein Reiseführer durch Athen.« *Avantario Vito/ Financial Times Deutschland, Hamburg*

»Markaris zeichnet ein überaus lebendiges Bild von der Athener Gegenwart. Mit Witz, Charme und Iro-

nie erzählt er eine reizvolle, geschickt verwobene Kriminalgeschichte mit überaus lebensnahen Figuren.«
Christina Zink/Frankfurter Allgemeine Zeitung

Balkan Blues
Geschichten. Deutsch von
Michaela Prinzinger

›Go to Hellas!‹ – neun Geschichten über Athen. Die Fußballeuropameisterschaft ist gewonnen, die Olympiade steht an. Mit neuerwachtem Patriotismus feiern die Griechen ihre Feste, derweil die Einwanderer aus Albanien, Bulgarien und Russland sich durchs Leben schlagen, so gut es eben geht. Auch im Einsatz: Kommissar Charitos.

»Unterhaltungsliteratur? Seriöse Literatur? *Balkan Blues* verwischt die Grenzen zwischen den beiden Terrains mit einer Leichtigkeit, die verblüfft und begeistert.« *Süddeutsche Zeitung, München*

Der Großaktionär
Ein Fall für Kostas Charitos
Roman. Deutsch von Michaela Prinzinger

Tochter Katerina ist sein Herzblatt, für Katerina würde Kostas Charitos alles tun. Doch nun darf er nichts tun. Er muss sich raushalten. Denn Katerinas Leben ist in Gefahr, es liegt in den Händen von Terroristen. Und sollten die erfahren, daß ihr Vater bei der Polizei ist, würden sie Katerina wohl erst recht ins Visier nehmen.
Sie hatte ganz einfach in ihre wohlverdienten Ferien fahren wollen, als maskierte Unbekannte die Fähre nach Kreta unter Kontrolle brachten. Kostas Charitos ist außer sich vor Sorge. Doch bei der Antiterrorabteilung kann man ihn nicht gebrauchen. Dort spekuliert man über die Identität der Täter. Sind es Islamisten?

Palästinenser? Tschetschenen? Die Kidnapper schweigen tagelang und strapazieren damit die Nerven aller Beteiligten.

»Rasant, humorvoll, sarkastisch. Der bisher reifste Roman von Petros Markaris.« *Kathimerini, Athen*

»Kommissar Kostas Charitos hat längst Kultstatus.« *Welt am Sonntag, Hamburg*

Wiederholungstäter
Ein Leben zwischen Istanbul,
Wien und Athen
Deutsch von Michaela Prinzinger

Petros Markaris über seine Liebe zu Istanbul, seine Hassliebe zu Athen und seine besondere Beziehung zur deutschen Kultur. Der Autor erzählt von seiner Kindheit, seinem Alltag heute, von der Zusammenarbeit mit Theo Angelopoulos und seiner Tätigkeit als Brecht- und Goethe-Übersetzer. Dabei beschränkt er sich nicht aufs Autobiographische: Wenn er von der griechischen Gemeinschaft in Istanbul schreibt, so ist ihm das einen Exkurs zum Thema »Minderheiten« wert. Spricht er von seinen armenischen Wurzeln, geht es bald um »Heimat«. Schildert er die Entstehung seiner Figuren Kostas und Adriani, so greift er die Themen »Gleichberechtigung« und »politische Korrektheit« auf. Autobiographisches, Historisches und Politisches vermischen sich dabei auf brillante und liebenswürdige Weise.

»Petros Markaris gilt als einer der vielseitigsten und erfolgreichsten Autoren Griechenlands.«
Günter Keil / Süddeutsche Zeitung, München